MAMAN
POUR LE DÎNER

DU MÊME AUTEUR

La Lamentation du prépuce, Belfond, 2008 ; 10/18, 2009
Attention Dieu méchant, Belfond, 2009 ; 10/18, 2010
L'Espoir, cette tragédie, Belfond, 2013 ; 10/18, 2014

Vous pouvez consulter le site de l'auteur à l'adresse suivante :
https://www.shalomauslander.com

SHALOM AUSLANDER

MAMAN POUR LE DÎNER

Traduit de l'anglais (États-Unis)
par Catherine Gibert

belfond

Titre original :
MOTHER FOR DINNER
publié par Riverheads Books, une marque de Penguin Publishing Group, une division de Penguin Random House LLC, New York

Retrouvez-nous sur www.belfond.fr
ou www.facebook.com/belfond

Éditions Belfond,
92, avenue de France, 75013 Paris.
Pour le Canada,
Interforum Canada, Inc.,
1055, bd René-Lévesque-Est,
Bureau 1100,
Montréal, Québec, H2L 4S5.

ISBN : 978-2-7144-9505-1
Dépôt légal : février 2022

Belfond | un département **place des éditeurs**

place
des
éditeurs

À mes enfants.
Et à Ike,
Qui m'a aidé à les libérer.

Jour de l'Américanisation, usine Ford, Détroit, 1917.

« Sans égards, sans pitié, sans scrupule,
Ils ont élevé de hautes murailles autour
de moi. Et maintenant, je ne fais rien ici
que me désespérer. »

Constantin CAVAFY

Deux Cannibales sont assis autour d'un feu de bois. Le premier dit à l'autre : « Je ne peux pas saquer ma mère. » Alors le deuxième lui dit : « Dans ce cas, ne mange que le riz. »

Vieille blague can-am

LES MÈRES ont un goût infect.

Elles sont débectantes de la tête aux pieds (la tête étant le pire). Quel que soit l'assaisonnement, rien n'y fait, demandez à n'importe quel type qui s'y est essayé. Grillées, sous vide, déshydratées, séchées, aucun traitement n'y changera quoi que ce soit. Même l'odeur est pestilentielle, jetez une mère sur la grille d'un barbecue et vous aurez l'impression que quelqu'un brûle des pneus, ce qui, pour peu qu'on l'accompagne d'un soupçon d'aïoli, serait sans doute meilleur.

Ce n'est pas une question de genre. Ne vous emballez pas. De manière générale, les femmes n'ont pas un goût plus détestable que celui des hommes, il est parfois même supérieur ; tout dépend de la façon dont on les accommode, bien sûr, mais le fait que les hommes aient tendance à être plus sédentaires leur donne une saveur fumée que tout le monde n'apprécie pas. A contrario, les femmes, qui, elles, ont tendance à être plus actives et à vivre plus longtemps, ont une viande plus maigre au goût plus subtil.

En revanche, les mères – c'est-à-dire les femmes qui ont eu un enfant – sont une autre paire de manches.

Les mères ayant tendance à vivre plus longtemps, elles faisandent et se dessèchent, leur existence se pimente de déceptions et de chagrin et leur mort est souvent accélérée par les longues périodes où elles gardent le lit, ce qui raidit les muscles et les articulations.

Selon l'adage du Vieux Pays : *Quand une mère morte rapplique, pas question qu'on y repique.*

Non que les pères soient délicieux, notez, mais les hommes meurent en moyenne plus jeunes et généralement de façon brutale. Ils ne figureraient sans doute pas à la carte d'un restaurant étoilé, mais ils battent les mères à plate couture.

Qu'en est-il des mères qui meurent jeunes ? vous demandez-vous. Ont-elles bon goût ?

Oui, la réponse est oui.

Elles sont exquises.

Il s'agit d'une terrible ironie dont seul l'antique peuple cannibale a conscience :

Plus jeune est la défunte, plus suave est la chair.

Plus suave est la chair, plus amer est le chagrin.

*

Du haut de son bureau surplombant le quartier animé de Soho dans l'arrondissement de Manhattan, Septième Seltzer se demande combien de whoppers de chez Burger King (double bacon, supplément fromage, pas de salade) sa mère va manger avant de tomber raide morte. Cela fait plusieurs années qu'elle s'est mise aux whoppers, souvent à raison de douze par jour, tous les jours, car, comme le veut la tradition, elle engraisse en prévision de sa mort.

Cent ? se demande-t-il.

Mille.

Davantage.

Impossible qu'elle en mange plus de mille, se dit-il.

Il est complètement à côté de la plaque.

Septième redoute la mort de sa mère depuis des années, bien avant que celle-ci n'entreprenne sa cure de whoppers. Il sait que le moment est proche, qu'il se profile, semblable à un orage auquel il ne peut échapper mais qu'il espère supporter, dépasser, d'une manière ou d'une autre, et il sait ce que sa mère exigera de lui à sa dernière heure.

Elle… lui demandera.

Si…

S'il… vous voyez.

Elle prononcera les mots - elle a attendu toute sa vie de les dire - mais Septième en est incapable ; il ne peut même pas les penser. Mais il les connaît, comme il connaît la réponse qu'il apportera à sa requête malgré les promesses qu'il s'est faites au fil du temps, malgré sa détermination chevillée au corps d'aller de l'avant, malgré son besoin pressant de leur tourner le dos, à elle et à leur héritage culturel singulier - il pleurera comme une madeleine, puis il essuiera ses larmes et dira : « Oui, Mudd, d'accord. »

« Mudd ? lui avait demandé le docteur Isaacson au cours d'une de leurs premières séances.

— C'est ainsi que nous appelons notre mère, avait répondu Septième.

— Pourquoi ?

— Il existe plusieurs versions de cette histoire.

— Il en est ainsi de toutes les histoires », avait dit le docteur Isaacson.

Septième n'avait pas vu sa mère depuis plus de dix ans. Et puis, il y a trois ans, il avait reçu un coup de fil de sa sœur Zéro lui annonçant que leur mère avait commencé à manger douze whoppers (double bacon, supplément fromage, pas de salade) par jour, tous les jours, afin d'engraisser en vue de sa mort. Inquiète de son comportement, Zéro avait demandé à Septième d'intervenir. Il avait appelé Mudd l'après-midi même.

Ne l'appelle pas, s'était dit Septième.

Il l'avait appelée.

Merde, s'était dit Septième.

« Mudd, avait dit Septième, qu'est-ce que tu fais ?

— Je meurs, avait-elle répondu.

— Tu meurs parce que tu manges des whoppers.

— Je mange des whoppers parce que je meurs. »

Le docteur Isaacson avait recommandé à Septième de ne pas entamer de dialogue avec elle, soulignant qu'il était toujours plus déprimé lorsqu'il parlait à sa mère que lorsqu'il s'en abstenait. Mais, dévoré par la culpabilité, Septième l'avait appelée, passant outre le conseil du docteur Isaacson. Il avait eu le sentiment de remporter une petite victoire car au moins, il n'était pas allé la voir. Quant à Mudd, l'appel de Septième lui avait donné le sentiment de remporter une grande victoire car elle ne doutait pas un instant qu'il finirait par venir la voir.

« Très bien, lui avait-il dit. Fais comme tu veux. Mange tes whoppers. Mais ne compte pas sur moi pour passer. »

Sous-entendant qu'il n'avait pas perdu.

« Tu m'as appelée, c'est tout ce qui compte. »

Sous-entendant qu'elle avait gagné.

Merde ! s'était-il dit.

Aujourd'hui, trois ans plus tard, assis à son bureau, il se livre à l'abominable calcul, à raison de douze whoppers par jour, combien cela fait-il par an ?

— Dis, Siri, demande-t-il à son téléphone, combien fait douze multiplié par trois cent soixante-cinq ?

— J'ai trouvé ce que vous cherchez, répond Siri. Douze multiplié par trois cent soixante-cinq fait quatre mille trois cent quatre-vingts.

Quatre mille cinq cents whoppers par an ? songe Septième.

Impossible qu'elle en mange autant.

On a beau être le matin, par la fenêtre de son bureau, le ciel au-dessus de l'Hudson est en train de prendre la teinte lugubre de la viande d'abattage laissée trop longtemps à l'air libre, gris irisé. La neige en ce début d'hiver menace, prenant la ville de court, mais Septième a trop de travail pour s'inquiéter du temps ; son bureau est enseveli sous une montagne de manuscrits non lus dont il sait qu'ils seront tous une énième version à pleurer de ce qu'il a pris récemment l'habitude d'appeler : un pas-si-grand roman machin-américain. Ces derniers temps, personne n'écrit autre chose et Rosenbloom, son patron, se refuse à publier autre chose.

Les pas-si-grands romans machin-américains partagent quelques éléments essentiels que Septième, par haine pour le genre, s'est mis à codifier avec rigueur. Selon lui, le Voyage-du-héros-américain – franchement, il est toujours question de voyages et de héros – fait se succéder six étapes de base. La première s'intitule « Voyage éprouvant vers le Nouveau Monde », le voyage périlleux semé d'embûches du Quelque Part vers l'Amérique (rarement en voiture, parfois en train, souvent en bateau, plus ils sont délabrés mieux c'est ; depuis Mark Twain, les rafiots ont le vent en poupe, juste après le toujours très prisé « Accroché à un bout de bois à la dérive ») avec des protagonistes divisés à parts égales entre « Victimes fuyant un mal absolu » et « Innocents entraînés par leurs rêves fous mais respectables ». Cette première étape est suivie d'une autre aussi brève que douloureuse dite des « Rêves brisés menant à un désespoir sans nom » – rêves de liberté, de fortune, de sécurité ou d'amour, n'importe quel rêve fera l'affaire à condition qu'il soit brisé (chez les vrais chouchous de la critique de ce genre littéraire, les quatre types de rêves sont brisés, une technique que Septième appelle « Quinte flush royale de l'épreuve »). Tout de suite après « Rêves brisés menant à un désespoir sans nom » vient la troisième étape, intitulée « Détermination face à une répression systématique ». Cette dernière ainsi que la quatrième, « Combat pour se faire accepter », constituent l'essentiel de ces romans dans lesquels le personnage principal, le cœur pur et l'œil aux aguets, comprend que ce Nouveau Monde adopté par lui n'est qu'une cuvette de chiottes répugnante au fond de laquelle il finira inévitablement. Cela dit, ces personnages pleins de noblesse ne renoncent pas et atteignent finalement la cinquième étape : « Désir qui se trouve être un défaut », dans laquelle ils se rendent compte que le problème n'est pas le Nouveau Monde mais plutôt leur désir d'y être, une carence spirituelle qui les pousse à préférer les récompenses creuses, vaines et superficielles du Nouveau Monde aux honneurs plus profonds, plus vertueux de l'Ancien. Cette étape joue un rôle déterminant dans le succès du livre. De nos jours, rien n'assure mieux l'acceptation culturelle d'un livre que le rejet de la culture présidant à son origine.

Dans ce genre littéraire, l'élément qui change le plus facilement, c'est la fin, une fin qui s'adapte aux époques. Pendant très longtemps, avant que le soleil ne commence à se lever sur l'Empire américain, les histoires en question se terminaient par une étape qualifiée par Septième de « Retour réfractaire à l'espoir », qui voyait le protagoniste, malgré ses épreuves et ses efforts, se refuser à renoncer à l'espoir qu'il plaçait en lui et en l'Amérique. En leur temps, ces romans avaient eu un immense succès, car ils laissaient entendre qu'il suffisait d'avoir de l'espoir pour réussir en Amérique (ce qui suggérait à l'inverse que c'était entièrement votre faute si vous ne réussissiez pas en Amérique – mais les lecteurs s'en formalisaient moins que Septième). Toutefois, plus récemment, les auteurs de pas-si-grands romans machin-américains montrent une prédilection pour une fin qui agace davantage Septième que « Retour réfractaire à l'espoir », une fin qu'il appelle « Redécouverte triomphale d'un héritage culturel singulier », grâce à laquelle l'immigrant en difficulté a la révélation pas vraiment inattendue que l'Amérique est une vaste friche culturelle et spirituelle et que la culture qu'il fuit est celle vers laquelle il doit revenir, un peu à la Marcus Garvey, moins le soutien au Klan et les accusations contre les juifs.

Septième ne nie pas les horreurs du monde, tant s'en faut ; son peuple a vécu personnellement les épreuves de l'immigrant et ce, pendant des siècles et dans des dizaines de nations. A contrario : Septième connaît si bien l'inhumanité de l'homme pour l'homme qu'il est exaspéré de la voir aussi homogénéisée.

Septième est révulsé par tous les manuscrits qu'il lit. Cela ne tient pas à leur prévisibilité – après tout, il travaille dans l'édition, il a l'habitude de la prévisibilité. Cela s'inscrit dans une problématique plus vaste contre laquelle il s'est battu toute sa vie : l'identité.

L'Identité avec un grand I.

Pour Septième, l'identité a toujours été une prison dont il rêve de s'échapper – blanc, noir, brun, Américain, Européen, Russe, mâle, femelle, hétéro, gay, Ils, Eux, athée, monothéiste, polythéiste... la liste toujours plus longue de cellules dont on n'est jamais libéré. Et pourtant, dernièrement, partout autour de lui, les prisonniers lèvent fièrement leurs fers et se réjouissent de leur servitude. Septième travaille au huitième étage d'un immeuble de bureaux et s'il avait la certitude de ne pas réchapper de la rencontre entre son crâne et le trottoir, il aurait sauté par la fenêtre vingt pas-si-grands romans machin-américains plus tôt.

Cela fait des mois qu'il n'a pas acheté de manuscrit et Rosenbloom est passé le voir le matin même à ce sujet.

« Mais ils sont épouvantables, a-t-il dit à Rosenbloom.

— Tous ?

— Oui, tous.

— Il faut publier quelque chose, a insisté Rosenbloom.

— Pourquoi ?

— Parce qu'on est éditeurs.

— C'est fâcheux, a dit Septième.

— Que penses-tu du Croato-Américain ? Je le trouve prometteur.

— Quel Croato-Américain ?

— Le Croato-Américano-lesbiano-pro-avortement. »

Septième a haussé les épaules.

« Il n'est pas différent du christiano-Américano-toxico-autiste.

— Tu parles du christiano-Américano-toxico-autiste-hémophile ?

— Non, a répondu Septième. Du christiano-Américano-toxico-autiste-diabétique.

— De type un ou deux ?

— Les deux. »

Rosenbloom a soupiré.

« On est des êtres tribaux, Septième, a-t-il dit. La division est le propre de l'homme. Et de la femme. On a ça dans le sang. As-tu déjà consulté une carte des courants migratoires ? On a commencé en Afrique, tous semblables, et on s'est tirés dès que possible, bravant tempêtes, océans, bêtes, famine. Pourquoi ? Par envie de voyager ? Pour voir Paris au printemps ? Non – parce qu'on ne se serait pas supportés une seconde de plus. L'enfer, c'est les autres, disait Sartre, mais Cro Man l'aurait dit bien plus tôt s'il avait maîtrisé le langage. Ou Cro Woman. Un jour, Septième Seltzer, écoute-moi bien, tout le monde aura sa propre nation. Pas chaque peuple – mais chaque individu. C'est le seul moyen pour qu'il ou elle soit satisfait(e). Seltzerland. Village Rosenbloom. Bourg Abdullah. Hernandezville. Des carrés d'un mètre de côté, divisés de façon uniforme sur toute la surface du globe, entourés de murs de trois mètres de haut hérissés de fil de fer barbelé et de drapeaux colorés, chacun dans son carré chantant des hymnes entraînants à la gloire de son carré, mon carré est le meilleur, Dieu l'a élu parmi tous les carrés, ce mètre carré est à moi et que Dieu vienne en aide à celui qui tentera de me le prendre. Et tu sais ce qu'on voudra après ?

— Des armes ?

— On en a déjà, a fait remarquer Rosenbloom. On voudra des histoires, des contes, des légendes. Sur les souffrances de notre carré, l'oppression qu'il a subie, sur nos périples de la dernière chance, sur la lutte courageuse de notre fondateur pour faire de notre carré le champion des carrés et sur les odieux ennemis qui n'ont eu de cesse jusqu'à ce jour de vouloir nous l'arracher. Au Seltzerland, des histoires circulent sur les immondes Rosenbloom ; dans le village Rosenbloom, tout le monde rêve de rayer les Abdullah de la carte. Et Abdullah, penché par-dessus son mur pour voir les Hernandez emménager dans le carré d'à côté, se dit : *Mon carré ne va plus valoir un clou*. On est obnubilés par nos carrés, par notre peuple, par nos passés. Ce qui explique que l'homme n'a pas d'avenir. Ni la femme. Ça, c'est la mauvaise nouvelle.

— Et la bonne ?

— C'est un marché en pleine expansion, a répondu Rosenbloom en prenant un manuscrit sur le bureau de Seltzer. Ce n'est pas celui sur le Latino-Sri-Lankano-Américano-non-genré-alcoolico-aveugle ?

— Si. C'est la copie conforme du Libano-Érythréo-Américano-non-genré-albinos.

— Débrouille-toi pour trouver quelque chose », a exigé Rosenbloom en laissant tomber le manuscrit sur le bureau de Seltzer avant de sortir de la pièce d'un pas lourd.

Sur ce, le téléphone de Septième sonne, interrompant ses pensées.

Il jette un coup d'œil à l'écran et reconnaît le numéro.

Mudd.

À en croire Mudd, faute de pouvoir prononcer le mot « Mère » quand il était bébé, Premier disait « Mudd ».

« Conneries », avait réagi Premier.

Il avait commencé très tôt à jurer comme un charretier.

« Si j'avais dû lui donner un surnom, avait expliqué Premier, j'aurais trouvé quelque chose de pire que Mudd. »

Deuxième était du même avis que Premier. Troisième était d'accord avec Mudd mais il était toujours d'accord avec Mudd. Quatrième, le plus brillant du lot, se tenait à l'écart de la discussion, se contentant de déclarer qu'un mythe devenait vérité dès lors qu'un nombre suffisant de gens y croyait.

Premier méprisait Mudd – seul Deuxième la détestait autant, mais c'était surtout pour faire comme Premier – et les sobriquets dont il l'affublait étaient effectivement pires que « Mudd ». Il la traitait de noms commençant par A, B, C, D, E, F, de tous les noms, en fait, sauf celui qui commençait par M – Mère. Il était né le premier et fut le premier à partir dix-huit ans plus tard.

Ne réponds pas, se dit Septième.

Il décroche.

Merde.

— Bonjour, Mudd, dit-il.

Après un long silence, Mudd répond d'une voix faible :

— Le moment est venu.

— Venu pour quoi, Mudd ? demande-t-il.

— Tu sais très bien pour quoi, dit-elle. Ta sœur est là et tes frères aussi.

— Premier est là ?

— Oui.

— Premier est là ? Dans ta maison ?

— Il est en bas avec les autres.

— Quels autres ?

— Tout le monde, répond-elle. C'est le moment, Septième. Viens.

Dis non, se dit Septième.

— D'accord.

Merde.

Septième Seltzer repose donc les mémoires d'un Philippino-Arabo-Américano-paraplégique-pesco-végétarien-presbytérien-siamois et il part pour Brooklyn.

*

En matière d'immigration, l'expérience des Cannibalo-Américains ne diffère pas vraiment de celle de n'importe quelle autre minorité, quoique plus secrète et dangereuse. Eux aussi ont débarqué il y a fort longtemps en rêvant d'être acceptés ; eux aussi ont été en butte au rejet et à l'hostilité ; eux aussi ont été systématiquement et de façon institutionnelle exclus des promesses de ce pays et eux aussi ont été finalement contraints de dissimuler leurs traditions et cérémonies. Et très vite, eux aussi se sont fondus dans la masse. Lassées de ne pas trouver leur place et ne pouvant résister aux sirènes du capitalisme et du matérialisme, les plus jeunes générations ont commencé à s'intégrer. Elles ont consenti à des mariages mixtes. Elles ont déménagé, pris du galon et sont parties, c'est ainsi que la communauté cannibalo-américaine s'est étiolée. Pendant une période, leur culture avait été nourrie par les bouchers de quartier dont les boutiques, au sein de la diaspora cannibalo-américaine, faisaient souvent office de centres socioculturels. Mais, lorsque ceux-ci, frappés par la concurrence des chaînes de supermarchés, ont commencé à mettre la clé sous la porte, arriva le coup de grâce que les Can-Ams avaient pressenti.

Ce qui jadis avait été une communauté prospère de Brooklyn se réduisait désormais à quelques dizaines de familles. L'existence même de leur peuple était menacée. Il était impératif de prendre des mesures drastiques et tout aussi impératif de trouver des héros - des héros prêts à tout pour sauver leur peuple. Ce qui explique que, peu après avoir épousé Humphrey, Mudd se soit juré d'avoir le plus d'enfants possible.

« Une douzaine, avait-elle dit.

— Une douzaine ? s'était étonné Humphrey.

— Des fils, avait précisé Mudd, car les Cannibales sont un peuple patrilinéaire. Des fils qui perpétueront notre nom et bâtiront notre nation.

— Oui, mais une douzaine ? »

Mudd s'était levée. Elle était colossale, un mètre quatre-vingt-quinze pieds nus, pointure : quarante-sept. Humphrey était menu et chaque fois qu'elle sentait une résistance de sa part, elle ne manquait pas de le lui rappeler.

« Une guerre fait rage, Humphrey Seltzer, avait-elle dit en agitant un doigt devant son visage – son poing ayant la taille de la tête de son mari. Une guerre secrète, une guérilla, une guerre non déclarée mais une guerre, indéniablement. Les champs de bataille ne sont pas le Moyen-Orient, ni l'Europe, ni l'Afrique. Non, Humphrey. Ce sont les ventres et les testicules des peuples du monde entier. Nous sommes embarqués dans un Baisathon où le gagnant rafle la mise. Une guerre pour l'existence, pour la domination. La stratégie est de baiser, Humphrey, et nos armes sont les bébés.

— Je sais, avait-il dit, car ce n'était pas la première fois qu'elle épousait cette vision du monde. Mais une douzaine ?

— De Brooklyn à la Palestine, avait-elle poursuivi, d'Ukraine en Chine, les gens baisent pour former des majorités – Mexicains, juifs, musulmans, Japonais, bruns, noirs, blancs, à pois, ce que tu veux. Ils baisent pour prendre le pouvoir tout en baisant leurs ennemis afin de les réduire à pas grand-chose. Tu connais le nombre moyen d'enfants chez les musulmans ? Dix. Les juifs en ont davantage. Et ne me lance pas sur les Chinois. Tu traverses leurs quartiers à longueur de journée, Hump, tu les vois. Ils débordent des fenêtres.

— Mais douze fils, Mudd, sur le salaire d'un chauffeur de taxi ? »

Mudd n'en avait pas démordu.

« Les Esprits des Anciens y pourvoiront. »

Amoureux, Humphrey s'était dûment exécuté.

Neuf mois plus tard, Mudd donnait naissance à un garçon en bonne santé qu'elle prénomma Premier.

« Premier ? s'était étonné Humphrey.

— Premier, avait confirmé Mudd. Et le prochain s'appellera Deuxième. Je tiens la comptabilité, Humphrey. Je compte les points. »

Humphrey craignait que cette façon de prénommer les enfants n'entame leur amour-propre. Se considérer comme un simple numéro, comme du ballast, l'évaluation de son être individuel réduite à l'adhésion à un groupe – il ne faisait aucun doute que ce serait plus tard une source de désordres émotionnels.

« Un simple numéro ? avait-elle répété. Qu'y a-t-il de plus important qu'être un numéro ? Ils sont les nouvelles tribus de notre peuple – notre avenir, Humphrey, comme celles d'Abraham.

— De Jacob, l'avait-il corrigée.

— Étaient-elles de simples numéros ? Les apôtres étaient-ils de simples numéros ?

— Non, avait répondu Humphrey. Ils avaient des prénoms.

— Dis-les-moi.

— Luc. Jean.

— Continue.

— Je ne sais pas. Stéphane. »

Mudd s'était moquée de lui.

« S'ils avaient été des numéros, tu t'en souviendrais. Notre peuple se rappellera nos enfants, Humphrey, car nos enfants le repeupleront, comme Dieu Lui-même l'a promis.

— Des promesses, toujours des promesses », avait râlé Humphrey.

Mudd avait été choquée d'entendre son mari parler ainsi. Les Cannibalo-Américains ont toujours été un peuple religieux mais, condamnées au secret depuis le début de leur existence, les spécificités de leurs croyances spirituelles s'étaient perdues et personne ne savait plus de quelle religion ils étaient les fidèles. Certains prétendent que les Cannibales étaient chrétiens, d'autres qu'ils étaient juifs, d'autres encore qu'ils étaient musulmans, des divergences d'opinions qui, comme on pouvait s'y attendre, avaient donné des résultats clivants. L'inimitié entre Cannibalo-Américains chrétiens, Cannibalo-Américains juifs et Cannibalo-Américains musulmans avait divisé leur communauté déjà modeste et c'est ainsi que, dans leur grande sagesse, les Anciens avaient décrété que, bien qu'il soit interdit de nier l'existence de Dieu, il était encore plus interdit d'affirmer de façon catégorique qui était Dieu ou ce qu'Il attendait de nous. En revanche, il était possible d'affirmer de façon catégorique que Dieu refusait qu'on affirme de façon catégorique son identité, pour ne pas voir les gens en venir aux mains. Ce qui explique que, parmi les peuples religieux du monde, les Cannibales occupent une place unique, dans le sens où les plus dévots nient farouchement savoir quoi que ce soit, évoquant Dieu par des Quiconque ou des Quelqu'un afin de souligner leur pieuse incertitude ; il n'y a que des païens honnis pour, par exemple, prêcher de façon destructrice la doctrine de la Trinité ou prétendre que le Coran est la transcription littérale de la parole Dieu. À titre personnel, Humphrey préférait l'Ancien Testament au Nouveau. Il ne se considérait pas comme un Cannibalo-Américain juif mais le concept judaïque d'un Dieu salaud convenait à sa vision globalement négative de l'univers. Alors que Mudd, même si elle ne prétendait pas être une Can-Am chrétienne, préférait le Nouveau Testament qui racontait l'histoire de Jésus qu'elle croyait mordicus être cannibale.

« Mangez ma chair, buvez mon sang, disait-elle à Septième. Juif, mon cul. Le Christ était un Cannibale, comme toi et moi. »

La méthode de Mudd pour nommer les enfants avait marché comme sur des roulettes pour les cinq premiers, jusqu'à cette terrible nuit où Sixième était mort. Il avait à peine cinq ans, son décès fut soudain et imprévisible. Mudd avait pleuré toutes les larmes de son corps, non parce qu'elle avait perdu un enfant, mais parce que Septième, qui avait quatre ans à l'époque, et Huitième, qui en avait deux, avaient perdu leur place de septième et huitième enfants. Avec la disparition de Sixième, Septième devenait Sixième et Huitième devenait Septième, et Neuvième dont Mudd était enceinte deviendrait Huitième à sa naissance. Son système était fichu.

Son entreprise tombée à l'eau ou du moins rendue infiniment plus complexe, Mudd était restée alitée, plongée dans une tristesse débilitante, une tristesse dont elle refusait de s'extraire. Humphrey la suppliait de penser à la santé de l'enfant qu'elle portait et, dans l'espoir de lui remonter le moral, lui avait promis qu'ils auraient treize enfants (Sixième compris), ce qui au final en ferait douze. Neuvième était né sans encombre quelques mois plus tard, mais, lorsqu'un enfant meurt, il en va souvent de même du mariage qui l'a engendré et c'est ce qui était arrivé à Mudd et Humphrey. Morosité, reproches et récriminations avaient empli la maison des Seltzer tandis que Humphrey jurait à tout bout de champ et à pleine voix que, une fois sa promesse de mari tenue, il quitterait Mudd pour toujours. Un an après, Mudd donnait naissance à Dixième et deux ans plus tard, aux jumeaux Onzième et Douzième. Et, deux ans plus tard encore, lorsqu'elle avait annoncé qu'elle était enceinte de Treizième, Humphrey avait levé les mains en l'air et déclaré qu'il était hors jeu, il avait fait ses valises et était parti le soir même. Cela dit, ce n'était pas la fin de l'histoire car, quelques mois plus tard, une échographie de contrôle avait révélé que le treizième enfant de Mudd était tragiquement une fille.

« Qu'ai-je fait à Quelqu'un pour mériter un tel châtiment », avait sangloté Mudd en regardant l'échographie.

Mudd était furieuse contre Humphrey de ne pas avoir livré les douze mâles promis mais celui-ci ne répondait pas à ses appels et avait fini par changer de numéro. Elle l'avait traité de traître, d'ennemi de son peuple et avait décrété qu'il était pire que Jack Nicholson.

À la naissance du bébé quelques mois plus tard, le treizième enfant, qui aurait dû être son douzième fils mais se trouvait être une fille, se vit affublé par Mudd du prénom Zéro.

Parce qu'elle ne comptait pas, disait Mudd.

*

« Imagine un candélabre, disait Mudd à Septième quand il était enfant. Un beau candélabre en argent, réalisé par le meilleur orfèvre du monde, avec un grand pied ouvragé surmonté de trois magnifiques bougies, une rouge, une blanche et une bleue. Les bougies sont des plus raffinées, hautes et lisses, subtilement effilées de leur large base à leur pointe élégante. Tout le monde a le souffle coupé par leur beauté, chacune est un bijou de perfection. Puis les bougies sont allumées, poursuivait Mudd. Le feu brûle les mèches. De la fumée noire s'élève de leur corps torturé. Elles commencent à fondre, à faiblir, à mourir. Elles crient leur angoisse. Ce qui jadis était magnifique devient grotesque, une sinistre flaque de cire informe sans nom ni caractère. Le bleu se mélange au rouge, le rouge au blanc, le blanc au bleu jusqu'à ce qu'il ne reste plus rien des trois, si ce n'est une masse d'une teinte fadasse qui ensevelit le candélabre jadis si beau sous une croûte qui durcit, détruisant toute cette perfection, toute cette beauté. »

Elle prenait alors les mains de Septième dans les siennes.

« La flamme, c'est l'Amérique. »

D'un énorme doigt, elle écartait délicatement la mèche qui retombait sur le front de Septième.

« Et toi, mon fils, tu es la belle bougie », concluait-elle.

*

Sixième était mort d'une maladie indéterminée. La grippe, peut-être. Voire pire. Personne ne savait exactement. Il était là, disait Mudd, et le lendemain, il avait disparu. Elle pleurait en racontant l'histoire à Septième.

Elle avait fait tout son possible. Elle avait appelé le médecin, appelé l'hôpital. On lui avait dit la même chose : ce n'est qu'un virus, il s'en remettra. Du repos et une bonne hydratation, lui avait-on dit.

« J'étais seule. J'étais terrifiée. Ton père était Quiconque sait où alors que notre pauvre enfant se rapprochait de la mort à chaque minute. J'ai fermé la porte de sa chambre de peur que toi ou tes frères attrapiez le truc qu'il avait. Et puis, un soir, il a arrêté de tousser et je me suis dit qu'il allait mieux, mais, le lendemain… il était mort. »

Au décès de Sixième, Septième n'avait que quatre ans et il avait très peu de souvenirs de l'événement. En revanche, il se rappelait très bien que la famille n'avait plus jamais été la même, après.

Et qu'il n'aurait pas pu être plus heureux.

La mort de Sixième avait été un coup effroyable pour Mudd et quelque chose en elle avait changé. Elle était devenue plus fragile, plus douce. Elle si belliqueuse et violente nageait dans le pathos et faisait pitié. Elle restait au lit des semaines d'affilée. Les disputes familiales dont elle était souvent l'instigatrice avaient brusquement cessé. La maison jadis pleine de cris était merveilleusement silencieuse. Il n'y avait pas d'amour mais il y avait moins de haine et Septième s'en réjouissait.

Et Septième s'en voulait.

Quel genre de personne se réjouit de la mort de son frère ? se sermonnait-il.

Quel genre de personne se réjouit de voir sa mère brisée ?

Il savait quel genre.

Une mauvaise personne.

Et c'est ainsi que le jeune Septième avait pris la résolution d'être une bonne personne et, depuis lors, il s'était consacré à sauver sa famille, sauver Mudd et tout son peuple.

Même si cela signifiait y laisser sa peau.

*

Comme la plupart des New-Yorkais, pas plus tôt monté dans un taxi, Septième éteint la télé, appuyant furieusement sur l'écran tactile crasseux jusqu'à ce que le démon à la voix criarde vire au noir et meure. Évidemment, chaque passager ayant agi de même, l'écran est le siège de toutes les maladies répertoriées par l'homme en plus de quelques autres inconnues – cet écran qu'on est contraint de toucher du bout du doigt pour espérer le faire taire.

Tel est le choix qui s'offre à l'homme moderne, se dit Septième au moment où le taxi s'éloigne en direction de Brooklyn : *succomber à la mort spirituelle causée par les rubriques people et un talk-show humoristique lamentable ou s'exposer à une mort physique causée par on ne sait quel virus accroché à l'écran.*

Jimmy Kimmel ou la peste.

Un choix difficile.

Septième déteste la télé et se demande si cette haine lui a été inculquée par Mudd. Aussi loin que remontent ses souvenirs, elle a toujours prétendu que la télévision était l'ennemi de leur peuple, une arme de propagande utilisée pour véhiculer des stéréotypes négatifs sur les Cannibales. La série pour laquelle elle a le plus de haine est *L'Île aux naufragés,* qui présente le peuple des Cannibales – appelés « chasseurs de têtes » – comme un ramassis de sauvages au visage peinturluré, habillés de jupettes en paille, le nez percé des os effrayants de leurs victimes.

« On serait les sauvages ? rouspétait Mudd. Notre peuple a inventé la roue ! Le couteau ! Le livre ! On a inventé le feu ! Ils balancent leurs mères au fin fond de fosses répugnantes dans la terre et la boue. Ils livrent leurs proches aux vers, à la vermine, aux asticots. Et on serait les sauvages ? Sherwood à la con ! »

Mudd est une femme haineuse qui, comme d'autres gens haineux, prétend que son intolérance est fondée. Il est impossible de mettre un nom sur les gens auxquels elle voue le plus de haine – une haine qui a traversé plusieurs phases : dans les années 1980, elle visait les Noirs, dans les années 1990, les Latinos, et au tournant du siècle de nouveau les Noirs, et depuis lors, les musulmans et les Chinois –, mais quelle que soit la communauté en première ligne, les juifs sont toujours dans le trio de tête. Elle les appelle les Sherwood, du nom de celui qu'elle déteste le plus, Sherwood Schwartz, le créateur de *L'Île aux naufragés*.

« Vous imaginez un peu si j'inventais une série dans laquelle les juifs sont traités de grippe-sous ? fulminait-elle. Une série dans laquelle les personnages vivraient dans la terreur de voir débarquer les méchants juifs ? On m'enfermerait et on jetterait la clé. Mais ces Sherwood à la con peuvent dire ce qu'ils veulent sur nous. »

Dans le taxi qui traverse la ville, Septième envoie un texto à Carol.

Ça va ? demande-t-il.

Oui et toi ? répond-elle.

Ça va, ment-il. *J'entre en réunion.*

Septième déteste mentir à Carol, mais il n'a pas le choix ; elle serait surprise d'apprendre qu'il est en route pour aller voir sa mère, sachant qu'aux premiers temps de leur rencontre, il lui a raconté qu'elle était morte.

« Elle est morte quand j'étais enfant, avait-il prétendu.

— De quoi ? » avait demandé Carol.

Il avait haussé les épaules.

« Personne ne sait exactement. Elle était là et le lendemain, elle n'était plus là. »

Les yeux de Carol avaient débordé de cette compassion infinie dont il était tombé profondément amoureux.

« Par conséquent, tu n'as jamais su ce que c'était qu'avoir une mère ?

— Non », avait-il répondu.

Ça, au moins, c'était vrai.

Comment va Reese ce matin ? écrit-il.

Septième se souvient du coup de fil qu'il avait passé au docteur Isaacson le soir de la naissance de leur fille, Reese, perclus d'angoisse et taraudé par le doute quant à ses capacités de père.

« Que fait un bon père, docteur ? l'avait supplié Septième. Dites-le-moi, s'il vous plaît. Je n'en ai aucune idée.

— Vous aimez votre fille de façon inconditionnelle pour ce qu'elle est et non ce que vous aimeriez qu'elle soit », avait répondu le docteur Isaacson.

Septième n'en avait pas cru un mot.

« Ça me paraît trop facile.

— Alors comment se fait-il que si peu de gens en soient capables ? » avait demandé le docteur Isaacson.

Sans alternative, Septième et Carol avaient décidé d'essayer ce truc qu'on appelle l'amour. Aujourd'hui, Reese a six ans et « l'expérience de l'amour inconditionnel », comme Carol et lui l'ont appelée, donne jusqu'à présent raison au docteur Isaacson. Reese est déjà tout ce que Septième n'est pas : décidée, sûre d'elle, courageuse.

Carol lui répond.

Très bien. Le spectacle commence à 20 heures. Tu vas y arriver ?

Septième est résolu à être le père que son père n'a pas été et, comme tous les pères résolus à être différents de leur propre père, il ne rate aucun des événements qui jalonnent la vie de Reese : anniversaires, visites médicales, les premières fois en tout genre. Activités auxquelles il se prête avec joie pour la plupart, mais les réjouissances scolaires sont inhumaines, et ce soir a lieu le spectacle de l'école primaire Roosevelt. À part la journée des grands-parents, encore plus odieuse, aucune réjouissance scolaire n'est aussi démoralisante que le spectacle de l'école. Est-ce parce que si peu d'enfants ont du talent ou parce que si peu de parents en ont conscience ? À moins que ce ne soit parce que voir des parents encourager leur progéniture lui rappelle ce qu'il n'a jamais reçu enfant – l'amour, la liberté d'être lui-même, une incitation à poursuivre ses rêves. Il est difficile de se réjouir pour les gagnants du tirage au sort de la famille fonctionnelle quand on a grandi dans un désert émotionnel.

Reese, qui est récemment tombée sous le charme d'un influenceur sur Youtube, s'est mise aux contorsions. Ponts arrière, planches, grands écarts. Et, pour le spectacle de l'école, elle a décidé de se fourrer à l'intérieur d'un carton.

Elle passe son temps à entrer dans des boîtes quand je passe le mien à essayer de m'extraire de la mienne, se dit Septième.

Il lève les yeux. Devant lui se profile le pont de Brooklyn dont la vision lui rappelle toujours l'enfance qu'il a passée de l'autre côté.

Bien sûr, écrit-il à Carol. *Je suis impatient.*

*

Premier, Deuxième, Troisième, Quatrième et Cinquième ont grandi à l'ère familiale que Septième désigne par l'acronyme AM – Avant la Mort, en référence à la disparition tragique de Sixième. Ces premières années AM sont celles au cours desquelles Mudd a crié le plus fort et a été le plus tyrannique, des années marquées par des querelles et une instabilité terribles, la maison semblable à un champ de bataille. Puis Sixième est décédé et le feu a quitté Mudd. Elle était toujours aussi manipulatrice, agressive et dirigiste, mais ce mélange toxique était désormais fortement mâtiné de chagrin et d'autoapitoiement. Si bien que Huitième, Neuvième, Dixième, Onzième, Douzième et Zéro ont grandi dans une famille différente – appelée PM, Post Mortem, par Septième – de celle de Premier, Deuxième, Troisième, Quatrième et Cinquième. Les frères AM (à l'exception de Troisième et Cinquième) détestaient Mudd et ne comprenaient pas pourquoi leurs frères PM n'en faisaient pas autant, tandis que les frères PM (à l'exception de Neuvième, Onzième et Douzième) avaient de la peine pour Mudd et ne comprenaient pas comment leurs frères AM pouvaient être aussi froids et insensibles.

Septième, l'enfant du milieu, s'était trouvé coincé sur le plan chronologique et émotionnel entre les deux Mudd – entre le tyran cruel et la manipulatrice pitoyable – et, selon le docteur Isaacson, l'ambivalence de Septième trouve son origine dans cette place. Si Sixième n'était pas mort, le sentiment de culpabilité de Septième serait moins fort. Mudd serait sûrement restée méchante au lieu de faire pitié, et Septième aurait été capable de la quitter avec plus de facilité. Peut-être alors aurait-il connu le bonheur. Peut-être alors l'aurait-il appelée lorsqu'elle s'était mise à avaler des whoppers. Peut-être alors n'aurait-il pas répondu à ses appels.

Peut-être alors ne serait-il pas à cet instant précis dans ce taxi en route pour aller voir sa mère à Brooklyn.

Est-ce l'amour qui lie une famille, se demande Septième, *ou simplement la culpabilité qui en résulte si on s'en éloigne ?* AM ou PM, les Seltzer avaient toujours formé une famille turbulente et, tandis que le taxi traverse bruyamment l'antique pont de Brooklyn, l'inquiétude de Septième augmente à la perspective de les revoir. De quoi allaient-ils parler ? Dans la plupart des familles, on parle du bon vieux temps, mais les Seltzer n'ont pas vécu de bon vieux temps – seulement du mauvais vieux temps et du plus mauvais vieux temps encore, et beaucoup de temps au cours duquel le jeune Septième aurait aimé avoir le courage de fuir sa famille et de ne plus jamais la revoir. Certains jours où il était particulièrement déprimé, il demandait en larmes à sa mère pourquoi ils étaient incapables d'être une famille heureuse comme toutes les autres. Il aurait tellement voulu qu'elle le prenne dans ses bras et lui demande pardon, qu'elle lui promette de faire tous les efforts pour lui procurer la famille dont il rêvait.

« C'est la faute de Premier, lui répondait-elle. Ce petit con est insupportable. »

Premier étant le premier, il était la toile sur laquelle Mudd avait projeté tous ses espoirs et tous ses rêves pour sa famille et pour son peuple. Il avait été en conséquence le plus martyrisé.

Elle voulait qu'il devienne le guide de leur peuple, leur homme d'État, leur chef. Alors que Premier ne demandait qu'à jouer avec Malika, la petite fille qui habitait dans leur rue.

« Elle est noire, avait dit Mudd.

— Et alors ? avait répondu Premier.

— Tu ferais n'importe quoi pour me faire du mal », avait insisté Mudd.

Elle le grondait, lui faisait des reproches et, chaque fois qu'il la décevait, elle le giflait - chaque fois qu'il décevait leur peuple, elle le giflait plus fort. Si bien que Premier s'était mis à mépriser Mudd et l'avait rejetée comme il avait rejeté leur peuple. Il avait quitté la maison à dix-huit ans et n'avait plus jamais parlé à aucun des membres de la famille.

Deuxième, qui idolâtrait son grand frère, assistait au déchaînement de violence du haut de l'escalier entre les barreaux de la rampe, semblables à ceux d'une prison, en regrettant de ne pas avoir le courage de prendre la défense de Premier. Mais il en était incapable. Pour se racheter, il consolait son frère après coup, il le prenait dans ses bras quand il pleurait, lui apportait des mouchoirs en papier les fois où Mudd l'avait fait saigner du nez. Il s'était mis à haïr Mudd avec la même violence que Premier. À dix-huit ans, Deuxième avait suivi les pas de son grand frère qui l'avaient mené directement hors de la maison et lui aussi n'avait plus jamais parlé à Mudd ni à aucun membre de la famille.

Mudd n'avait pas été plus tendre avec Troisième, mais Troisième était colossal, un géant depuis sa naissance, plus massif encore qu'elle ne l'était. Elle le frappait comme elle frappait les autres mais, compte tenu de la taille de Troisième, les coups avaient très peu d'effet sur lui ou sur leur relation. Le corps de Troisième avait toujours été celui d'un homme quand son développement intellectuel s'était arrêté à celui d'un enfant et, comme un enfant, il ne nourrissait aucune colère contre sa mère car une mère ne pouvait pas faire de mal à ses enfants. En raison de sa taille, Mudd avait très tôt décidé que Troisième serait le guerrier de leur tribu, le défenseur de leur peuple qu'il conduirait à la liberté. Mais Troisième n'était pas belliqueux. Il n'était pas conquérant. Il était trop simple pour être fâché même s'il aurait dû l'être et ne levait jamais la main sur quiconque même s'il aurait dû. Il n'avait jamais quitté la maison de Mudd jusqu'à ce jour et, bien qu'il ait plus de trente ans, il vivait toujours chez sa mère dans la maison de Brooklyn qui l'avait vu naître.

Quatrième, qui était né deux ans après, était le contraire de Troisième à tous égards. Il était menu, le plus petit des quatre, pâle, chétif, rachitique et d'une intelligence exceptionnelle. Personne ne se rappelait de Cannibale aussi brillant au Nouveau Monde ou même au Vieux Pays.

« Ce garçon est exceptionnel, avait dit le directeur de l'école à Mudd en lui tendant le test de QI de Quatrième.

— Mon Dieu ! s'était exclamée Mudd en regardant la feuille dans sa main avec un sourire radieux. S'il était menteur et tricheur, il pourrait être juif. »

À deux ans, Quatrième savait lire, à trois, il faisait des divisions à plusieurs chiffres, à quatre, il remettait en cause chaque mot prononcé par Mudd. Il était incapable de lancer un ballon, incapable de courir trois cents mètres sans trébucher et incapable de tenir sa langue quand il était confronté à l'ignorance de Mudd.

« En Consommant les corps de nos proches, expliquait Mudd à ses enfants, notre amour transporte leurs nutriments à l'intérieur de nos cellules et c'est comme ça qu'ils continuent à vivre à l'intérieur de nous pour l'éternité.

— Ce sont les mitochondries qui transportent les nutriments dans nos cellules, rétorquait Quatrième, pas l'amour. »

Mudd lui donnait une taloche sur la tête du revers de la main. « Arrête de faire l'idiot », disait-elle.

Quatrième se rebellait grâce à la connaissance, l'intelligence était son arme. Premier et Deuxième contraient Mudd à grand renfort de cris et de violence ; Quatrième lisait tranquillement Goethe, sachant que Mudd détestait les Cannibales qui s'intéressaient à des livres écrits par d'autres peuples. Elle aurait préféré les cris et la violence.

« Go-ète ? avait-elle demandé. C'est quoi ce nom à la mords-moi-le-nœud ?

— Ça se prononce Gueu-te, avait-il répondu. C'est un auteur allemand, homme d'État, scientifique et dramaturge. Son premier roman était si émouvant qu'un grand nombre d'Allemands l'ayant lu se sont suicidés.

— Celui qui pousse une bande de boches à mettre fin à leurs jours ne peut pas être totalement mauvais », avait dit Mudd en haussant les épaules.

Quatrième lisait les auteurs irlandais avec rébellion, il étudiait les Russes avec insolence, s'intéressait aux Chinois avec effronterie et se captivait pour les Français avec férocité. Après quoi il apprenait les langues tout seul et, par défi, relisait les auteurs dans le texte original. Mudd avait supporté toutes ces provocations avec stoïcisme mais lorsque Quatrième était entré à l'université à l'âge de seize ans pour étudier l'anthropologie, ça avait été la goutte d'eau.

« Tu ferais mieux de t'intéresser un peu moins au genre humain et un peu plus à ton peuple.

— Le genre humain est mon peuple, avait-il répondu.

— Et tu serais le plus malin du lot ? » l'avait-elle raillé.

Ce furent les dernières paroles qu'elle lui adressa.

Cinquième avait six ans à la mort de Sixième et il s'en était senti responsable.

« J'aurais dû vérifier comment il allait, s'était-il reproché. J'aurais dû lui donner un médicament. J'aurais dû appeler les secours. »

Mudd l'avait arrêté.

« On fait tous des erreurs. Pas aussi graves que les tiennes, mais on en fait. »

Cinquième aurait haï Mudd autant que ses frères la haïssaient s'il n'avait été occupé à se haïr lui-même. Il ne pouvait se pardonner et le cancer de sa culpabilité s'était propagé à toutes les autres sphères de sa vie. Il se sentait coupable de manger trop et de ne pas assez manger. Il se sentait coupable de ne pas ranger sa chambre et quand elle était rangée, il se sentait coupable de l'aspect souillon que sa chambre proprette donnait à celles de ses frères en comparaison. Quand il obtenait un B, il se sentait coupable de ne pas avoir obtenu un A, quand il obtenait un A, il se sentait coupable de ne pas avoir obtenu un A+, et quand il obtenait un A+, il se sentait coupable de rabaisser la note des autres. Il se considérait comme un raté – à la fois comme fils et comme Cannibale.

« Pardon, Mudd », avait-il dit deux fois par jour sinon plus, tous les jours, tout au long de son enfance.

Sans doute n'était-ce pas étonnant qu'il ait choisi d'être psychiatre, ce que Mudd avait interprété – une habitude en ce qui concernait les choix de ses enfants – comme une attaque personnelle.

« Des condamnateurs de mères professionnels, voilà ce que vous êtes, vous les psys, lui avait-elle lancé le jour où il avait obtenu son diplôme de la fac de médecine.

— Pardon, avait dit Cinquième.

— Sixième était la perfection incarnée, disait Mudd. Il ne pleurait jamais, même quand il avait faim, même quand il était fatigué, et il n'avait pas pleuré non plus à sa naissance. Il était sorti, le sourire aux lèvres. Les médecins n'avaient jamais rien vu de pareil. Mon ange. »

Premier qui, à l'époque, avait attendu à l'extérieur de la salle de travail, en avait un souvenir différent.

« J'ai entendu pleurer, s'était-il moqué une fois où Mudd avait rapporté l'anecdote, ce qu'elle faisait souvent.

— Ce n'était pas Sixième, avait répondu Mudd. Il n'a jamais crié, pas une seule fois.

— Alors ce devait être le médecin quand il a vu sa grosse chatte », avait glissé Premier à l'oreille de Deuxième.

Mudd les avait giflés tous les deux.

« Arrêtez de faire les idiots. »

À la mort de Sixième, Septième venait d'avoir quatre ans et Mudd, traumatisée et rongée par le chagrin, avait mobilisé toute son attention pour protéger Septième du danger, de peur qu'il ne meure, lui aussi. Elle le faisait dormir dans son lit, à côté d'une immense photo de Sixième dans un cadre doré – à l'époque, Père avait déjà commencé à dormir au salon –, afin de l'avoir toujours à l'œil.

« Ne va pas me mourir, disait-elle à Septième. Ne t'avise pas de me faire du mal.

— Je te le promets. »

Le jeune Septième avait fait du bonheur de sa mère la mission de sa vie. Elle était devenue son enfant en mal d'affection et lui, son papa poule qui ne ménageait aucun effort pour lui faire plaisir. Quand ses frères se disputaient, Septième les réconciliait. Quand ils maudissaient Mudd, Septième la défendait. Ses propres désirs et besoins étaient calculés à l'aune du chagrin ou du plaisir que leur réalisation apporterait à Mudd. Même s'il n'avait pas faim, il finissait son assiette pour qu'elle n'ait pas l'impression d'avoir cuisiné pour rien. Il était très bon élève pour ne pas la décevoir et s'il tombait malade, il prétendait que ce n'était rien pour ne pas l'inquiéter, puis il allait souffrir en silence dans son lit, toussant dans son oreiller pour ne pas lui rappeler l'effroyable toux de Sixième la nuit de son décès.

Huitième, le premier des enfants PM, avait suivi l'exemple de Septième et fait lui aussi du bonheur de Mudd sa mission. Sauf que Huitième était un enfant aux capacités terriblement limitées - ni aussi rebelle que Premier, ni aussi déterminé que Deuxième, ni aussi costaud que Troisième, ni aussi intelligent que Quatrième, ni aussi sensible que Cinquième, ni aussi altruiste que Septième - et, par conséquent, en l'absence criante de compétences, talents ou aptitudes, Huitième était devenu homme d'Église. Suivant ainsi l'exemple d'Ishmael, son oncle chéri - le frère de leur père que tout le monde appelait Onclissime, le guide spirituel de toute la communauté cannibalo-américaine. Pendant que ses frères perdaient leurs journées à apprendre les règles du *Monopoly* ou de *Donjons et dragons*, Huitième étudiait les règles antiques de la Consommation propres à leur peuple, les innombrables modalités des Victuailles traditionnelles, l'histoire de leur peuple, les avantages du charbon comparé au propane, comment préparer un barbecue avec deux zones de cuisson. Il mémorisait des passages entiers du *Guide* - la codification de toutes les lois et traditions de leur peuple réunies par Onclissime en personne - et les récitait par cœur à Mudd qui bombait le torse avec fierté.

« Grâce à toi, disait-elle à Huitième, notre héritage culturel singulier ne s'éteindra pas. »

Neuvième était un enfant d'une sensibilité sans égale, il adorait la nature et entretenait un lien quasi mystique avec ses nombreuses créatures. Le plus féroce des chiens se roulait à ses pieds, le plus distant des chats lui sautait dans les bras. À croire que les animaux savaient qu'ils pouvaient lui faire confiance, qu'ils sentaient en lui la présence d'un être spirituel à nul autre pareil. Mais Mudd s'en tamponnait. La seule chose qui lui importait était que Neuvième était gay, une identité qui s'était révélée très tôt dans sa vie. Il n'avait que des amies et montrait peu d'intérêt pour le sport. Mudd regardait d'un œil noir le jeune Neuvième brosser les cheveux de sa Barbie.

« Il s'amuse, disait Septième.

— C'est contre nature », grognait-elle.

Mudd se fichait comme d'une guigne de ce qui était contre nature ou pas ; elle n'avait d'inquiétudes que pour son peuple, or l'orientation sexuelle naissante de Neuvième signifiait qu'il ne se reproduirait pas et, par conséquent, ne contribuerait pas à endiguer la raréfaction des siens. Devinant la désapprobation de sa mère, Neuvième s'efforçait de dissimuler ce qu'il ressentait. Mais, à la veille de son quatorzième anniversaire, il décida qu'il ne pouvait plus lui mentir ni se mentir.

« Mudd, avait-il annoncé, je suis gay.

— Aujourd'hui, je pleurerai la perte d'un deuxième fils ainsi que de tous les fils qu'il aurait pu nous donner », avait-elle dit entre deux sanglots.

Elle s'était sentie trompée, trahie et en avait donc imputé la responsabilité aux juifs.

« Les Sherwood d'Hollywood, avait-elle crié à Neuvième, voilà qui t'a embrouillé ! Avec leurs infâmes émissions de télé et leurs films, les hommes habillés en femmes et les femmes habillées en hommes. Des animaux ! Tu crois qu'ils ont envie qu'on se reproduise ? Tu crois qu'ils ont envie que notre peuple survive ? Rien ne leur ferait plus plaisir que de nous transformer en une nation de tapettes, Neuvième. Ils veulent qu'on soit contaminés – et toi, tu es le patient zéro des pédés.

— Tu peux me rabrouer tant que tu veux, Mudd. Ça ne me fera pas aimer les filles.

— Mon trésor, avait-elle dit gentiment, pensant sans doute qu'il s'agissait d'un horrible malentendu. Je me fiche de qui tu aimes. Tout ce qui compte, c'est avec qui tu couches. »

Neuvième ne croyait pas une seconde que la véritable préoccupation de Mudd soit la reproduction et soutenait qu'elle souffrait elle-même - d'homophobie, de haine, d'étroitesse d'esprit. Ils s'étaient disputés jour et nuit jusqu'à ce que Neuvième soit en âge de quitter la maison.

« Je ne te hais pas, Mudd, avait-il dit. Tu me fais pitié.

— Moi, je te hais », avait-elle répondu en claquant la porte derrière lui.

En entendant Mudd se plaindre de l'égoïsme de Neuvième qui avait détruit leur peuple, Dixième avait trouvé l'inspiration pour prendre sa défense, pour devenir le guerrier que Troisième n'était pas, pour consacrer sa vie à protéger leur peuple des innombrables ennemis qu'il comptait et dont Mudd maudissait les noms tous les jours. Il avait acheté des magazines de karaté pour apprendre à se battre, des haltères pour se muscler, des bandeaux pour ressembler à Rambo.

« Ils ne vont pas s'y attendre, avait-il dit à Septième lorsque son frère l'avait surpris en train de cacher des couteaux à découper dans toute la maison : sous le canapé, derrière sa tête de lit, en haut de la bibliothèque du salon.

— Qui ça, ils ? avait demandé Septième.

— Ils, tout le monde », avait répondu Dixième.

Onzième et Douzième étant jumeaux, Mudd chantait les louanges de leur naissance miraculeuse en soutenant que les Esprits des Anciens s'étaient rachetés de la mort de Sixième en lui accordant deux fils pour le prix d'un.

« D'une seule naissance sont venus deux fils, fredonnait-elle joyeusement, et de ces deux fils en viendront bien davantage. »

Mais il en avait été tout autrement. Les jumeaux étaient encore à l'école primaire qu'ils souffraient déjà de la torture psychologique infligée par la dysphorie de genre. Ils étaient nés dans le mauvais corps, cela ne faisait aucun doute, esprits féminins captifs d'enveloppes masculines, et ils aspiraient à être libérés de la prison de leur identité physique. Il avait dû y avoir un problème à l'atelier : Dieu avait monté par inadvertance un moteur de Ferrari sophistiqué sur une bonne grosse Jeep et le service client était aux abonnés absents. Si bien que les jumeaux avaient pris sur eux de devenir les personnes qu'ils savaient être : ils s'étaient mis à s'habiller en filles, à se faire pousser les cheveux, à se maquiller et à mettre de côté le moindre cent en rêvant du jour où ils pourraient s'offrir l'intervention qui ferait d'eux les femmes qu'ils étaient.

« Ne soyez pas ridicules ! disait Mudd quand ils la suppliaient en larmes de ne pas jeter leurs robes et leurs chaussures. On ne peut pas décider d'être autre chose. Est-ce qu'un arbre peut décider d'être un oiseau ? Est-ce qu'un oiseau peut décider d'être un arbre ? L'arbre a des feuilles, l'oiseau a des plumes, peu importe à quel point l'arbre veut des plumes et l'oiseau des feuilles.

— On n'est pas des arbres, avait rétorqué Onzième.

— C'est ce que disait l'arbre », avait répondu Mudd.

Dixième, en défenseur de son peuple, se moquait de ses frères jumeaux - sœurs, exigeaient-ils, mais il s'en fichait. Il tirait sur leurs nattes et les traitait de lopettes œuvrant à la destruction de leur peuple, mais ces brutalités ne faisaient que renforcer leur détermination. Ils s'étaient mis à haïr la mère qui niait leur douleur, Dixième qui les maltraitait et Huitième qui leur répétait à l'envi qu'il leur était interdit de changer ce qu'ils étaient.

« Qui a dit ça ? demandait Onzième.

— Oui, renchérissait Douzième, qui a dit ça ?

— Les Anciens, répondait Huitième.

— Et combien parmi ces Anciens sont des hommes, je me demande ? avait dit Onzième.

— Et combien sont LGBTQ ? avait ajouté Douzième.

— LG quoi ? avait demandé Huitième.

— Tout est dit », avait conclu Douzième.

Venait enfin Zéro. Zéro aimait sa famille de tout son cœur et de toute son âme. Elle lui pardonnait ses défauts, accueillait son mépris avec des sourires et répondait à son amertume par de l'amour. Mais Zéro n'étant d'aucune utilité d'un point de vue reproductif pour la communauté cannibale, Mudd l'ignorait. Bébé, Zéro avait été laissée aux bons soins de Septième qui la faisait manger, la changeait, la consolait la nuit lorsqu'elle pleurait à cause d'un cauchemar. Mudd ne voyait pas l'intérêt d'enseigner leurs règles et traditions à Zéro et Zéro avait donc grandi plus américaine que cannibale, plus Nouveau Monde que Vieux Pays. Mais peu importait la force avec laquelle Mudd la rejetait, Zéro l'aimait, peu importait la violence du désintérêt de Dixième au motif qu'elle n'était pas un mâle, elle l'aimait aussi, et peu importait que Huitième ne veuille jamais répondre à ses questions sur leur histoire et leurs traditions parce qu'elle n'était qu'une fille, elle l'aimait aussi. Son humeur égale les rendait dingues et Mudd était persuadée que quelque chose ne tournait pas rond chez elle, en plus de l'inutilité de son genre. Un matin, Septième était entré dans le salon pour trouver Mudd en train de regarder par la fenêtre. Zéro, encore petite fille, sautait à pieds joints dans les flaques sous une pluie battante, les bras tendus. Son visage lumineux barré d'un sourire levé vers le ciel, elle riait d'une joie débridée. Septième avait souri en la voyant, le visage de sa sœur éclairant le jour gris, sa joie comme un reproche aux nuages qui, l'apercevant en contrebas, s'étaient bien vite éclaircis et avaient fait briller le soleil au-dessus de sa tête.

Mudd avait soupiré et secoué la tête.

« C'est déjà assez moche qu'elle soit une fille, avait-elle dit en se détournant de la fenêtre avec dégoût, pourquoi faut-il en plus qu'elle soit tarée ? »

*

Les Anciens demandèrent : « Une fille peut-elle devenir un garçon ?

— Oui, répondirent les Anciens des Anciens.

— Un garçon peut-il devenir une fille ? demandèrent les Anciens.

— Non, répondirent les Anciens des Anciens.

— Comment se fait-il qu'une fille puisse devenir un garçon mais pas un garçon une fille ? demandèrent les Anciens.

— Parce qu'on ne peut pas partir de quelque chose pour arriver à rien », répondirent les Anciens des Anciens.

*

Septième s'était éloigné, avait dit le docteur Isaacson, mais il n'avait pas avancé.

Septième était d'accord mais il avait l'impression que le docteur Isaacson ne se rendait pas vraiment compte du fardeau que représentait son héritage culturel singulier.

Le docteur Isaacson avait soupiré.

« Pas encore cette histoire de chasseurs de têtes.

— De Cannibales, l'avait corrigé Septième. De Cannibalo-Américains, en l'occurrence.

— Il n'y a pas de cannibales à Brooklyn, Septième.

— Il n'y en a plus.

— Où sont-ils partis ? avait demandé le docteur Isaacson. Sur *L'Île aux naufragés ?*

— Ils sont partis.

— Hum. Et d'où venaient-ils ?

— Du Vieux Pays. Julius, mon arrière-grand-père, a immigré à l'âge de dix-huit ans.

— Quel Vieux Pays ?

— Je ne sais pas.

— Vous ne savez pas.

— On a oublié.

— Vous vous souvenez que votre arrière-grand-père était un cannibale mais pas du pays dont il était originaire ?

— Il était Cannibale, avait-il corrigé le bon docteur. Pas un cannibale. »

L'ascendance de Septième était la pierre d'achoppement entre le docteur Isaacson et lui, le docteur Isaacson n'ayant jamais cru l'histoire de Septième et attribuant ses affirmations délirantes à un besoin de se distinguer de sa mère narcissique.

« Je vous crois, Septième. J'ai beaucoup de patients dévorés par leurs mères mais je n'ai jamais eu de patient qui veuille dévorer leur mère.

— Je ne veux pas la dévorer, s'était hérissé Septième. C'est là tout le problème. »

Septième avait fini par mettre fin aux séances, son héritage étant un obstacle que ni le thérapeute ni le patient ne pouvait dépasser. Pourtant, tandis que le taxi traverse Brooklyn et que Septième sent l'angoisse serrer son cœur comme un poing, il regrette de ne pouvoir appeler le docteur Isaacson, il aimerait que quelqu'un, n'importe qui, lui dise de faire demi-tour et de rentrer à Manhattan retrouver Carol et Reese, cette nouvelle famille qu'il a construite sur les ruines de l'ancienne.

Citation du grand essayiste français Michel de Montaigne, dans *De la solitude* :

J'ai brisé mes chaînes, dites-vous. Mais un chien forcené peut briser la sienne pour ne recouvrer qu'une liberté partielle, une bonne longueur de cette chaîne attachée à son collier.

Septième avait fait la connaissance de Montaigne à l'université, en cours d'anglais, quand le professeur avait proposé à ses étudiants de se pencher sur le célèbre essai *Des cannibales.* Au début, Septième avait été pris de panique, persuadé que le secret de son identité avait été dévoilé. Mais le professeur ignorait l'héritage de Septième et avait simplement choisi ce texte comme premier exemple de quelque chose qu'il avait appelé « intertextualité » et dont la seule mention avait fait bâiller Septième. Bientôt, Bakhtine et Barthes avaient achevé d'endormir Septième, des noms qui, pour tout étudiant, signifiaient que le temps n'allait pas tarder à ralentir jusqu'à la vitesse de l'escargot et à vous faire désirer ardemment la douce libération de la mort. Mais, en lisant le texte de Montaigne, Septième avait été frappé par l'humanisme passionné de l'auteur français, par son ouverture d'esprit rebelle, par sa sagesse anticonformiste – par la façon dont il se démarquait, à tous égards, du milieu dont il était issu. Septième avait eu l'intention de poursuivre sa lecture de Montaigne mais il était étudiant, une époque de la vie où acquérir des connaissances passait après s'envoyer en l'air, et il avait abandonné Montaigne. Et puis, quelques mois plus tôt, après avoir interrompu sa thérapie avec le docteur Isaacson, juste au moment où Septième était en quête de sens, d'éclairage, d'un guide pour traverser la forêt obscure de sa vie, le manuscrit qu'il était en train de lire, écrit par une Latino-Américano-juive-quatrième-vague-lesbienne-pro-immigration-anti-vaccin, avait évoqué Montaigne qu'elle traitait de mâle-pro-monothéiste-bourgeois-européen-patriarcal-catholique-cisgenre.

Il était peut-être temps de relire Montaigne, s'était dit Septième.

— Brooklyn, USA, annonce le chauffeur de taxi au moment où ils dépassent le panneau BIENVENUE À BROOKLYN au bout du pont. J'ai grandi dans ce quartier.

— Moi aussi, dit Septième.

— Aujourd'hui, j'aurais plus les moyens.

— Moi non plus, dit Septième.

Le chauffeur jette un coup d'œil dans le rétroviseur, histoire de vérifier la couleur de peau de Septième.

— Ils se débarrassent de nous, dit le chauffeur. D'une façon ou d'une autre, ils se débarrassent de nous.

— Qui ça, « ils » ? demande Septième, mais le chauffeur se contente d'agiter la main comme si la question ne valait pas la peine qu'on s'y attarde.

Cela fait des années que Septième n'est pas revenu dans son ancien quartier. Comme partout ailleurs, celui-ci a changé de façon radicale. Les épiceries et les marchés ont disparu, remplacés par des cafés branchés, des restaurants gastronomiques, des pâtisseries chics et des ateliers d'artiste qu'aucun artiste ne pourra jamais s'offrir. Les hipsters se sont substitués aux SDF et Septième a un choc en découvrant un Apple Store à l'endroit où se trouvait jadis un marché aux fruits – *où l'on pouvait acheter de vraies pommes*, songe-t-il avec ironie. Cela dit, en regardant bien, il lui arrive de repérer des vestiges de l'ancienne communauté can-am : une frise cannibalesque au-dessus de l'entrée d'une boutique de cupcakes véganes ou de celle d'une ancienne banque transformée en espace de coworking (allez savoir ce que c'est). Ici, trois silhouettes assises en tailleur en train de Consommer une jambe humaine ; là, une silhouette allongée éviscérée par un personnage debout ; et partout, si on sait où poser les yeux, un bas-relief de chaudron caractéristique que les non-Cans prennent pour une simple décoration quand les Can-Ams reconnaissent un emblème traditionnel ornant le fronton des maisons de leur peuple.

La découverte de ces vestiges ne fait qu'attiser le feu déjà brûlant de la culpabilité qui ronge Septième. Il s'est toujours considéré comme étant de « culture cannibale », une revendication qui pour Mudd n'est rien d'autre qu'une démonstration de lâcheté, mais qui permet à Septième d'exécuter l'exercice d'équilibre périlleux qu'est l'ambivalence. « Je ne suis ni un abandonneur rétrograde du monde moderne, affirmait-il, ni un abandonneur moderne d'un monde rétrograde. » Mais constater depuis l'arrière du taxi à quel point le quartier a changé le fait chanceler, perdre l'équilibre et tomber tête la première dans le doute et les regrets.

Il est parti. Il a disparu. Et la communauté a disparu avec lui.

« Fondre, c'est bon pour les bougies », disait Mudd.

Mais fondre, c'est ce qu'une grande partie de sa famille a fait. Septième se rappelle fort bien le jour où Premier est parti. Il avait assisté à son départ tapi dans l'escalier, son petit cœur se brisant quand il avait vu son frère aîné chéri enfiler un sac à dos et passer la porte d'entrée pour ne jamais revenir. Il faisait nuit noire, les voisins dormaient depuis longtemps mais, campée sous le porche, Mudd avait poursuivi Premier de ses cris dans l'obscurité.

« Si seulement Julius s'était noyé dans l'Atlantique ! Ça aurait mieux valu plutôt que de te voir sombrer dans la mer de l'Amérique. Laisse-moi te dire une chose sur les Melting-Pots, jeune homme. Les gens de notre peuple en connaissent un rayon sur le sujet ! Ils ne commencent pas par la tête ou les pieds ou les mains, je te le garantis. Ils commencent par l'âme. C'est la première chose qu'ils vous coupent ! L'Esprit ! Une fois l'esprit mort, ils s'emparent du corps et le font bouillir jusqu'à ce qu'il ne ressemble plus à rien, jusqu'à ce qu'il ne soit plus que bouillie et os, pareil au million de crétins morts dans ce Melting-Pot de mes deux. Et pendant que tu les remercies de t'avoir fait bouillir, ils attisent le feu et se réjouissent que tu sois mort, toi et toute ton histoire avec toi. Va-t'en, salaud ! Va-t'en et ne mets plus jamais les pieds chez moi ! »

Elle avait crié la même chose à Deuxième quand il était parti deux ans plus tard et derechef à Quatrième quelques années après.

Septième entend encore sa voix résonner le long de la rue plongée dans l'obscurité au moment où son taxi s'arrête devant la maison de Mudd.

— Quinze dollars, annonce le chauffeur.

Ne sortez pas, Septième entend le docteur Isaacson lui intimer. *Ne sortez pas.*

Septième sort.

Merde.

*

La couleur de peau est malheureusement un des principaux marqueurs d'identité du genre humain. Il ne fait aucun doute que ce soit un marqueur primitif et affligeant, mais peut-être fallait-il s'y attendre aussi dans la mesure où nous ne sommes, malgré la haute opinion injustifiée que nous avons de nous-mêmes, qu'une espèce animale parmi d'autres, en lutte pour sa survie. Pour le zèbre, le lion est la mort, et personne ne ferait la morale au zèbre pour avoir réduit le roi de la jungle à cette définition. Il n'empêche, on ne peut qu'imaginer les hauteurs que nous humains atteindrions si des caractéristiques plus essentielles comme la gentillesse et l'intelligence étaient aussi immédiatement détectables et évaluées que les rayures et les taches de nos pelages. Il est douloureux et dégradant d'être jugé sur sa couleur de peau, comme le savent ceux qui en sont victimes. Mais il y a pire : être jugé sur la couleur de peau de tout le monde. Et pourtant, c'est la terrible situation dont les Cannibales souffrent aujourd'hui car ils n'ont la peau ni noire ni blanche, ni claire ni foncée, ni orientale ni occidentale. Du fait d'avoir fui puis de s'être intégrés et d'avoir fui encore à de si nombreuses reprises au cours de leur histoire tourmentée, ils sont parvenus à un zéro racial absolu en termes de traits. Ce qui les caractérise est précisément de n'avoir aucune caractéristique et, en raison de la nuance particulièrement ambiguë de leur peau, on les prend – et on les hait à cause de cela – pour toutes les races et tous les peuples de toutes les nations du monde. Une fois, Deuxième, dont l'intérêt précoce pour l'art l'avait conduit à travailler dans la publicité, avait souligné qu'une histoire longue de plusieurs millénaires avait laissé les Cannibales sans patrie ni trésors. Tout ce que cette histoire leur avait légué était une peau dont la nuance Pantone leur assurait d'être haïs par tout le monde, partout, pour l'éternité. Au Texas, Septième avait été pris pour un Mexicain, dans South Central à Los Angeles pour un Blanc, à Jérusalem pour un Palestinien, en Cisjordanie pour un Israélien. Ne serait-ce qu'à New York, il s'était fait agresser à Staten Island par un groupe qui le croyait noir, dans Crown Heights par un hassidim qui le prenait pour un Hispanique et dans le Queens par des suprémacistes blancs qui le soupçonnaient d'être juif. Si Septième trouve un quelconque avantage à ce qu'Onclissime appelle leur « identité floue maudite », c'est que cette dernière lui a permis de poursuivre de ses assiduités des femmes qui, sans son « identité floue maudite » et en raison de leur propre origine ethnique, ne seraient peut-être pas sorties avec lui – un avantage dont Septième avait profité pleinement pendant sa jeunesse.

« Noir ? avait-il dit à Jada, une Afro-Américano-féministe-progressiste-démocrate-baptiste-dominatrice. Bien sûr que je suis noir. »

« Juif ? avait-il dit à Leah, une nymphomane-Américano-militariste-orthodoxe-néo-conservatrice-juive-sioniste. Tu ne trouveras pas plus juif que moi. »

« Iranien ? avait-il dit à Yasmine, une Irano-Américano-bisexuelle-communiste-dyslexique. Je n'ai pas une tête d'Iranien ? »

Néanmoins, il n'était pas facile de faire durer la supercherie et, tandis que les eaux troubles de ses innombrables identités fictionnelles montaient autour de lui, Septième avait regretté de ne pouvoir rencontrer quelqu'un qui s'identifie simplement à un être humain. Mais cette personne était introuvable et, très vite, il avait été noyé sous un tel déluge de nationalités et de désignateurs qu'il lui arrivait souvent de ne plus se rappeler avec quelle fille il sortait, ni de quelle origine elle était, ni ce qu'il avait prétendu être. La goutte qui fit déborder le vase s'appelait Keira, une Nigériano-Irlando-Ukraino-Égyptienne-productrice-poétesse-comptable rencontrée à un cocktail organisé à l'occasion de la récente sortie des mémoires d'un Palestino-Canado-Américano-non-binaire-malentendant-progressiste-démocrate (« Il était temps ! » s'était enthousiasmé le *Times*). Lorsqu'ils avaient fini par rompre, Septième avait été soulagé. Il avait mal aux épaules à force de brandir des pancartes avec elle tous les week-ends et il n'était pas rare qu'il oublie quelle cause il était censé prétendre défendre et à quelle cause il était censé prétendre s'opposer. Il était quasi certain que Keira n'en savait rien non plus, et le lui faire remarquer avait précipité leur rupture. Il était en train de renoncer aux femmes, de maudire les relations amoureuses, de rejeter les êtres humains et de clamer l'impossibilité de l'amour quand il avait rencontré Carol.

« Tu es quoi ? lui avait-il demandé, s'attendant à l'avalanche habituelle d'identificateurs.

— Je suis quoi ? Ou je suis qui ? avait-elle répondu.

— Commençons par quoi.

— Je suis un être humain, connard. Et toi ? »

Septième était tombé amoureux. Carol était encore plus belle à l'intérieur qu'à l'extérieur et tout en elle le fascinait : ses opinions arrêtées, son humour noir, ses yeux vert jade qui semblaient briller d'un éclat plus clair lorsqu'elle évoquait les choses qu'elle aimait et s'assombrir lorsqu'elle s'insurgeait contre celles qu'elle détestait. Et son rire – un rire si désinhibé, si lascif qu'en l'entendant pour la première fois il avait voulu l'entendre tous les jours jusqu'à la fin de sa vie. Mais hélas, à l'époque, son cerveau était encombré de tant d'étiquettes et autres adjectifs qu'il avait seulement retenu de l'héritage de Carol, deux mois après le début de leur relation et malgré l'amour qu'il lui portait, qu'elle était dominico-quelque chose-américaine or lui demander de le préciser aujourd'hui était impossible. Quant à ce qu'il avait révélé de lui, il était certain que c'était un mensonge.

« Papa, je te présente Septième, avait dit Carol la première fois qu'il avait rencontré son père. Septième, je te présente Papa.

— Bonjour, avait dit son père en jetant un œil à la couleur de peau de Septième en quête d'indice. Vous êtes colombien ?

— Oui, monsieur, avait répondu Septième.

— Tu m'as dit que tu étais dominicain, était intervenue Carol.

— Je suis colombiano-dominicain.

— Mais tu m'as dit que ton père était guatémaltèque, avait insisté Carol.

— Mon père était guatémaltèque. Colombiano-guatémaltèque. Ma mère était dominicaine. Je suis colombiano-dominico-guatémaltèque. »

Carol avait haussé les épaules, peu lui importait, et lorsqu'elle était partie chercher des verres à la cuisine, son père avait donné une grande bourrade à Septième.

« Tant que vous êtes gentil avec ma fille, je me fiche de ce que vous êtes. »

Puis, avec un clin d'œil et un coup de coude dans les côtes, il avait ajouté dans un chuchotement :

« Tant que vous n'êtes pas un de ces Haïtiens.

— Ha. »

Septième ignorait l'origine du problème du père de Carol avec les Haïtiens mais s'il les détestait, il n'allait pas aimer les Cannibales non plus, et Septième craignait que Carol ne partage ses préjugés. Ce qui explique qu'il ne lui ait jamais rien dit de son peuple et de ses traditions ou de sa véritable identité et que, jusqu'à ce jour, ni Carol ni Reese ne connaissent son véritable héritage. En levant les yeux sur la maison de son enfance pour la première fois depuis plus de dix ans – la pelouse sur laquelle il avait joué au ballon avec son père, la fenêtre du premier étage depuis laquelle Premier et lui laissaient tomber des parachutistes en plastique, la porte d'entrée d'où Sixième jaillissait pour l'accueillir quand il arrivait dans l'allée, sans doute la dernière maison de la dernière famille cannibalo-américaine encore existante –, il se demande s'il ne devrait pas leur révéler la vérité. Si elles ne devraient pas savoir. S'il ne devrait pas demander à Carol et à Reese de s'asseoir et leur dire : « Voilà, j'ai quelque chose d'important à vous annoncer. Vous voyez le gros dans *L'Île aux naufragés* avec l'os dans le nez ? Celui qui brandit sa lance en criant Ouga Bouga ? Eh bien, c'est moi. »

Le moment est peut-être venu.

D'accepter qui il est.

De s'approprier son histoire, c'est bien ce que les jeunes disent de nos jours ? S'approprier son histoire ?

Adolescent, il avait eu peur d'être rejeté, peur de ne jamais appartenir au monde plus vaste qui s'étendait derrière la porte de sa maison. *Mais quel monde plus vaste ?* se demande-t-il à présent. Il n'existe aucun monde plus vaste, seulement une collection de mini-mondes de nationalités, de genres, d'opinions politiques et de religions, de -istes et de -ismes, de néo-ceci et d'ultra-cela en guerre les uns contre les autres.

Rosenbloom a peut-être raison.

Si tout le monde se réfugie dans sa cage en prétendant que c'est la liberté, Septième devrait peut-être en faire autant.

Peut-être est-il temps qu'il chérisse ses chaînes.

Le seul peuple auquel on peut appartenir est peut-être celui dont on est issu.

Septième Seltzer se noie dans les histoires. Il en sort d'un peu partout : de vieilles histoires écrites par des maîtres disparus débordent de sa bibliothèque ; de nouvelles histoires sont empilées sur son bureau, criant, hurlant, exigeant d'être entendues ; mais, pire que toutes les autres, dans les recoins obscurs de son esprit se terrent les histoires de son peuple – des centaines d'histoires, vieilles de milliers d'années, des histoires de souffrance et d'oppression, de persécution et d'accusation, de rêves brisés et d'os cassés, larmoyantes et sinistres, les terribles récits d'hier qu'il traîne comme un boulet aujourd'hui.

L'histoire d'horreur de Nous, comme la nommait Mudd.

Mudd racontait des histoires à ses enfants. Elle leur en racontait jour et nuit, des histoires horribles qu'elle leur interdisait d'oublier et qu'elle les forçait à répéter. Des histoires de douleur et de torture, de persécutions et de massacres, de souffrances sans fin entre les mains ensanglantées des nations honnies du monde. *Il était une fois, tu parles.*

Aucun enfant n'était trop jeune pour les entendre.

« Vous, les gosses, vous avez la vie facile. » C'était ainsi que Mudd commençait toutes les histoires.

« Tout était pire autrefois, disait-elle, pire dans des proportions inimaginables et, plus on remontait dans le temps, plus les choses empiraient. Il y a deux cents ans, ils violaient et tuaient nos bébés devant leurs mères. Il y a trois cents ans, ils violaient nos mères devant leurs bébés, puis, quand ils avaient fini, ils violaient les bébés devant les mères. Après quoi, ils tuaient les mères et les bébés.

— Et qu'est-ce qu'ils faisaient il y a quatre cents ans ? » demandait Troisième.

Mudd lui donnait une taloche sur la tête du revers de la main.

« Arrête de faire l'idiot », lui disait-elle.

Mudd était une femme autoritaire en toutes circonstances même quand l'atmosphère était à la détente, mais elle ne l'était jamais autant que lorsqu'elle racontait les histoires de son peuple. Dans ces cas-là, elle ne supportait aucun manque de respect, ne permettait aucune question, ne tolérait aucun enfantillage. Même Premier n'osait pas la provoquer quand elle parlait du passé.

« Au moins, à l'époque, ils vous tuaient honnêtement, disait-elle, d'un coup de couteau à la gorge ou d'un coup d'épée dans le ventre. Ici, en Amérique, on vous découpe morceau par morceau : on change votre nom, on interdit vos traditions, on vous rabaisse à la télé jusqu'à ce qu'il ne reste plus d'un héritage vieux de plusieurs milliers d'années qu'un poste de télévision et un Levi's.

— C'est quoi un Levi's ? demandait Deuxième.

— C'est un pantalon, répondait Mudd. Fabriqué par un de ces juifs new-yorkais.

— Levi Strauss était de San Francisco, faisait remarquer Quatrième.

— Oh, pardon, disait Mudd. Fabriqué par une de ces tapettes juives. »

Mudd adorait son peuple, à tel point que, par fierté, elle méprisait tous les autres : elle détestait les Noirs, les Asiatiques, les Latinos, les Blancs, les Indiens, les Allemands, les Sumériens, les Macédoniens, les Cananéens, les Hittites, les Babyloniens, les homosexuels, les travestis, les mecs cuir, les premiers, les derniers, les véganes, les hippies, les chrétiens, les catholiques, les juifs, les musulmans, les baptistes, les catholiques, les jaïns, les manichéens, les ashuristes, les païens et les athées, et elle ne s'en cachait pas ni en privé ni en public, déclarant qu'ils étaient stupides, paresseux, criminels, malhonnêtes, lâches, impérialistes, fourbes, manipulateurs, sales, radins, moches, qu'ils puaient, étaient incultes et sexuellement pervers.

« Ils ont forcément une qualité, disait Cinquième.

— Oui, répondait Mudd. Ils meurent. »

Septième a souvent eu peur de contracter sa haine, d'hériter de son intolérance - comme un virus, comme un défaut de naissance, malgré tous ses efforts pour ne pas être contaminé, une sorte de syndrome fœtal du connard -, mais aujourd'hui, à trente ans, il n'a encore détecté aucun symptôme. Toutefois, il faut rester vigilant, on ignore à quel moment le virus peut se manifester et, un dimanche après-midi, on se retrouve soudain au Klan Store du coin en train d'équiper sa femme et ses gosses d'un ensemble tunique et capuche.

Les histoires étaient pour Mudd le moyen de vacciner ses enfants contre l'influence de ces autres méprisés et dangereux. Les histoires lui servaient de traitement comme un médecin utilise un médicament pour soigner un patient. Mudd examinait sa progéniture en quête de signes d'infection morale, d'empoisonnement culturel et, en fonction des symptômes, elle décidait quelle histoire administrer, à quelle fréquence et sous quelle forme.

Le jour où Premier était rentré à la maison avec une petite amie noire, elle lui avait raconté l'histoire de Julius qui avait épousé sa sœur, Julia, dans le seul but d'avoir des enfants cannibales et de sauver leur peuple.

Le jour où Deuxième était rentré à la maison avec une petite amie juive, elle leur avait raconté comment les musulmans avaient violé et tué leur peuple.

« Elle est juive, pas musulmane, l'avait corrigée Deuxième.

— C'est du pareil au même », avait dit Mudd.

Mais l'histoire qu'elle racontait le plus souvent, l'histoire que tous les Cannibalo-Américains racontaient et racontent encore, était celle de leur arrière-grand-père, Julius, qui avait débarqué en Amérique avec guère plus que sa chemise sur le dos.

Et cette histoire, près de trente ans après l'avoir entendue pour la première fois, continue de hanter Septième Seltzer.

*

« En 1914, avait commencé Mudd, Julius Seltzer, fils de Samuel Seltzer, fils d'un autre Seltzer, quitta le Vieux Pays pour le Nouveau Monde, quelques jours à peine après son dix-huitième anniversaire.

— À quoi ressemblait le Vieux Pays ? avait demandé le jeune Septième.

— Le Vieux Pays était un paradis, avait répondu Mudd, un paradis peuplé de grands arbres où les ruisseaux gazouillaient et les prairies étaient luxuriantes. Les raisins étaient de la taille de pommes, les pommes de la taille de pamplemousses et les pamplemousses de la taille d'une Chevrolet. Mais attention, un jour, il a été temps de partir. Un nouveau roi a pris le pouvoir et nos ancêtres n'ont plus été en sécurité au Vieux Pays. Alors, une nuit, Samuel a emmené Julius, son fils, et Julia, sa fille, au port et, une fois sur place, il a remis à son fils une mallette en cuir avec une poignée en bois et de gros fermoirs dorés. À l'intérieur se trouvait le Couteau de la Rédemption, indispensable à l'exécution du rite sacré de la Consommation, qui se transmettait dans la famille de génération en génération.

— Emporte-le, a dit Samuel à Julius.

— Mais, Papa, a dit Julius, inquiet d'une telle responsabilité, es-tu sûr ?

— Oui, a répondu Samuel. Emporte-le et n'oublie jamais qui tu es ni d'où tu viens.

Après quatre semaines éprouvantes en mer, Julius et sa sœur, Julia, blottis sur le pont du paquebot *Endeavor*, attendaient de voir le Nouveau Monde apparaître à l'horizon. Ils étaient entourés de centaines d'autres immigrants affamés et prêts à tout, originaires de dizaines de Vieux Pays. À l'est, le disque doré du soleil commençait à se lever, illuminant le ciel de rose et de violet. Ils avaient quitté le Vieux Pays au beau milieu de l'hiver mais, à mesure qu'ils approchaient du Nouveau Monde, le printemps pointait son nez. Ils avaient affronté des tempêtes, la maladie et les privations, mais au moins ils n'étaient plus loin, en cette saison de renaissance, d'une nation qui elle-même était née à peine un siècle et demi plus tôt.

Le bateau traçait sa route vaille que vaille au milieu des vagues gigantesques d'une énième mer sans fin, les eaux sombres s'écrasant contre sa vieille coque rouillée, quand, soudain, un vieil homme debout à la gauche de Julius s'est hissé sur le bastingage et, indiquant un point au loin, a crié :

— L'Amérique.

Julius et Julia ont tendu le cou et se sont dressés sur la pointe des pieds, et elle était bien là, la déesse en tunique qu'ils avaient attendu de voir de leurs propres yeux, la statue de la Liberté, qui émergeait du brouillard, sa magnifique torche comme un signe d'affranchissement pour tous.

Aussitôt, les passagers se sont mis à pleurer de joie. Ceux qui croyaient en Dieu ont chanté Ses louanges à pleine voix et L'ont remercié, et même les non-croyants se sont joints aux cantiques de reconnaissance, extatiques. Les maris ont pris leurs femmes dans leurs bras, les frères leurs sœurs, des inconnus ont dansé avec des inconnus. Sur le pont de ce rafiot battu par les vents, des gens se sont rassemblés sans considération de race, ni de convictions, ni de religion, ni de couleur de peau, car ici, sur le sol du Nouveau Monde, ils pourraient vivre sans peur ni haine ni oppression.

— T'es un genre de nègre ? a demandé l'agent du service d'immigration à Julius à la vue de son étrange carnation.

— Non.

— Juif ?

— Non.

— Arabe ?

— Non.

— Asiatique ?

— Non.

— Italien ?

— Non.

— Français ?

— Non.
— Communiste ?
— Non.
— Socialiste ?
— Non.
— Gay ?
— Gay ? a demandé Julius.
— Homosexuel.
— Je sais ce que veut dire gay.
— Alors, tu l'es ?
— Non.
— Juif ?
— Vous me l'avez déjà demandé.

L'agent l'a regardé.

— Ben, t'es quoi alors, mon gars ? a-t-il demandé. T'es forcément quelque chose.

Mais Julius savait qu'il était interdit de révéler l'identité de son peuple ainsi que le nom de son pays d'origine sous peine de voir très vite arriver les fourches et les torches.

— Je suis du Vieux Pays, a répondu Julius.
— Lequel ?
— Le plus vieux.
— Vieux de combien ?
— Très vieux.
— Est-ce que ce pays a un nom ?
— Oui.
— Tu le connais ?
— Non.

L'agent a poussé un soupir d'exaspération.

— En tout cas, ce qu'il y a de sûr, c'est que t'es pas d'ici, a-t-il dit.

— C'est vrai, a renchéri Julius. Ici, c'est le Nouveau Monde.

— T'as raison, a dit l'agent, ravi d'avoir assis son autorité d'une certaine façon. Je vais marquer : autre.

— Parfait.

— Marié ? a demandé l'agent.

Julius a réfléchi car il était de notoriété publique que les agents du service de l'immigration préféraient les hommes mariés aux célibataires. Julius aurait pu mentir et prétendre que sa femme arrivait par un prochain bateau, mais cela n'aurait servi à rien. Si l'épouse de l'immigrant n'était pas présente, les agents classaient ce dernier dans la catégorie des célibataires. Par conséquent, Julius n'avait pas le choix.

— Non... a-t-il commencé à répondre quand Julia s'est soudain avancée et lui a pris la main en disant :

— Oui.

— T'es sa femme ? a demandé l'agent.

— Oui.

— T'as plutôt l'air d'être sa sœur.

Le cœur de Julia s'est serré - les Cannibales d'une même famille se ressemblaient beaucoup. Désespérée et prête à sortir du hall en courant, elle s'est retournée et, là, dans ce centre d'immigration, elle a vu un spectacle choquant : des frères qui embrassaient leurs sœurs, des mères leurs fils et des pères leurs filles, voulant à tout prix prouver qu'ils étaient mariés, voulant à tout prix devenir des Américains. Julia s'est tournée vers son frère, a pris son visage entre ses mains et l'a embrassé passionnément, longuement, comme elle n'avait jamais embrassé personne.

Julius a bafouillé, Julia rougi, l'agent a tamponné leurs papiers et, attendez, Julius et Julia passent la porte au-dessus de laquelle est écrit BIENVENUE, grâce à eux, la famille fait ses premiers dans le Nouveau Monde de leurs rêves.

Mais leur joie fut de courte durée, avait ajouté Mudd d'une voix sourde. Les rues n'étaient pas pavées d'or. La plupart n'étaient même pas pavées. La ville de New York était une fosse d'aisances. Le travail était rare et la nourriture insuffisante. Alors quand Julius a appris qu'un grand homme appelé Henry Ford promettait de payer ses ouvriers cinq dollars par jour, une fortune à l'époque, il a décidé de rassembler leurs maigres biens et de partir vers l'ouest dans le Michigan où, comme tant de nouveaux immigrants, il a trouvé du travail à l'usine de voitures Ford de Detroit.

Pourtant, là aussi, la réalité ne fut pas conforme aux rêves de Julius. Le travail était dur et dangereux, les contremaîtres cruels, les machines impitoyables. Pour peu que la manche d'un ouvrier se prenne dans une roue dentée ou un crochet, la machine ne faisait qu'une bouchée de lui. Pour ces hommes, qui avaient faim et froid, les cinq dollars quotidiens nécessaires à l'entretien de leur famille valaient la peine de risquer leur vie. Et ils sont donc venus, jour après jour, par milliers. Les candidats à l'embauche sont devenus si nombreux que Ford en a modifié les conditions. Il a décrété que, pour prétendre au salaire quotidien de cinq dollars, chaque immigrant devait être "américanisé" au préalable, un programme exigeant qui incluait des cours obligatoires, des inspections aléatoires menées chez les ouvriers par les contremaîtres de l'usine et la soumission à un règlement strict. Le programme était ardu et intense, souvent humiliant, et nombre d'ouvriers ne sont pas arrivés au bout. En revanche, pour ceux qui y parvenaient, Henry Ford organisait tous les ans une cérémonie qu'il avait appelée jour de l'Américanisation.

L'événement avait judicieusement lieu le 4 Juillet. Amis et famille des futurs américanisés arrivaient à l'heure dite pour découvrir un étrange tableau : un chaudron de neuf mètres de large sur quatre de haut, découpé dans du contreplaqué peint en noir, et sur lequel était écrit en grosses lettres blanches : MELTING-POT. Après quelques paroles d'introduction, la cérémonie commençait. Un par un, les ouvriers qui avaient réussi leur parcours à l'école de l'américanisation se présentaient, vêtus de la tenue traditionnelle de leur pays d'origine. Sous les regards de sa famille, l'ouvrier montait par une échelle à "l'intérieur" du Melting-Pot. Une fois hors de vue du public, il retirait sa tenue traditionnelle sous laquelle il portait le costume noir et la cravate de l'ouvrier américain respectable. Puis on lui remettait un petit drapeau américain et on lui indiquait l'échelle de l'autre côté du Melting-Pot par laquelle il réapparaissait sous les applaudissements de la foule en Américain bien habillé, agitant fièrement son drapeau. »

À ce moment du récit, la voix de Mudd se brisait sous le coup de l'émotion.

« Julius a émergé du pot infernal en larmes, avait-elle poursuivi. Il y était entré en homme brisé, prêt à tout pour de l'argent, mais en était ressorti moins qu'un homme.

Qu'est-ce qu'un homme sinon son passé et son peuple ? Sans eux, il n'est qu'un fantôme, une ombre, une forme lisse sans profondeur ni substance. Et donc ce pauvre Julius a surgi à l'autre extrémité de ce pot de mes deux, il a descendu en trébuchant cette échelle de mes deux, au pied de laquelle Julia l'a pris dans ses bras tandis qu'il lui disait en sanglotant : "L'Amérique ne vaut pas le coup." Cette anecdote est la plus dramatique du chapitre le plus atroce de toute l'histoire déchirante des Cannibalo-Américains. Depuis, la tradition veut que, le jour de leurs dix-huit ans, les jeunes hommes cannibalo-américains défilent en costume noir et cravate, portant à la main une mallette en cuir marron avec une poignée en bois et de gros fermoirs dorés, pour commémorer ce jour terrible où Julius a été forcé de devenir américain. Et vous, les gosses, disait Mudd en essuyant ses larmes, vous plongez tête la première dans ce pot. »

*

En entrant dans la maison de sa mère, Septième fait un bond en arrière dans le temps. Ici l'histoire se prolonge, à l'image de l'agresseur des films d'horreur que l'on croit mort mais qui se débrouille toujours pour revenir assener un dernier coup de gourdin.

— Coucou ? appelle-t-il. Mudd ?

Rien n'a changé depuis son départ : ni les photos de Sixième à côté de l'armoire, ni le canapé au motif fleuri momifié pour l'éternité sous une housse en plastique transparent, ni l'affiche de l'Université d'un mètre de haut, décolorée par le soleil, qui domine la pièce depuis son enfance.

La vue de l'Université fait trembler Septième.

L'Université avait été le plus grand projet d'Onclissime, un centre d'études cannibalo-américain de plusieurs millions de dollars, situé dans le New Jersey, le premier de son genre de toute l'histoire cannibale. Le dessin sur l'affiche, réalisé à l'aquarelle, représente l'extérieur de la salle principale, des étudiants cannibalo-américains franchissent ses hautes portes voûtées dans un sens et dans l'autre tandis que d'autres, assis à l'ombre d'un chêne proche, discutent des lois et des coutumes de leur peuple, se languissent du Vieux Pays et racontent les histoires de leurs bienheureux ancêtres.

« Un jour, tu iras, avait dit Mudd à Septième, et tu feras la fierté de toute l'Université. »

Mais ce rêve, comme tant d'autres rêves de Mudd, ne s'est jamais réalisé et le goût infâme de la culpabilité envahit à nouveau la bouche de Septième.

— Coucou ? appelle-t-il encore. Il y a quelqu'un ?

La porte de la cuisine s'ouvre à la volée et Zéro apparaît, une compresse fraîche à la main. En voyant son frère, elle s'arrête net.

— Septième ?

— Zéro ? s'étonne Septième. Mon Dieu, c'est bien toi ?

Septième n'a pas revu sa sœur depuis des années. Aujourd'hui, elle a vingt ans et elle est devenue une grande jeune femme éblouissante à la peau mate, aux yeux noirs et au regard profond. Mais dans ces yeux, Septième décèle une fatigue qu'il ne lui connaissait pas. L'infirmité de Mudd y est sans doute pour quelque chose, mais cette fatigue qu'il devine chez Zéro est celle d'un parent et il se rend compte que, comme lui, à l'époque révolue où il s'occupait d'elle, elle s'occupe de Troisième qui, bien qu'il ait plus de trente ans, est resté un enfant sur le plan du développement. Zéro le fait manger, l'habille, l'emmène se promener au parc, à des aires de jeux où elle ne joue pas et voir des films pour enfants qui ne l'intéressent pas. Certes, l'enfance de Septième a été marquée par le dysfonctionnement et la discrimination, mais Zéro n'a pas eu d'enfance du tout.

— Sept, dit-elle en le serrant fort dans ses bras.

— Zéro-Héros, répond-il en utilisant le nom qu'il lui donnait autrefois. Comment va-t-elle ?

— Pas bien.

— C'est à cause des burgers ?

Elle hausse les épaules.

— Combien ? demande-t-il.

— Au total ? Troisième a fait le compte. Environ treize mille.

— Treize mille ?

— Cela fait trois ans qu'elle en mange...

— Combien coûte un whopper aujourd'hui ? demande-t-il. Quatre dollars ? Cinq ?

— Six, répond Zéro. Double bacon, supplément fromage.

— Ça va amputer notre héritage, plaisante Septième. Mieux vaut ne rien dire à Premier.

Zéro sourit et, l'espace d'un instant, elle redevient l'enfant solaire dont il garde le souvenir.

— Viens, dit-elle en lui prenant la main. Il reste peu de temps.

Zéro entraîne Septième à l'étage où le reste de la fratrie Seltzer attend déjà dans la petite chambre de Mudd, tous les douze agglutinés autour de son lit king size.

Septième ne parvient pas à se rappeler la dernière fois où ils se sont trouvés tous ensemble dans la même pièce. Peut-être n'est-ce jamais arrivé, dans la mesure où les Seltzer les plus jeunes apprenaient à se tenir debout au moment où les plus âgés fuyaient déjà.

La pièce empeste, un mélange putride de whoppers et d'urine, une odeur semblable à celle des toilettes d'un Burger King pour routiers. L'air est étouffant et lourd, irrespirable, aggravé par la présence d'une douzaine d'adultes serrés les uns contre les autres qui empêchent Septième de voir du seuil de la chambre le lit autour duquel ils sont rassemblés.

Premier, qui se tient le plus près de la porte comme toujours, se tourne vers lui et lui fait un signe de tête sinistre en guise de salutation. Premier aborde l'âge mûr, il commence à perdre ses cheveux et à grisonner, mais dans ses yeux, Septième lit la même intensité qui l'habitait jadis. Dixième se trouve de l'autre côté, le chagrin sur son visage forme un contraste brutal avec son survêtement bariolé, on dirait qu'il vient directement de la salle de sport où, à en juger par son physique, il passe un temps considérable.

Toujours le guerrier, se dit Septième, *toujours en attente de la guerre.*

(« Aujourd'hui, j'ai soulevé quatre-vingt-dix kilos », s'était vanté Dixième devant Quatrième après un après-midi triomphal à la salle à fléchir bras et torse.

« Pourquoi ? avait demandé Quatrième. Maintenant, il y a des machines qui le font à notre place. »

La question était sincère mais Dixième lui avait sauté dessus et fait une clé d'étranglement jusqu'à ce que Quatrième reconnaisse que soulever de la fonte était une activité raisonnable malgré les progrès mécaniques notoires de l'humanité.)

Au côté de Dixième, Onzième et Douzième – communément appelés les jumeaux –, en robe stricte noire et feutre noir recouvert d'une voilette, s'essuient délicatement le nez et le coin des yeux où leur mascara a coulé à l'aide d'un mouchoir en papier. Ils s'écartent pour laisser passer Septième en faisant claquer leurs hauts talons sur le sol. Septième se crispe, il regrette qu'ils aient bougé, sachant que Mudd aura entendu la même chose. C'est une réaction résiduelle datant de l'enfance dont il croyait s'être débarrassé : vouloir que les jumeaux soient libres d'être eux-mêmes tout en étant en permanence inquiet que Mudd en soit blessée.

Troisième, qui dépasse tout le monde dans la pièce d'au moins soixante centimètres, se tient au pied du lit de Mudd, inconsolable. Zéro serre sa main gigantesque entre les siennes en s'efforçant de le réconforter. Troisième se pousse pour permettre à Septième de s'avancer et, dans le lit, au milieu d'eux tous, il découvre Mudd, l'axe rouillé de la roue familiale en décrépitude.

Et elle est énorme.

Elle est plus qu'énorme.

Elle est devenue totalement, déraisonnablement, incroyablement obèse, aussi large qu'elle avait été haute. Elle a le souffle court et laborieux et Septième a l'impression qu'elle est en train de mourir d'asphyxie en raison de son impossible masse. Il ne se demande pas pourquoi elle meurt mais pourquoi elle est encore en vie.

Des sacs Burger King sont empilés à une hauteur vertigineuse sur la table de nuit. Des sachets de ketchup vides sont éparpillés sur les draps. Des frites jonchent le sol, comme essayant d'échapper à leur implacable destin.

— Mudd ? demande-t-il en se rapprochant, incapable de dissimuler son choc. Mudd... ?

Au sein de leur peuple, il est courant que ceux qui parviennent aux derniers instants de leur vie – et plus important encore, aux premiers instants de leur mort – se gavent de nourriture afin de prendre autant de poids que possible avant de trépasser, une tradition connue sous le nom de Débauchation, de sorte que tous ceux qui souhaitent les Consommer puissent le faire sans modération. Cette tradition avait été instaurée de nombreuses années auparavant à la suite de la Grande Privation, une période effroyable qui avait affecté le Vieux Pays et au cours de laquelle leur peuple avait eu si faim et était devenu si pauvre que les mourants, atrocement maigres, n'offraient plus grand-chose à Consommer. Décidés à perpétuer leurs traditions, les Cannibales avaient créé un plat appelé « Zubet », bien que le terme « plat » soit optimiste – il s'agissait, en fait, des os du défunt saupoudrés de sel que la famille rongeait jusqu'à ce qu'un de ses membres perde une dent, ce qui sonnait la fin de la Consommation.

Telle est la raison pour laquelle Mudd a mangé une douzaine de whoppers par jour. Certaine que la mort approchait, elle a entamé sa Débauchation. Mais la mort a mis plus longtemps à arriver que prévu – à moins qu'elle n'ait été incapable de la tuer à son arrivée – et Mudd a pris tellement de poids au cours des dernières années que Septième ne l'aurait pas reconnue s'il l'avait croisée dans la rue, à supposer qu'elle ait pu passer par la porte d'entrée.

— Septième ? gémit Mudd. C'est toi ?

Septième prend son énorme main entre les siennes.

— Je suis là, Mudd. Je suis là.

Mudd lève les yeux, son regard est vitreux et éteint.

— Tu es en retard, dit-elle.

— Il y avait de la circulation sur le pont, répond-il.

— Quel est le crétin qui prend le pont un jour de semaine ? s'énerve-t-elle.

— Mudd, dit Septième, qu'est-ce qui se passe ?

Neuvième dans sa blouse blanche de médecin se trouve face à Septième de l'autre côté du lit. Lui aussi vient sans doute directement du travail, mais à cette distance, Septième ne parvient pas à lire le nom de l'hôpital brodé sur sa poche de poitrine. Neuvième soulève l'autre main de Mudd pour tâter son pouls. Il regarde Septième et secoue la tête. C'est mauvais.

— Mudd, s'il te plaît, dit Septième, laisse-moi appeler une ambulance.

Mais Mudd refuse.

— Non. Pas de flics.

— Pas de flics, renchérit Septième. Mais une ambulance, oui.

— Où est Cinquième ? grogne Mudd. Cinquième est là ?

Cinquième se tient dans un coin près de la porte de la salle de bains, il a le visage zébré de larmes.

— Je suis là, Mudd, répond-il. Je suis là. Pardon, Mudd...

— Tu t'es assez excusé, mon fils. Tu t'es excusé alors que tes frères ne l'ont pas fait. Par conséquent, Cinquième, je te lègue mon cœur puisque tu m'as donné le tien.

— Mudd, non... bégaie Cinquième.

— Mudd, j'appelle une ambulance, intervient Septième. C'est ridicule.

Mais Mudd l'ignore.

— Où est mon Huitième ? gémit-elle.

Huitième est au pied du lit. De ses yeux noyés de larmes, il fixe le réveil à affichage digital sur la table de nuit. Huitième, l'éternel gardien de leurs lois et de leurs règles, ne quitte pas le réveil des yeux pour noter l'heure exacte de la mort de Mudd. L'heure de la mort est importante.

Pour... vous voyez.

Ça.

— Je suis là, Mudd, répond Huitième, le regard toujours fixé sur le réveil. Je suis là.

— Huitième, dit-elle, toi seul as été mon érudit. Toi seul as étudié les coutumes de notre peuple. Toi seul as retenu nos traditions. Et toi seul guideras un jour notre peuple, à la manière de ce cher Onclissime. Par conséquent, à toi, mon fils, je lègue ma tête puisque c'est avec ta tête que tu nous rachèteras.

Huitième a les joues ruisselantes de larmes mais il n'en garde pas moins le regard fixé sur le réveil.

Mudd se tourne vers Dixième.

— Dixième, dit-elle d'une voix faible.

— Mudd, répond-il, la lèvre tremblante. Tu dois t'hydrater...

— Mon guerrier, poursuit Mudd. Notre guerrier. À toi, mon héros, je lègue mes mains puisque c'est avec tes poings que tu nous protégeras bien après ma disparition.

À ces mots, Troisième s'effondre. Il ne supporte pas que la mort de sa mère soit évoquée. Les oreilles enfoncées entre les épaules, le visage de plus en plus cramoisi à force de contenir son chagrin, il finit par craquer et, la tête rejetée en arrière, se met à sangloter. Tous sont touchés par les larmes de Troisième - son innocence et sa candeur font de lui le cœur battant et désarmé de la famille - et ils pleurent aussi.

— À toi, Troisième, dit Mudd, à toi qui es resté auprès de moi jusqu'à ma dernière heure, à toi qui es resté auprès de moi alors que les autres partaient, à toi, je lègue mes bras puisque tu m'as toujours soutenue grâce aux tiens si puissants.

— Mudd, dit Septième, on arrête ça. J'appelle les secours.

— Et maintenant à toi, mon cher Septième, poursuit-elle, qui, depuis l'enfance, t'es fixé pour mission de maintenir la cohésion familiale, à toi, mon fils, je lègue ma peau puisqu'elle m'a contenue tout entière. Puisses-tu plus que jamais maintenir la cohésion de notre peuple.

Elle est prise d'une quinte de toux, la douleur qui irradie tout son corps lui arrache une grimace.

— Si on appelle un médecin, dit Neuvième à Septième, c'est maintenant.

— Tu es médecin, lui répond Septième.

— Je suis vétérinaire, précise Neuvième.

— Ça tombe à pic, dit Premier.

Dixième lui décoche un regard noir.

— Fais gaffe, dit-il.

— Je t'emmerde, dit Premier.

La voix de Premier semble empêcher Mudd de franchir la porte obscure de la mort. Elle soulève la tête pour le regarder et, malgré sa faiblesse, la flamme qui demeure en elle est soudain ranimée.

— Et maintenant, dit-elle avec une énergie et un dégoût renouvelés, les yeux posés sur Premier, pour le restant d'entre vous, les déserteurs, les traîtres, les fondus. Vous qui m'avez quittée. Vous qui avez quitté votre peuple.

Elle tourne la tête vers Deuxième.

— À toi, Deuxième, qui as épousé une Sherwood, je lègue mes pieds puisque tu as fui ton peuple pour en adopter un autre.

Marié à une Sherwood ? se dit Septième. *Deuxième ?*

Septième sent une soudaine bouffée de colère l'envahir.

Deuxième a épousé une juive ?

Pourquoi ?

Et plus important, comment se fait-il qu'il s'en formalise ? Il a lui-même quitté son peuple, pourquoi Deuxième ne pourrait-il pas en faire autant ? Et pourtant - peut-être parce que Mudd meurt, peut-être parce que Troisième pleure, peut-être parce que Huitième n'est pas fichu de quitter ce réveil des yeux -, Septième se sent en quelque sorte trahi.

Trahi ?

Oui, trahi.

Fallait-il vraiment qu'il épouse une juive ?

Septième se reprend aussitôt, se détestant d'avoir eu cette pensée.

Syndrome fœtal du connard.

C'est bien, se dit Septième. *C'est bien pour Deuxième. C'est bien pour lui. Je suis content pour lui, c'est bien.*

— À Quatrième, poursuit Mudd, l'homme de science (elle prononce le mot avec ce mépris dont elle le gratifie depuis leur enfance), celui qui aurait pu écrire des livres sur notre peuple mais a préféré écrire sur d'autres. À toi, je lègue ma langue puisque tu t'es servi de la tienne contre nous. À Neuvième, l'amoureux des hommes, qui a choisi le plaisir plutôt que la préservation de notre peuple, à toi, je lègue mes jambes puisque tu m'as coupé les miennes. À Onzième et Douzième, qui auraient pu engendrer une nouvelle génération mais ont préféré devenir des femmes, je lègue mes organes génitaux.

Puisque vous détestez autant les vôtres, vous apprécierez peut-être les miens. Et à Zéro, qui m'a apporté zéro, je ne lègue rien.

Une nouvelle onde de douleur la fait se tordre, vaincue par la souffrance.

La fin est proche. Mudd ne tient désormais que par la colère.

— Et enfin, grogne-t-elle entre ses dents jaunies, mon Premier. Le premier qui m'a quittée, le premier qui m'a trahie, le premier qui a plongé tête la première dans ce Melting-Pot que le grand Julius détestait tant, le premier à être pire que Jack Nicholson - à toi, Premier, je lègue mon cul.

La souffrance lui arrache une autre grimace.

— Comme ça, tu pourras lui parler, ajoute-t-elle.

Premier sourit jaune.

— Oh, Mudd, tu n'aurais pas dû, dit-il.

Elle ferme les yeux, concentrée sur sa respiration laborieuse.

— Mes enfants, vous êtes nés dans cette maison et maintenant, je vais y mourir. Elle est restée debout alors que nombre d'entre vous sont tombés. Je l'ai achetée pour une bouchée de pain il y a des années et, aujourd'hui, elle vaut une fortune. Si vous voulez votre part de cette fortune, vous devez honorer mon ultime requête.

— Bien sûr, dit Huitième.

— Tout ce que tu veux, gémit Dixième.

— Une fortune ? demande Premier.

— Mudd, arrête ça, dit Septième. Tu n'es pas en train de mourir, bon sang. Laisse-moi appeler quelqu'un.

Il tend la main pour prendre son téléphone, mais Mudd le retient fermement par le poignet et lève sur lui des yeux de plus en plus larges à mesure que son âme quitte ce monde. De sa grande main, elle l'attire vers elle et, dans un dernier souffle, elle murmure les mots qu'il savait qu'elle prononcerait, les mots qu'elle avait attendu de dire toute sa vie, les mots qu'il ne peut même pas penser, sans parler de les proférer.

— Mangez-moi, dit-elle.

Elle l'attire plus près encore, son regard agonisant brûlant au fond des yeux de Septième.

— Mangez-moi.

Malgré les promesses qu'il s'était faites au fil des ans, Septième essuie ses larmes et répond ce qu'il a toujours su qu'il répondrait.

— Oui, Mudd, dit-il. Oui.

Et c'est alors seulement que Mudd libère son poignet, que sa main énorme retombe sur le lit et que la douleur disparaît de son visage.

Mudd est morte.

*

Trois ans auparavant, après avoir appris que Mudd s'était mise à manger des whoppers, Septième avait appelé le docteur Isaacson. Il avait mis fin à sa thérapie depuis quelque temps déjà mais il ne savait comment gérer la nouvelle et avait besoin d'aide. Il avait l'impression de perdre pied et ne pouvait solliciter le soutien de Carol.

« C'est ma mère, avait-il dit au docteur Isaacson. Elle est en train d'essayer de se tuer.

— Dans ce cas, appelez la police, avait répondu le docteur Isaacson.

— Elle mange des whoppers.

— Les friandises au lait malté ?

— Les hamburgers, avait dit Septième. Double bacon, supplément fromage, pas de salade.

— Dans ce cas, appelez un nutritionniste, avait répondu le docteur Isaacson.

— C'est une tradition.

— Manger des whoppers est une tradition ?

— Engraisser avant de mourir est une tradition, avait répondu Septième.

— Une tradition pour qui ?

— Je vous l'ai déjà dit. Pour… nous.

— Votre héritage culturel singulier », avait dit le docteur Isaacson.

Septième avait hésité.

« Oui. »

Il avait entendu le docteur Isaacson soupirer.

« Je ne vois aucune raison pour que vous repreniez votre thérapie, M. Seltzer, si vous ne voulez pas, au minimum, me dire qui vous êtes. »

Puis le docteur Isaacson avait raccroché.

C'est précisément ce que je m'efforce de savoir, s'était dit Septième.

À la suite de la mort de son père, Montaigne s'était enfermé dans sa bibliothèque pour commencer à écrire sur lui-même – ses pensées, ses peurs, ses amours, ses angoisses.

*

Les autres forment l'homme, je le récite : et en représente un particulier, bien mal formé.

« Qui suis-je ? » se demandait en substance Montaigne il y a cinq cents ans. « Quelle est mon histoire ? » Aujourd'hui, à la suite de la mort de sa mère, Septième se pose la même question. Car, malgré toute l'honnêteté de Montaigne, malgré la conscience qu'il avait de lui-même, malgré toute son humanité et sa perspicacité, ce qui chez le philosophe intéresse Septième est ceci :

Il ne s'appelait pas Michel de Montaigne.

Mais Michel Eyquem de Montaigne.

Montaigne avait abandonné le nom de ses ancêtres.

Il avait tourné le dos à son peuple.

Michel de Montaigne, l'un des inspirateurs les plus éminents des Lumières, le symbole de la libre pensée et de l'indépendance, l'homme qui a influencé tout le monde, de Descartes à Emerson en passant par Shakespeare – Ce Michel aspirait-il à se fondre ?

Je ne peins pas l'être, écrivait Montaigne, *je peins le passage.*

Si ce n'est pas se fondre, ça, se dit Septième.

*

Racontée par Père, l'histoire de Julius se rendant en Amérique était bien différente de la version livrée par Mudd.

« En 1914, commençait Père, Julius Seltzer, fils de Samuel Seltzer, fils d'un autre Seltzer, avait quitté le Vieux Pays pour le Nouveau Monde quelques jours à peine après son dix-huitième anniversaire avec guère plus que sa chemise sur le dos.

— À quoi ressemblait le Vieux Pays ? demandait le jeune Septième, qui voulait se régaler à nouveau de prés, de collines et de fruits énormes.

— Le Vieux Pays était une fosse d'aisances, répondait Père, avec des chemins de terre, des égouts à ciel ouvert, des épidémies et de la misère. Finalement, Samuel a décidé qu'il était temps de partir.

— À cause du roi ? proposait Septième.

— Quel roi ?

— Le nouveau roi.

— Il n'y avait pas de roi, disait Père. Le Vieux Pays était gouverné par l'alliance informelle de chefs tribaux autour d'une branche exécutive sans pouvoir, soutenue au fil des ans par différents superpouvoirs planétaires.

— Oh, disait Septième.

— Il était temps de partir, car Samuel voulait pour ses enfants une vie meilleure que celle qui les attendait au Vieux Pays. Alors, une nuit, profitant de l'obscurité, il a conduit Julius et sa jeune sœur, Julia, au port où il a remis à Julius une mallette en cuir marron avec une poignée en bois et de gros fermoirs dorés. À l'intérieur se trouvait le Couteau de la Rédemption avec lequel on pratiquait le rite sacré de la Consommation depuis le fond des âges.

— Emporte-le, a dit Samuel à Julius.

— Pour que je n'oublie jamais qui je suis ni d'où je viens ? a demandé Julius.

— Non, a répondu Samuel. Parce que c'est notre seul bien de valeur. Emporte-le, mets-le au clou et avec l'argent, avance dans la vie. Oublie qui tu es, Julius, et oublie d'où tu viens.

Julius avait résisté. Il avait été élevé dans l'amour des traditions et de son passé, et se sentait défini par son peuple. Il n'était pas simplement Julius Seltzer. Il était un fier Cannibalo-va-savoir-de-quel-pays et le serait toujours.

— Mais, Père, a supplié Julius, comment puis-je jeter aux orties notre histoire vieille de tant d'années et tirer un trait sur toutes les souffrances endurées par notre peuple ?

Samuel lui a mis une taloche sur la tête du revers de la main.

— Arrête de faire l'idiot. Le passé est une ancre, mon fils, enchaînée à notre cheville à une extrémité et enterrée dans le marasme de l'histoire à l'autre. Elle nous retient. Elle nous empêche d'avancer. D'après Darwin, qui était cannibale, nous descendons du singe. Faudrait-il alors que nous grimpions aux arbres et que nous nous balancions de liane en liane parce que nos ancêtres le faisaient ? Devrions-nous manger des insectes, nous envoyer de la merde à la figure et nous disputer pour des bananes ? Non – nous allons de l'avant. Nous progressons. Nous abandonnons la jungle. Maintenant, fonce ! Si tu veux aider ton peuple, aide tous les peuples car tous les peuples sont ton peuple. Fonce. Et fonce droit devant toi, Julius. L'avenir attend.

Qu'il était difficile pour Julius de suivre les ordres de son père !

Il a résisté et passé les premiers jours comme les premières nuits sur ce bateau à serrer la mallette marron contre sa poitrine, refusant de s'en séparer. Mais bientôt, il a fini par oublier et il est passé à autre chose. Car ce qu'il a découvert sur ce bateau avait bien plus de valeur qu'une vieille mallette.

Parce que, voyez-vous, expliquait Père, Julius et Julia n'étaient pas les seuls sur ce bateau en quête de quelque chose de nouveau. Ils n'étaient pas les seuls à chercher à échapper au passé. Très vite, ils ont appris que tous les passagers – aux passés, nations, races et cultes différents – avaient un rêve commun, un rêve fou, un rêve magnifique, un rêve dont personne n'avait jamais rêvé de toute l'histoire de l'humanité : le rêve d'un avenir partagé. Alors que le reste du monde gardait les yeux fixés sur le passé, le groupe compact des immigrants se tournait avec confiance vers l'avenir. Le pays d'origine de chacun comptait moins que leur destination commune.

Ils étaient dingues, disait Père. Aliénés même. Mais tous étaient des prophètes.

Et c'est ainsi que, après huit semaines épouvantables en mer, poursuivait Père, Julius et Julia ont pleuré en admirant la statue de la Liberté depuis le pont de l'*Expedition*, des inconnus ont étreint d'autres inconnus car le monde sinistre et bestial de la différence et de la division était loin derrière eux. Ici, au Nouveau Monde, les hommes vivraient comme un tout. Sans leur poser la moindre question, l'agent du service d'immigration a tamponné leurs papiers et, en souriant, leur a souhaité la bienvenue dans le Nouveau Monde.

— Quel que soit votre pays d'origine, vous êtes chez vous à présent, leur a-t-il dit.

Et ainsi, grâce à Julius et Julia Seltzer, la famille a fait ses premiers pas en Amérique. Peu de temps après, en manque d'argent, Julius s'est rappelé les paroles de son père et a apporté la vieille mallette chez un prêteur sur gages pour tenter de vendre le Couteau de la Rédemption comme il le lui avait ordonné. Il a posé la mallette sur le comptoir et expliqué au boutiquier qu'il s'agissait d'un objet de famille ancien et cher à son cœur dont il se séparait non sans douleur mais qu'il devait vendre pour obéir aux ordres de son père.

Le boutiquier lui en a offert cinq cents.

Un deuxième lui en a offert cinq cents.

Un troisième lui a offert en échange une paire de chaussures, plus un chapeau de paille, qui avait grandement besoin de retrouver sa forme, pour Julia.

Julius n'a pu s'y résoudre. Se séparer pour si peu d'un objet essentiel de son héritage culturel singulier était plus qu'il ne pouvait supporter.

— Je préfère crever de faim, a-t-il répondu sèchement au boutiquier.

— C'est toujours une solution, a commenté l'autre.

Cependant, un client derrière lui, comprenant que Julius cherchait du travail, l'a pris à part pour l'informer qu'un certain Henry Ford promettait de payer ses employés cinq dollars par jour - une fortune à l'époque - pour l'aider à fabriquer ses voitures. Julius n'en est pas revenu de sa chance. Il a décidé de garder la mallette et, dès le lendemain matin, Julia et lui ont pris la direction du Michigan.

L'expérience de Julius à l'usine Ford a été aussi révélatrice que celle qu'il avait vécue sur le bateau, poursuivait Père. Sur la chaîne de fabrication, des Allemands, des Japonais, des Russes et des Africains travaillaient côte à côte. Aucun ne se sentait supérieur aux autres et tous œuvraient ensemble à construire leur rêve. Et donc, lorsque la candidature de Julius au programme d'américanisation a été enfin acceptée, il a pleuré de joie. Et le jour de l'Américanisation, à l'issue de la cérémonie, toujours pleurant de joie, il a pris Julia dans ses bras et lui a dit : L'Amérique, ça valait le coup, non ?

— Attends un peu, disait Septième.

— Quoi ?

— Je croyais qu'il avait dit : L'Amérique ne vaut pas le coup.

Père secouait la tête.

— Non. Il a dit : L'Amérique, ça valait le coup, non ?

Septième était troublé.

— Alors ce n'est pas l'anecdote la plus dramatique du chapitre le plus atroce de toute l'histoire déchirante des Cannibalo-Américains ? demandait-il.

— Non, répondait Père. C'est l'anecdote la plus revigorante du chapitre le plus miraculeux de l'histoire des Cannibalo-Américains. Si revigorante, avait continué Père, que depuis, la tradition veut que, le jour de leurs dix-huit ans, les jeunes hommes cannibalo-américains défilent en costume noir et cravate rouge, avec à la main une mallette en cuir marron avec une poignée en bois et de gros fermoirs dorés, pour commémorer ce jour merveilleux où Julius est enfin devenu américain. »

Mudd et Père tenaient mordicus à leur version. En fait, Septième apprendrait plus tard que ses parents n'étaient pas les seuls à être en désaccord sur l'arrivée de Julius en Amérique. Tous les Can-Ams s'étripent sur le sujet : les récits contradictoires divisent âprement la communauté cannibalo-américaine, certains s'en tiennent à la version de Mudd, d'autres à celle de Père et les uns comme les autres méprisent ceux qui ne partagent pas leurs convictions. Ce conflit interne aurait pu finir par détruire la communauté mais un heureux hasard a voulu que les commémorations des deux versions soient identiques dans la pratique - costumes, cravates, mallettes -, si bien que personne ne sait avec certitude qui commémore quoi ni pour quelle raison. Un désastre a ainsi été évité, mais le conflit entre les deux groupes n'a jamais été résolu et l'inimitié n'a jamais décru non plus, et c'est ainsi que l'histoire fondatrice des Cannibalo-Américains les rassemble et les sépare à la fois.

À la fin du récit, la voix de Père se brisait sous le coup de l'émotion.

« Votre arrière-grand-père Julius était un grand homme, disait-il en essuyant une larme sur sa joue. Il n'a fait qu'une erreur dans sa vie.

— Laquelle ? demandait Septième.

— Il n'a jamais vendu le Couteau de la Rédemption. Il n'a pas pu s'y résoudre. Il l'a gardé dans la vieille mallette et l'emportait partout avec lui. C'est son seul échec, Septième. Malgré tout son courage, il a continué de s'accrocher au passé. Il aurait dû jeter le truc par-dessus bord. À la mer, précisait Père avant de se lever et d'ajouter avec un profond soupir : Avec le reste de toutes ces conneries hors d'âge. »

*

De tous les enfants AM, seul Troisième avait accepté de fêter son dix-huitième anniversaire conformément à la tradition. Mudd lui avait acheté un costume noir au magasin des grandes tailles ainsi qu'une cravate rouge et lui avait dégotté une mallette marron au dépôt-vente de Fort Greene.

« Regarde-moi ! s'était écrié Troisième avec excitation tandis que Mudd nouait sa cravate. Je suis Julius. »

Mudd lui avait donné une taloche sur la tête du revers de la main.

« C'est une journée triste, avait-elle dit.

— Oups », avait soufflé Troisième en prenant un air de circonstance.

Le jour de leur dix-huitième anniversaire, Premier, Deuxième, Quatrième et Cinquième avaient refusé catégoriquement de se plier au rituel. Septième aurait bien refusé lui aussi mais il était le premier enfant après Sixième et, le jour de ce qui aurait dû être le dix-huitième anniversaire de Sixième, Mudd avait pleuré avec tant d'amertume que, lorsque l'heure avait sonné pour Septième, il avait accepté de porter le costume bien qu'il n'en ait eu aucune envie.

Il était resté à la maison toute la journée, refusant de sortir, même cinq minutes.

« Mais il faut que tu défiles, l'avait grondé Mudd. Les Anciens l'exigent !

— Je ne défilerai pas, avait répondu Septième. Je vais dans ma chambre.

— Une honte, avait grogné Mudd. Vous, mes enfants, êtes la honte de votre peuple. »

Elle était montée à l'étage en tapant si fort des pieds que les murs avaient tremblé et que l'affiche de l'Université s'était balancée sur son crochet.

« Que dirait Julius ? » avait-elle lancé en claquant la porte de sa chambre.

Affalé sur la housse en plastique du canapé, dans son costume mal coupé, Septième s'était posé la question qu'il se posait chaque fois que Mudd disait cela : *Lequel ?*

*

Certains prétendent que Montaigne s'était enfermé dans sa bibliothèque en raison non de la mort de son père mais de celle de son ami Étienne de La Boétie. D'autres avancent que Montaigne s'était enfermé dans sa bibliothèque non en raison de la mort de son père ou de celle de son ami Étienne de La Boétie mais à cause des nombreuses guerres qui déchiraient la France à l'époque. D'autres encore soutiennent que Montaigne s'était enfermé dans sa bibliothèque non en raison de la mort de son père ou celle de son ami Étienne de La Boétie ou à cause des nombreuses guerres qui déchiraient la France à l'époque, mais tout simplement parce que sa carrière politique était tombée à l'eau.

C'est cette dernière théorie, développée dans la biographie de six cents pages que Septième est en train de lire, qui l'énerve au plus haut point (« Un nouveau Montaigne, s'est enthousiasmé le *Times*. Il était temps ! »). Montaigne, prétend l'auteur, n'est qu'un opportuniste politique qui tente d'entrer dans la noblesse. Il rédige ses *Essais* car c'est ce qu'on attend d'un noble et il écrit sur le moi et l'identité uniquement parce qu'il n'a pas le courage d'écrire sur la politique.

Cette biographie s'inscrit dans une autre tendance en vogue dans l'édition, que Septième déteste et qu'il appelle « Revisitation contemporaine salopatoire », qui consiste, pour un auteur, à choisir une des figures historiques les plus adulées au monde et de lui attribuer les motivations les plus crasses qui soient.

Une étoile, écrit-il sur la page du livre sur Amazon, *parce que je ne peux pas en mettre aucune.*

Il déteste les gens qui laissent ce genre de commentaires.

Mais parfois, il faut combattre la dégueulasserie par la dégueulasserie.

*

Septième avait entrepris sa thérapie avec le docteur Isaacson parce qu'il croyait être un connard.

« Vous n'êtes pas un connard », lui avait dit le docteur Isaacson.

Septième avait manifesté son désaccord avec véhémence. Sur le papier, bien sûr, il était une bonne personne : un père aimant, un bon époux, un ami fidèle. Mais c'était une vision partielle. Il avait blessé sa mère, déçu sa famille, fait du mal à son peuple.

Le docteur Isaacson s'était efforcé de convaincre Septième qu'il n'était pas un mauvais homme. Et qu'il n'était pas un cannibale non plus. En fait, selon son diagnostic, le cannibalisme revendiqué par Septième n'était que la manifestation extériorisée du moi d'un enfant cabossé qui se considérait intrinsèquement mauvais - une image de soi créée par une mère narcissique et dominatrice ainsi que par un père lâche qui l'avait abandonné.

« Vous êtes une bonne personne, Septième.

— Je suis un connard. »

Le docteur Isaacson avait soupiré.

« Trompez-vous votre femme ? avait-il demandé.

— Non.

— Frappez-vous votre enfant ?

— Non.

— Avez-vous déjà tué quelqu'un ? »

Septième avait réfléchi.

« Non. »

En ce moment précis, dans la chambre de Mudd, devant son corps, il pense le contraire.

Il se dit : *J'ai tué tout un peuple.*

Huitième entrouvre la fenêtre au-dessus du lit, laissant entrer l'air vif hivernal dans la pièce.

— Ça permettra au corps de rester froid, dit-il. Jusqu'à ce qu'on ait pris une décision.

La fratrie Seltzer descend au salon sans se presser et en silence. Deuxième va directement à la cuisine, d'où il ressort un instant plus tard avec, à la main, une bouteille de whisky, que ses frères et sœur reconnaissants se mettent à faire passer.

Dévasté, Troisième s'assoit sur le canapé, Zéro lui tient la main. Septième prend place à son côté, les paroles de Mudd résonnant encore dans son oreille.

Mangez-moi.

— Ça existe, ça ? demande Zéro à Septième. Le truc qu'elle a fait là-haut ? Léguer... les parties de son corps ?

Septième acquiesce.

— Ça s'appelle la Distribution.

— Le Déboursement, le corrige Dixième.

— Ça s'appelle l'Assignation, intervient Deuxième en prenant une lampée de whisky. Je suis quasi sûr que ça s'appelle l'Assignation.

Entendre Deuxième donner son avis sur leurs traditions énerve Septième.

Merci, rabbi, songe-t-il.

— Ça s'appelle la Répartition, tranche Huitième tout en fouillant dans la bibliothèque du salon. Il est forcément quelque part...

— Quoi ? demande Deuxième.

— Le *Guide,* répond Huitième.

— Le *Guide* ? s'étonne Neuvième. Je croyais que tu le connaissais par cœur.

— C'était il y a longtemps, dit Huitième.

Le *Guide* - dont le titre officiel est : *Tout savoir sur l'éviscération et la découpe du cerf* - est un précis exhaustif des lois et règles cannibales sous couvert d'un banal manuel de chasse. Il a été rédigé par Onclissime, alors tout jeune homme mais qui, en dépit de sa précocité, était déjà considéré comme une sommité en matière de règles et réglementation cannibales. Le stratagème - dissimuler l'ouvrage au vu et au su de tout le monde, pour ainsi dire - était ingénieux dans la mesure où il permettait à leur peuple de coucher ses traditions sur le papier, de légiférer et d'instruire la jeunesse sans risquer d'être traîné en justice ou persécuté. L'ouvrage a pris rapidement la première place du classement des meilleures ventes d'Amazon, dans la catégorie « Survivalisme », car, sans révéler leur identité, les Cannibales en quête de conseils et d'informations peuvent se référer facilement au *Guide,* il leur suffit de remplacer « cerf » par « Mère » ou « Père » ou « Sally » ou « Bob » et personne n'en saura rien.

Le cerf doit être tué rapidement sans lui infliger de souffrance ni l'effrayer ou à peine ; la peur libère l'adrénaline qui risque de nuire à la qualité de la viande (14:2-3).

Le cerf doit être vidé de son sang sur-le-champ afin d'éviter toute contamination bactériologique (7:14).

Faire chauffer du beurre dans une grande poêle à feu moyen. Y faire revenir le cerf jusqu'à ce que la viande soit dorée (3:16).

Premier tend la main vers la bouteille de whisky.

— On se gèle ici, dit-il. Montez le chauffage.

— Il faut la garder au froid, répond Huitième.

— Je l'ai toujours trouvée très froide, dit Premier avec un large sourire.

Dixième lui décoche un regard noir.

— Tu ne mérites pas une mère comme elle, s'insurge-t-il.

— Personne n'en mérite une comme elle. À part Staline ou Mao, peut-être...

Deuxième ricane.

Dixième grince des dents.

Septième entend la voix de Mudd à son oreille :

Mangez-moi.

Attendait-elle vraiment de lui... d'eux... qu'ils... le... fassent... ? C'est de la folie. Pire qu'une folie, c'est un crime : atteinte à l'intégrité d'un cadavre. Il se souvenait du jour où, l'an dernier, le gouverneur de New York, Andrew Cuomo, avait promulgué le décret. Mudd avait appelé Septième le soir même, dans tous ses états.

« Est-ce que ce macaroni de mes deux me prend pour une cruche ? avait-elle pesté. Et si je décidais que manger des cannoli est un crime, ça lui plairait ? Il lancerait ses mafieux à mes trousses en un clin d'œil. »

Cela dit, Septième sait qu'il y a des moyens.

De... procéder au truc.

Sans se faire prendre.

Sans laisser de trace.

Certaines... méthodes.

Après tout, leur peuple est un peuple ancien. Il sait des choses. Connaît des techniques. Il ne lui a jamais été facile de se livrer à ses rituels ; procéder ouvertement à ses cérémonies funéraires sacrées n'avait été possible qu'au Vieux Pays. Partout ailleurs, quelle que soit l'époque, celles-ci s'étaient déroulées, clandestinement, certes, mais sans incident, et ce pendant des siècles, Septième le sait. Personne n'avait été arrêté ni poursuivi.

— Son cul, c'est dingue, non ? dit Premier. Voilà ce qu'elle m'a laissé. Huitième, toi qui es le grand spécialiste - c'est les fesses ou le trou du cul ?

— C'est toi, le trou du cul, dit Dixième.

— Les fesses, répond Huitième, toujours en train de chercher dans la bibliothèque.

Il jette un coup d'œil derrière les livres, sur le haut du meuble. Rien.

— L'anus et le rectum sont retirés au cours de la Purge, explique-t-il.

— C'est un soulagement, dit Premier. Qui les retire ? Parce que, je vous préviens, pas question que je retire quoi que ce soit...

Huitième délaisse la bibliothèque, il a l'air préoccupé.

— Je ne le trouve pas, dit-il. Je vais voir dans la cuisine.

— Ne te plains pas d'avoir hérité de son cul, dit Quatrième à Premier. J'ai eu sa langue. En comparaison, tu t'en sors bien.

Septième n'en revient pas d'accorder ne serait-ce qu'une minute de réflexion à la requête de Mudd. Il est éditeur, merde ! Il coupe dans des phrases, pas dans des gens. D'ailleurs, même s'ils voulaient vraiment procéder au rituel, comment s'y prendraient-ils ? Aucun d'entre eux n'a jamais assisté à une Consommation et y a encore moins procédé - sans parler du Drainage, de la Purge et de la Répartition. Sixième avait été Consommé, bien sûr, mais Onclissime avait accompli ses Victuailles seul. Mudd avait interdit formellement aux frères d'être présents, au prétexte qu'ils étaient trop jeunes. Dernier vœu de Mudd ou pas, ils n'avaient aucune idée de la forme ni du fond de ce qui devait être effectué. Sans compter qu'ils étaient en plein Brooklyn. Il se passait des trucs déments à Brooklyn, certes, mais pas déments dans le style cannibale.

— Explique-moi comment sa langue est pire que son cul ? demande Premier à Quatrième. En deux bouchées, c'est terminé.

— Ce n'est pas une question de quantité, répond Quatrième. C'est la langue de ma mère. On est proche de l'inceste, là.

— On a eu son vagin, dit Onzième. Alors ne me parle pas d'inceste.

— On ne te demande pas de le baiser, juste de le manger, fait remarquer Premier.

— Juste de le manger ? s'insurge Douzième.

— Elle m'a laissé ses pieds, intervient Deuxième. Vous avez vu ses pieds ? La langue, c'est dégueu mais au moins la bouche est stérile.

— C'est valable pour une gueule de chien, dit Neuvième. Chez l'homme, la bouche est un cloaque.

Septième va à la fenêtre ouvrir les stores. Dehors, les piétons se hâtent, engoncés dans leurs manteaux et leurs chapeaux, le dos courbé pour affronter le vent glacé.

Combien de temps a-t-il rêvé d'être l'un d'eux.

Un des Autres.

La fenêtre du salon a fait l'objet de plusieurs transformations. C'est le seul élément de toute la maison à avoir subi des changements. Au tout début, à l'époque où la communauté can-am était florissante et où les amis qui passaient dans la rue s'arrêtaient pour saluer Mudd et lui demander des nouvelles de la famille, elle avait accroché un vague rideau qui laissait le soleil inonder la pièce. Mais à mesure que la communauté s'était réduite, la fenêtre avait subi des traitements de plus en plus lourds. Le vague rideau s'est transformé en rideau épais, puis le rideau épais en rideau totalement occultant. Sauf que totalement occultant ne suffisait pas à cacher Mudd aux yeux des Noirs. Lorsque ceux-ci se sont installés dans le quartier, les stores vénitiens en ont fait autant, de solides lattes de métal fermées à jamais, de jour comme de nuit, à partir du moment où ils ont été posés.

« La seule bonne chose que ces saletés d'Italiens ont faite pour nous, avait dit Mudd en fermant les stores pour l'éternité.

— Les stores vénitiens ne sont pas originaires de Venise, l'avait informée Quatrième, mais de France.

— Au temps pour moi, avait dit Mudd. La seule bonne chose que ces saletés de Français ont faite pour nous. »

Lorsque les Latinos ont fait leur apparition, il en a été de même des barreaux de protection, et c'est ainsi que la prison de Septième, construite de l'intérieur, a été achevée.

Encore une fois, se dit Septième, Brooklyn a déjà vu des dingues découper des corps et les faire cuire. Ce ne serait certainement pas la première fois. Un flic qui projetait de manger des femmes avait été arrêté quelques années auparavant. Sans compter Albert Fish dans les années 1920.

Mais ils s'étaient fait prendre, vous comprenez.

C'est bien le problème.

Quand on mange quelqu'un, on ne peut pas demander l'addition et filer. Fish a fini sur la chaise électrique, merde !

En même temps, Fish n'était pas cannibale. Il était *un* cannibale. Un authentique Cannibale ne se serait pas fait prendre. Chaque fois que la police annonce qu'elle a coincé un cannibale, vous pouvez être sûr que le type n'est pas un authentique Cannibale.

— Tu veux échanger ? propose Premier à Deuxième.

— Les pieds contre le cul ? demande Deuxième. Pas question.

— Je veux bien les pieds à la place de la langue, dit Quatrième.

— Vous ne pouvez pas échanger, prévient Dixième.

— Pourquoi ? demande Premier.

— C'est interdit, répond Dixième.

— Je suis surpris que ce ne soit pas à toi qu'elle ait donné son cul, dit Premier à Dixième. Tu l'as léché assez longtemps.

Dixième se lève et descend la fermeture éclair de son haut de survêtement, prêt à en découdre.

— Continue à me chauffer, Premier, grogne-t-il. Vas-y, continue à me chauffer.

Arrête d'imaginer qu'ils pourraient y échapper, se dit Septième. *Arrête de penser que tu arriverais à les convaincre de passer à l'acte.* La vraie question est : le mérite-t-elle ? D'après les Anciens, être Consommé figure parmi les plus grands honneurs alors qu'être enterré figure parmi les pires déshonneurs. Septième n'est pas convaincu que Mudd mérite l'un ou l'autre. Pour qui est-ce le cas, après tout ? Combien d'individus méritent les plus grands honneurs ou les pires déshonneurs ? Une poignée, le haut du panier, dans toute l'histoire de l'humanité. La plupart d'entre nous se situent dans l'entre-deux, ni la tête levée avec fierté ni la tête baissée de honte. Nous sommes en moyenne des types moyens.

Mudd n'était pas parfaite, songe Septième, *loin de là.* Mais elle avait des éclairs et, en regardant par la fenêtre du salon, il se rappelle une anecdote qui remonte à son enfance et à laquelle il n'a pas pensé depuis des années.

Peu après le départ de Père, Septième, qui venait d'avoir dix ans, avait commencé à avoir des angoisses et à se renfermer. Entre la mort de son grand frère Sixième et l'abandon de son père, tout son monde avait été chamboulé et il était devenu craintif et timide. En CM1, le tyran de la classe, Oscar Kowalski, devinant sa faiblesse comme les tyrans en ont le don, avait fait de Septième son souffre-douleur. Parmi les sévices infligés, Kowalski traitait Septième de cannibale.

Des rumeurs à propos de l'existence de cannibales circulaient dans Brooklyn depuis des années. La rumeur était fondée mais n'était pas étayée et personne n'avait jamais été capable de produire une quelconque preuve de l'existence d'une telle communauté. Nonobstant, Oscar trouvait drôle d'accuser Septième de faire partie de ces mystérieux sauvages détestés et, donc, jour après jour, lui et ses sbires terrorisaient Septième, lui volaient son déjeuner, faisaient tomber ses livres et le traitaient de sale cannibale.

Septième suppliait Mudd de ne pas l'obliger à aller à l'école, mais elle était intraitable.

« La dernière fois que j'ai vérifié, lui avait-elle dit, on était dans un pays libre. Ça ne va pas tarder à changer, comme dans tous les autres pays du monde, mais tant que c'est le cas, tu as le même droit que les autres d'aller à l'école. Maintenant habille-toi et vas-y. »

Ce jour-là, Septième tremblait sur le chemin de l'école. Il avait envisagé de s'enfuir, de disparaître. Mais Mudd avait toujours enseigné à ses fils qu'un Cannibale ne se soustrayait jamais à une bagarre et que, si d'aventure elle apprenait que l'un d'entre eux s'était débiné, c'est elle qu'ils devraient fuir à l'avenir.

« Je ne comprends pas comment te fuir nous apprendrait à ne pas fuir les autres ? » avait demandé Quatrième.

Mudd lui avait donné une taloche sur la tête du revers de la main.

« Arrête de faire l'idiot. »

En arrivant à l'école, Septième avait trouvé Oscar qui l'attendait dans la cour de l'école en compagnie de ses gros durs.

« Hé, cannibale, l'avait apostrophé Oscar. À nous deux.

— Laisse-moi tranquille », avait supplié Septième.

Mais Oscar l'avait fait tomber par terre d'une bourrade sous les rires et les encouragements de ses acolytes.

« J'en ai marre de vous autres qui pourrissez le quartier », avait dit Oscar avant de s'asseoir à califourchon sur le torse de Septième en lui immobilisant les bras sous ses genoux.

Il avait souri à Septième, coincé sous lui et trahi par les larmes qui roulaient sur ses joues. Oscar avait levé le poing au-dessus de sa tête et s'apprêtait à tabasser Septième quand une grande ombre noire s'était abattue sur eux. Sur Oscar et sa bande. Sur la cour de récréation, sur l'école et sur Brooklyn.

Septième avait ouvert les yeux.

C'était Mudd, qui cachait le soleil. Ses bras colossaux croisés sur son énorme poitrine, elle fusillait Oscar du regard, un millier d'années d'oppression dans les yeux.

Mudd sortait rarement de chez elle, même avant la mort de Sixième et n'avait plus jamais quitté sa maison après sa disparition. Rares étaient les membres de la communauté qui l'avaient vue. Et donc, quand Oscar Kowalski s'était retourné et avait découvert l'être humain le plus monumental qu'il ait jamais vu le dominant de toute sa hauteur, son sourire s'était effacé et son visage s'était vidé de son sang.

« Bonjour, les garçons, avait dit Mudd.

— La vache, avait dit un des suppôts d'Oscar en reculant.

— C'est quoi, ça ? » avait chuchoté un autre.

Les deux avaient tourné les talons et couru se mettre à l'abri à l'intérieur de l'école.

Oscar s'était relevé maladroitement.

« Qui êtes-vous ? avait-il demandé.

— Je suis la mère de Septième, avait-elle répondu aimablement. Tu es sans doute Oscar Kowalski – c'est un nom polack, non ? »

Elle lui avait tendu la main et Oscar, ayant peur de décliner l'offre de l'effrayante géante, l'avait prise lentement. Mudd avait refermé sa main autour de celle d'Oscar, engloutissant son avant-bras du bout des doigts jusqu'au coude.

« Ton T-shirt est ravissant, avait-elle dit en lui broyant la main. Tu as l'air absolument délicieux dedans. »

Oscar avait dégluti avec difficulté et s'était mis à trembler. Sur ce, le reste de la bande s'était précipité dans l'école en criant, la lourde porte métallique claquant bruyamment derrière eux.

Oscar avait essayé de retirer sa main mais Mudd la serrait solidement.

« Je meurs de faim, avait dit Mudd. Je vais y aller. J'ai été ravie de faire ta connaissance, Oscar. On adorerait t'avoir à dîner. »

À ces mots, Oscar avait commencé à paniquer. Le menton tremblant et les yeux agrandis par la peur, il avait tenté de se libérer de la poigne de Mudd, mais en vain. Au même moment, la porte de l'école s'était ouverte sur un corps enseignant indigné, tous ses membres en bras de chemise, la cravate dénouée et les mains sur les hanches, bien décidé à savoir quelle était l'origine de tout ce raffut. À l'instant où ils avaient posé les yeux sur Mudd, leur préoccupation s'était évanouie et le directeur, stoppé net dans son élan, avait dit :

« La vache ! »

Mudd avait souri poliment aux instituteurs.

« Quels enfants adorables, avait-elle dit, puis elle s'était penchée vers Oscar et lui avait pincé la joue. Tu sais, avait-elle dit en le regardant droit dans les yeux, je pourrais... te... manger. »

Après quoi, elle lui avait lâché la main et était rentrée à la maison.

Septième, toujours en train de regarder par la fenêtre du salon, se rappelle être resté dans la cour de l'école longtemps après que la cloche avait sonné pour entrer en classe, les yeux fixés sur sa mère qui s'éloignait. Les passants n'en revenaient pas. Les chiens aboyaient. Les enfants la montraient du doigt en riant.

Il sent quelqu'un passer un bras autour de lui.

— Ça va ? demande Zéro.

Il hausse les épaules.

— Oui.

— C'était une bonne mère, dit Zéro.

Il hausse à nouveau les épaules.

— Oui.

Zéro sourit.

— C'était une mère, conclut Zéro. On s'en tient là.

*

« Il nous faut un roman, avait dit Mudd à Septième, qui avait quinze ans à l'époque. Il nous faut un roman et tu vas l'écrire. »

Le but de Mudd en donnant naissance à des enfants était que ces derniers en fassent autant, mais se reproduire n'était pas leur seul devoir envers leur peuple. Chaque enfant avait sa propre mission annexe que Mudd lui confiait en fonction de ses aptitudes et dons particuliers. De ceux qui naissaient dotés d'une force indomptable, elle attendait qu'ils soient leurs défenseurs ; de ceux qui naissaient avec du charisme, elle attendait qu'ils deviennent leurs dirigeants ; de ceux qui naissaient en êtres sensibles, elle attendait qu'ils se reprennent, et de ceux qui naissaient doués d'une facilité pour les mots, elle attendait qu'ils racontent l'histoire de leur peuple.

« Notre peuple n'obtiendra pas une once de respect tant que nous n'aurons pas de roman, disait-elle. Un grand roman cannibale. Les Sherwood ont leurs romans, les Noirs, les Sumériens. Merde, les gays aussi en ont un ou deux. »

Elle était partie du principe que Quatrième l'écrirait, vu sa sagacité précoce et son amour de la lecture. Mais, une fois à l'université, ce dernier avait décidé de se consacrer à l'anthropologie plutôt qu'à la littérature - ou, comme disait Mudd, d'écrire sur les singes au lieu d'écrire sur son peuple. À l'époque, Septième venait d'entrer au lycée et elle s'était tournée vers lui pour qu'il rédige le roman qui les ferait sortir de l'ombre, croyait-elle.

« Écris-le, Septième. Pour moi. Avec plein d'histoires d'amour, d'aventures, de guerre, de héros, d'oppression et de survie. Comme celles de cet Irlandais, c'est quoi son nom déjà, James Michener.

— James Michener n'était pas irlandais, l'avait corrigé Quatrième. Il était orphelin. Il est impossible de savoir d'où il était originaire.

— Alors, d'accord, il n'était pas irlandais, c'est ça, mon macaque ? » avait dit Mudd.

Septième n'avait jamais rien su refuser à Mudd, si bien qu'il avait dit oui. Après les cours, il restait des heures à la bibliothèque à lire tout ce qui lui tombait sous la main en matière de sagas familiales. Il étudiait leur structure, l'évolution des personnages, les thèmes. Pour finir, il n'y avait pas trouvé l'inspiration espérée. En fait, les histoires l'avaient barbé. Peut-être par cynisme adolescent, il les avait trouvées désespérément similaires et, par conséquent, hautement improbables, débordant d'histoires d'amour, d'aventures, de guerre, de héros, d'oppression et de survie, chargées en autoglorification et en persécutions, des histoires hagiographiques qui défiaient la raison et dont les héros faisaient preuve du même sectarisme qu'ils reprochaient aux autres à leur endroit.

Mudd avait souri en entendant Septième les lui raconter et lui avait tendu une boîte de crayons prétaillés.

« Ça me paraît déjà bien », avait-elle dit.

Un an plus tard, Septième avait terminé son roman, qu'il avait intitulé *Sortir de l'ombre* en hommage à sa mère. Il avait mis le manuscrit dans une boîte et l'avait offert à Mudd pour son anniversaire. Elle l'avait lu la nuit même, déclarant le lendemain matin que c'était le meilleur roman qu'elle ait jamais lu et qu'il œuvrerait en faveur des Cannibalo-Américains comme *Cent ans de solitude* en faveur des Mexicains, qui étaient en train de racheter leurs épiceries.

Mais ce ne fut pas le cas. Le roman de Septième avait été refusé par tous les éditeurs qui avaient pris la peine de le lire et par bien d'autres qui ne l'avaient pas lu.

« Si c'est de la fiction, c'est ridicule, avait répondu un éditeur, résumant l'opinion de la plupart. Et si ce n'est pas de la fiction, c'est pire. »

Mudd en avait voulu aux éditeurs – les juifs, les Allemands, les Anglais, les Chinois.

« Les Chinois ? s'était étonné Septième. Ils ont des maisons d'édition ?

— Ils ont tout, bon sang de bois ! » avait répondu Mudd.

*

Ah, oui – ce bon vieil Adversaire-avec-un-cœur-en-or.

C'est le tour de passe-passe narratif que Septième déteste le plus. Un pur cliché. Qui confère un peu de profondeur, de nuance, à l'adversaire.

Le tueur impitoyable.

Qui sauve le bébé.

L'ignoble pédophile.

Qui tue le pédophile encore plus ignoble.

La mère narcissique.

Qui défend son fils une fois.

Le lecteur se demande alors : « Si ça se trouve, la mère est une bonne personne ? Si ça se trouve, la situation n'est pas aussi tranchée ? »

C'est un péché qu'il hait et pourtant il vient de le commettre.

Elle l'a défendu. Une fois. Et peut-être pas qu'une seule fois. Peut-être défendait-elle les Cannibales.

Ce qui explique qu'il déteste autant le truc. Il ne s'agit pas de donner de la profondeur à l'adversaire. Ni de créer un personnage équilibré. C'est un moyen pour l'auteur de se féliciter de sa noble objectivité, de ses largesses infinies, de son extraordinaire générosité d'esprit.

Conneries, se dit Septième.

Parfois, l'impartialité est simplement de la lâcheté.

Parfois, l'équité est de la servilité.

Et pourtant, voilà qu'il a sa mère dans la tête, son adversaire, Mudd qui s'éloigne lentement dans la rue, ployant sous le poids de son être même, tête baissée tandis que les gens la montrent du doigt depuis leur voiture et que les enfants effrayés se cachent derrière leurs parents méfiants.

Musique triste.

Fondu au noir.

Scène.

Nase.

*

À l'époque où Zéro était bébé, Premier avait dix-huit ans. C'est le moment où les disputes entre Mudd et lui avaient été le plus virulentes. Les hurlements, les bagarres, les claquements de porte, les tasses et les vases qui se brisaient faisaient pleurer Zéro. Septième, lui-même enfant, la soulevait hors de sa chaise haute et se précipitait à l'étage dans sa chambre dont il fermait la porte à double tour, puis il allongeait Zéro sur son lit et lui bouchait les oreilles de ses deux mains pour qu'elle n'entende pas la guerre qui faisait rage autour d'elle.

« Ils jouent, Zéro-Héros, lui chuchotait-il, ses larmes se mêlant à celles de sa sœur. Tout va bien, Zéro-Héros, ils jouent... »

*

L'idée d'envoyer Septième en colonie de vacances était venue de Père. Septième ne voulait pas y aller mais Père tenait absolument à ce qu'il sorte de la maison et rencontre des gens. Par des gens, il entendait, des gens issus d'autres communautés et d'autres milieux. Mudd y était opposée, craignant l'influence que les enfants et les moniteurs pourraient exercer sur lui, persuadée qu'ils se débrouilleraient pour l'éloigner de sa propre communauté. Mais Mudd, enceinte et fatiguée, n'avait pas eu la force d'imposer son point de vue.

Septième avait détesté la colo. Il s'était senti isolé, différent. Il ne se trouvait aucun atome crochu avec les autres gamins et vivait dans la peur d'être découvert ou que les autres apprennent qui il était et d'où il venait. Pendant que ses camarades nageaient et jouaient au base-ball, Septième passait son temps chez le directeur à le supplier de le renvoyer chez lui.

« La maison manque à beaucoup d'enfants, disait le directeur.

— Ma maison ne me manque pas, répondait Septième. C'est juste que je déteste cet endroit. »

La nuit, quand les autres gamins faisaient griller des marshmallows et chantaient des chansons, Septième allait se coucher et, allongé sur son lit, essayait de trouver le moyen de s'évader et de rentrer chez lui. Il repensait à Julius, à ses difficultés et au temps que son voyage vers la liberté lui avait coûté, au courage dont il avait fait preuve en allant seul de l'avant. Et donc, inspiré par son histoire, une nuit, Septième était parti. Il avait attendu que les moniteurs soient endormis, il s'était muni d'une lampe de poche, avait pris le peu d'argent qu'il avait, était passé furtivement devant les bureaux et s'était engagé sur la grand-route. Il n'avait pas la moindre idée de la direction qu'il prenait, s'il se rapprochait ou s'éloignait de la maison.

Mais que savait Julius sur ce bateau ? Que savait-il lorsqu'il était parti à Detroit ? La masse sombre de la forêt lui faisait peur, mais il s'était refusé à faire demi-tour. Il était parvenu à parcourir cinq kilomètres avant qu'un pompiste ne le repère. La police était arrivée et l'avait raccompagné à la colonie, le directeur, mis dans l'embarras et reprochant à Septième de lui avoir fait courir un risque en termes d'assurance, l'avait renvoyé chez lui. Ses parents étaient furieux.

« Mais Julius est parti en voyage et tu as dit que c'était un héros ! » s'était plaint Septième.

Mudd lui avait donné une taloche sur la tête du revers de la main.

« Comment oses-tu te comparer à Julius ? » avait-elle dit avant de lui interdire de sortir pendant un mois.

Septième se fichait éperdument de la punition. Il était ravi d'être de retour à Brooklyn et, pour la première fois depuis des semaines, il s'était endormi sans pleurer. En revanche, au rez-de-chaussée, Mudd et Père amorçaient une dispute.

« C'est toi qui lui as mis dans le crâne la peur des autres, avait crié Père.

— Il a été malin de rentrer, avait rétorqué Mudd. Il sait où sont les siens.

— Tu aurais préféré qu'il ne soit jamais parti !

— Tu aurais préféré qu'il ne soit jamais revenu ! »

Dixième, qui était bébé à l'époque, s'était mis à pleurer.

Septième était allé dans sa chambre, s'était penché au-dessus de son berceau et lui avait bouché les oreilles de ses deux mains.

« Tout va bien, Di-Di, avait-il dit. C'est un jeu. »

Puis, il était retourné se coucher, s'était allongé sous les couvertures et avait essayé de trouver un moyen de s'évader pour retourner à la colo.

*

Montaigne était un humaniste libre penseur, disent les humanistes libres penseurs.

Montaigne était un conservateur dévot, disent les conservateurs dévots.

Montaigne était juif, disent les juifs.

Montaigne était un fervent catholique, disent les catholiques.

Montaigne : *On demandait à Socrate d'où il était, il ne répondit pas, d'Athènes, mais, du monde.*

*

Mudd détestait le terme « Cannibalo-Américain ».

« Tu crois que ce qui compte c'est le nom que tu te donnes ? disait-elle. Ce qui compte c'est comment les autres t'appellent et eux te traitent de sauvage, de chasseur de têtes. »

Montaigne encore : *À chaque minute il me semble que je m'échappe.*

Cette confession réconforte Septième. Partout, autour de lui, les gens clament haut et fort qui ils sont. Mais Montaigne, disparu depuis plus de quatre cents ans, propose une alternative.

Peut-être n'a-t-on pas besoin de savoir ce qu'on est.

Peut-être n'est-ce pas une prouesse.

Peut-être est-ce suffisant – peut-être est-ce le tout début de la sagesse – de savoir ce qu'on n'est pas.

*

Julius était le pionnier, l'ancêtre courageux qui avait abandonné ses parents et son bienheureux Vieux Pays pour conduire son peuple vers le Nouveau Monde, dans l'espoir d'une vie meilleure. L'exemple de sa bravoure avait amené les générations suivantes de Cannibalo-Américains à ne jamais renoncer à trouver une patrie cannibale et à ne jamais laisser la peur les retenir. Tous le connaissaient sous le nom de Julius le Brave.

Cela dit, sa sœur-femme, Julia, était la martyre de leur peuple et Mudd prenait grand plaisir à raconter son histoire. Aucune femme n'avait autant souffert que Julia, disait Mudd. Elle recevait des gifles et des coups de pied, elle était coursée, tabassée et maltraitée. Elle n'avait cessé de souffrir de sa naissance à sa mort et on pouvait compter sur les doigts de la main les jours où elle n'était pas couverte de sang au cours des soixante-douze années de sa vie. Un de ces fameux jours, Julius lui-même ne l'avait pas reconnue. Il avait crié de peur en découvrant une femme inconnue dans sa maison, la police avait débarqué et, la croyant noire, l'avait battue à coups de matraque jusqu'à ce qu'elle se mette à saigner. Alors seulement, Julius avait reconnu Julia et supplié les policiers d'arrêter.

« La crucifixion ? disait Mudd. La crucifixion, c'était du gâteau. Julia aurait tué pour être crucifiée. »

L'exemple de ses souffrances avait conduit les générations suivantes de Cannibalo-Américains à ne jamais capituler, à ne jamais succomber, à ne jamais céder à l'oppression et à la haine. Tous la connaissaient sous le nom de Julia l'Angoissée.

Alors que, dans sa jeunesse, disait Mudd, on la connaissait sous le nom de Julia la Belle. Elle était la plus belle femme qui ait jamais vécu et, lorsque son frère, Julius, qui était le plus bel homme qui ait jamais vécu, et elle étaient arrivés au Nouveau Monde, tous les hommes de toutes les nations l'avaient désirée et certains avaient même désiré Julius (des animaux, selon Mudd). Mais le cœur de Julia n'appartenait qu'à son peuple et, donc, elle avait épousé son frère car elle voulait des enfants cannibales et avait espéré que le mariage la protégerait de la lubricité des hommes du Nouveau Monde. Sauf que les hommes envieux des autres nations se fichaient qu'elle ait un époux et, lorsqu'elle ne leur donnait pas ce qu'ils voulaient, ils le prenaient de force ou le détruisaient. Quand elle n'était pas violée, elle était battue. Elle avait eu le nez cassé, les dents brisées. Elle avait été torturée, écartelée, soumise au supplice de la roue et suspendue dans une cage sur la place publique, en butte aux moqueries des passants qui la bombardaient de pierres. Mais la beauté de Julia était telle que, malgré son charme amputé, elle restait toujours plus désirable que la plupart des belles femmes des autres nations.

Et donc, disait Mudd, un matin, en se rendant à son travail, Henry Ford avait vu Julia dans sa cage et son cœur s'était empli de désir pour elle. À cette époque-là, la ville de Detroit était sienne et il avait fait libérer Julia sur-le-champ, l'avait fait soigner par les meilleurs médecins du coin et, du haut des marches de son palais, il avait interdit à quiconque de lui faire du mal.

« Son palais ? avait demandé Septième.

— C'était tout comme », avait répondu Mudd.

Mais Julia avait payé son sauvetage au prix fort. Ford avait décrété qu'elle lui appartenait - un bien qui n'avait pas plus de liberté ou de droits que l'une de ses automobiles. Si elle ne se soumettait pas à ses sombres désirs ou s'en ouvrait à quiconque, l'avait-il prévenu, il mettrait son mari à la porte et les jetterait tous les deux à la rue. La Grande Dépression débutait et Julia savait qu'ils ne pouvaient se permettre de se retrouver au chômage. Pour rester plus longtemps seul avec Julia, Ford avait augmenté les heures de travail de Julius et l'avait affecté aux machines les plus dangereuses sur la chaîne dans l'espoir qu'il se tue et que Julia soit à lui pour toujours.

À ce moment du récit, la voix de Mudd vibrait d'émotion tandis qu'elle s'adressait à ses enfants.

« Nuit après nuit, il l'avait souillée, poursuivait-elle. Il n'y avait pas un modèle T qui sortait de la chaîne à l'époque dans lequel il ne l'avait pas violée. »

Mudd se tamponnait le coin des yeux comme si elle avait pleuré.

« L'usine produisait neuf mille véhicules par jour, Mudd », lui faisait remarquer Quatrième.

Mudd opinait du bonnet.

« Cette pauvre femme », sanglotait-elle à moitié.

La grandeur de Julia était telle qu'Onclissime avait décidé d'honorer sa mémoire et, pour ce faire, promulgué une loi, prenant effet sur-le-champ et jusqu'à la fin des temps, selon laquelle il était désormais interdit à tout Cannibale de posséder une Ford ou d'en louer une ou même d'en acheter une d'occasion.

« Celui qui s'y risque, avait déclaré Onclissime, est un traître, un ennemi de notre peuple. »

Pire que Jack Nicholson.

*

« Et les F-150 ? demandèrent les Anciens. Car ce sont des camionnettes et non des voitures.

— Les camionnettes Ford sont interdites aussi, répondirent les Anciens des Anciens.

— Et les Lincoln ? demandèrent les Anciens.

— Les Lincoln sont autorisées, répondirent les Anciens des Anciens.

— Mais Lincoln est la propriété de Ford, objectèrent les Anciens.

— Exact, répondirent les Anciens des Anciens, mais personne ne conduit de Lincoln de toute façon.

— Moi si, dirent des Anciens.

— Alors vous êtes des imbéciles, répliquèrent les Anciens des Anciens.

— Du calme, Larry, ordonnèrent les Anciens. Nous sommes du même bord. »

*

Un dimanche, Septième, cinq ans à l'époque, a appris qu'il vivrait pour l'éternité.

Ce qui soulevait nombre de questions épineuses.

Le bruit de l'aspirateur au rez-de-chaussée l'a réveillé en sursaut. Il s'est redressé, son jeune cœur gonflé de joie.

« Vous entendez ? a-t-il demandé à ses frères.

— C'est l'aspirateur ? s'est étonné Quatrième.

— Mais oui, a confirmé Troisième. L'aspirateur !

— Des invités ! s'est réjoui Deuxième.

— C'est pas dommage », a marmonné Premier.

Mudd n'était pas très à cheval sur le ménage et le bruit inhabituel de l'aspirateur annonçait quelque chose de particulier. Passer l'aspirateur indiquait l'arrivée imminente de visiteurs, or « visiteurs » signifiait que Mudd aurait un comportement exemplaire - même si elle soutenait souvent qu'il n'y avait rien de mal à ce qu'elle frappe ses enfants et leur hurle dessus (« Ça fait partie de la vie de famille », disait-elle), elle ne s'y laissait jamais aller devant des invités ou des inconnus.

Les garçons se sont précipités à la cuisine où le café était en train de passer – « On a une machine à café ? » a demandé Premier – et Mudd disposait de jolis gâteaux sur un plat.

« Qui vient ? a demandé Septième.

— Habille-toi, a dit Mudd.

— Pourquoi ? a demandé Deuxième.

— J'ai dit, habillez-vous ! » a-t-elle rétorqué et elle lui aurait bien donné une taloche sur la tête du revers de la main si, au même moment, quelqu'un n'avait pas frappé à la porte.

Mudd a laissé échapper un juron – « Septième, range l'aspirateur ! Range l'aspirateur ! » Le plat de gâteaux dans une main, elle s'est précipitée à la porte, lissant sa robe et glissant une mèche folle derrière son oreille.

« Onclissime ! s'est exclamée Mudd en ouvrant la porte à son estimé beau-frère. Mon Dieu, j'avais oublié que vous veniez ! »

L'espoir des enfants de passer un dimanche dans une ambiance détendue s'est évanoui. Leur oncle était un homme sérieux, aussi dépourvu d'humour qu'il était impressionnant. Jadis, il avait sans doute ri une fois mais plus jamais depuis et, si Mudd leur avait dit plus tôt dans la matinée qu'il allait leur rendre visite, tous les frères en âge de sortir seuls l'auraient fait depuis des heures.

« Effectivement, je mérite qu'on m'oublie, a répondu Onclissime avec cette humilité bien rodée. Ce qu'il faudra se rappeler, ce sont ces sujets importants sur lesquels nous allons travailler aujourd'hui. »

Une main posée sur sa poitrine frémissante, Mudd a soupiré devant une telle sagesse.

(Une fois, Premier avait glissé à Septième qu'il était persuadé que Mudd était amoureuse d'Onclissime.

« Arrête, s'était insurgé Septième. Elle est mariée au frère d'Onclissime.

— Et alors ? Julius a bien épousé sa sœur.

— C'est dégueu », avait dit Septième.)

Mudd a tendu son plat de gâteaux à Onclissime.

« Un muffin ? »

Onclissime a décliné poliment et il est entré dans la maison. Il marchait comme porté par les ailes d'un ange, une main glissée sous le revers de son long pardessus noir, l'autre inclinant légèrement son haut-de-forme argenté en franchissant le seuil.

Les garçons se sont redressés, ont discipliné leurs cheveux et dit adieu à leur dimanche.

« Aujourd'hui, a annoncé Onclissime, vous allez devenir des hommes.

— Mais il y a un match des Giants », a dit Premier.

Mudd lui a donné une taloche sur la tête.

« Le seul géant que tu regarderas, c'est ton oncle », a-t-elle rétorqué.

Onclissime a entraîné les garçons jusqu'au salon dont il a fermé les stores, tiré les rideaux, puis il a remis à chacun un exemplaire dédicacé de *Tout savoir sur l'éviscération et la découpe du cerf*.

« Le vôtre, a dit Onclissime, pour vous guider le reste de votre vie. »

Septième a regardé la couverture sur laquelle un chasseur souriant en combinaison de camouflage posait un genou à terre à côté d'un cerf abattu.

« On est lequel des deux ? a demandé Septième à Premier.

— Comment ça, lequel des deux ? a dit Premier.

— On est le chasseur ou le cerf ?

— Les deux, imbécile, a répondu Premier.

— C'est dégueu », a dit Septième.

Onclissime a installé un chevalet métallique d'aspect sévère devant eux et a calé dessus une grande liasse de feuilles. Puis il a retiré son haut-de-forme et son pardessus, les a posés sur la chaise à côté de lui et a commencé son cours.

« Dites-moi, a-t-il demandé aux garçons, pourquoi sommes-nous là ?

— Parce que Mudd nous y a obligés », a répondu Premier.

Ses frères ont pouffé.

« Nous sommes là, a dit Onclissime d'un ton pincé, parce que nous sommes en train de mourir.

— C'est vrai ? a demandé Troisième.

— C'est juste une expression, l'a rassuré Deuxième.

— Nous sommes en train de mourir, a insisté Onclissime.

— Je suis en train de mourir ? » a demandé Troisième.

Sixième était décédé depuis à peine un an et Troisième avait toujours du mal à comprendre ce que la mort signifiait, où était parti Sixième et quand il reviendrait.

« Mais non, l'a rassuré Septième.

— Alors pourquoi il a dit que j'étais en train de mourir ? » a demandé Troisième.

Premier lui a donné un coup de coude.

« Arrête de poser autant de questions, lui a-t-il soufflé. Je veux en finir avec ce machin et regarder le match des Giants.

— Notre peuple a consommé l'Amérique, a lancé Onclissime, dont la voix commençait à enfler comme souvent dès que l'occasion de prêcher se présentait. Ses valeurs, sa morale, sa philosophie ! Et, à notre tour, nous avons été consommés par l'Amérique. Aujourd'hui, notre peuple est en voie de disparition. Vous êtes les derniers, mes enfants. Regardez ce que le grand Cannibale, Jésus, a accompli avec seulement douze apôtres. Il a conquis l'Empire romain ! Il a conquis le monde ! Mais ce ne sera pas facile. Il vous faudra connaître toutes nos lois, toutes nos règles, car l'avenir de notre peuple repose sur vous. Aujourd'hui, nous allons commencer à les étudier et nous les étudierons tous les dimanches matin jusqu'à ce que nous soyons arrivés au bout.

— Tous les dimanches ? s'est insurgé Premier.

— Tous les dimanches, a confirmé Onclissime.

— Même le dimanche du Super Bowl ?

— Nous allons commencer par les trois premières règles de notre peuple, a dit Onclissime. Ce sont les plus importantes de toutes, les trois règles que vous ne devez jamais oublier et que vous devez enseigner à vos propres enfants, de sorte qu'ils les enseignent à leur tour à leurs enfants et leurs enfants aux leurs. Ces règles sont aussi anciennes que notre peuple, à l'exception de la Règle numéro trois.

— C'est quoi ? » a demandé Deuxième.

Onclissime a retiré le capuchon d'un gros marqueur noir et s'est tourné vers le chevalet.

— Règle numéro un, a-t-il énoncé tout en écrivant, avant d'ajouter en dessous en grandes lettres noires : PAS DE FLICS, qu'il a souligné deux fois.

PAS.

DE.

FLICS.

Si vous ne deviez vous rappeler qu'une règle, c'est celle-ci. »

Il a regardé chaque frère dans les yeux avec une gravité qui leur était inconnue.

« Pas de flics, a-t-il répété. Jamais. »

Les minorités entretiennent toujours des relations d'amour-haine avec les autorités censées les protéger de l'oppression car ces autorités se transforment souvent elles-mêmes en oppresseurs. Cela dit, pour la communauté des Can-Ams, la police représente une menace encore plus grande que pour les autres minorités – une menace pour ses traditions, qui sont interdites par cette loi que la police a fait vœu de faire respecter.

« Appeler la police à la mort d'un Cannibale, a expliqué Onclissime, est la garantie de ne pas pouvoir accomplir le rite central de notre héritage culturel singulier, à savoir, la Consommation. Les lois de l'État comme celles de la ville exigent que le corps du défunt soit enlevé de son domicile par un transporteur agréé, corps qui ne sera rendu qu'après examen et sera alors enregistré par les pompes funèbres ou un représentant du cimetière. Si jamais ça se produisait, a poursuivi Onclissime, ce serait la fin du défunt.

— Très drôle », a dit Premier.

Mais Onclissime ne faisait jamais de blagues et Premier le savait.

« La mort, c'est pour les autres », a continué Onclissime.

Puis il s'est tourné vers la fenêtre, a jeté un coup d'œil au-dehors à travers les rideaux, est revenu aux frères Seltzer et, dans un murmure, il a ajouté :

« Les Cannibales vivent pour l'éternité.

— Quoi ? a demandé Deuxième.

— Les Cannibales vivent pour l'éternité, a répété Onclissime. Quand nous Consommons nos proches, ceux-ci continuent de vivre en nous. Ils nous guident, nous informent, nous réconfortent, nous motivent. Ils deviennent nous et nous devenons eux. De cette façon, mes enfants, le passé se poursuit et ne meurt jamais. Mais n'oubliez pas : de même que la Consommation nous garantit la vie éternelle, l'enterrement nous garantit la mort éternelle. Car nous ne sommes pas des arbres et nous ne poussons pas en terre. La tombe est une fin qui ne convient qu'aux animaux. C'est la raison pour laquelle il ne faut jamais appeler la police. Si nous nous conformons aux règles, si nous restons auprès de notre peuple, nous vivrons pour l'éternité. Vous vivrez pour l'éternité et vous vivrez pour l'éternité et vous vivrez pour l'éternité.

— L'éternité ? » a demandé Troisième.

Il avait les yeux brillants et Septième a compris qu'il pensait à Sixième. Septième y pensait aussi et a deviné ce que Troisième se demandait : si les Cannibales qui étaient Consommés vivaient pour l'éternité – or Onclissime avait Consommé Sixième –, Sixième était-il vivant ?

Où était-il ?

Pourquoi ne leur disait-il pas bonjour ?

Peut-être pourraient-ils aller le chercher, s'est dit Septième.

Onclissime s'est retourné pour écrire verticalement les lettres N, Y, P, D sur le tableau.

« Nos Yeux pour Pleurer nos Défunts, dit-il en complétant l'acronyme. Si vous appelez la police, les enfants, votre mère et votre père, votre sœur et votre frère – votre peuple – sont morts. Jamais de flics. »

Les frères se sont tus, ils ont échangé des regards et fixé leur exemplaire du *Guide* posé sur leurs genoux. Mudd le leur avait déjà dit, mais l'entendre de la bouche d'Onclissime était différent. L'avenir de leur peuple tout entier reposait entre leurs mains.

Onclissime a tourné une nouvelle page sur le chevalet.

« Règle numéro deux, a-t-il dit en l'écrivant en même temps avant d'ajouter en dessous en grandes lettres noires : NE RIEN COUCHER SUR LE PAPIER. »

Il a souligné deux fois le mot « rien ».

« Notre peuple, a dit Onclissime, a inventé les maths. Vous le saviez ? Nous avons inventé le microscope, le télescope, le téléphone. Nous avons tant fait pour le monde et, pourtant, le monde continue de nous traiter comme des sauvages, des bêtes, des monstres. Un jour, nous serons acceptés. Un jour, nous serons libres de vivre comme vivaient nos ancêtres. Mais jusque-là, le secret absolu est de la première importance, toute note rédigée peut être et sera utilisée contre nous, il est donc primordial de ne jamais rien écrire.

— Et ça ? a demandé Premier en brandissant le *Guide*.

— Quoi ? a dit Onclissime.

— C'est écrit.

— C'est l'exception, a répondu Onclissime.

— Mais tu viens de l'écrire, a fait remarquer Deuxième.

— Quoi ?

— Qu'on ne doit rien écrire. »

Onclissime leur a donné à chacun une taloche sur la tête du revers de la main.

« Arrêtez de faire les idiots », a-t-il dit.

Il a tourné une nouvelle page et écrit : *Règle numéro trois*.

« La Règle numéro trois est aussi capitale que les deux premières. Voire plus capitale. »

Puis il a ajouté en dessous en grandes lettres noires rageuses : JACK NICHOLSON EST UN ENFOIRÉ.

Et il a souligné deux fois le mot « enfoiré ».

« Qui est Jack Nicholson ? a demandé Septième.

— Nous verrons cela la semaine prochaine, a répondu Onclissime.

— C'est quoi un enfoiré ? a demandé Troisième.

— Nous verrons cela également », a répondu Onclissime.

Sur ce, il a enfilé son long pardessus noir, posé son haut-de-forme argenté sur sa tête et pris congé. Les frères l'ont regardé partir.

« C'est qui Jack Nicholson ? a demandé Septième à Premier.

— On s'en tape », a répondu Premier en allumant la télévision.

Mais le match des Giants était terminé depuis longtemps et l'équipe avait perdu de sept points. Premier était furieux, il a jeté son exemplaire du *Guide* par terre et d'un coup de pied l'a envoyé valser contre le mur.

« Si cet enfoiré vit pour l'éternité, a-t-il dit en parlant d'Onclissime, on est tous foutus. »

*

La publication de *Tout savoir sur l'éviscération et la découpe du cerf* s'est avérée catastrophique pour la communauté cannibalo-américaine. Même avant sa parution, beaucoup trouvaient que le *Guide* représentait un risque d'exposition inutile, sans parler d'une transgression flagrante de la Règle numéro deux. Malgré tout, Onclissime n'en a pas démordu, un recueil des règles et règlements était essentiel si leur peuple espérait conserver son identité culturelle singulière dans le Melting-Pot de l'Amérique. Il a assuré aux sceptiques que tout irait comme sur des roulettes mais les premiers exemplaires présentaient une effroyable coquille sur leur couverture, le mot « cerf » avait été orthographié « serf ».

Tout savoir sur l'éviscération et la découpe du serf avait provoqué une vague de panique parmi la communauté. Le peuple avait tenu Onclissime responsable de la débâcle et lui avait reproché de les avoir mis en danger. Ceux qui traversaient Brooklyn à l'époque se rappelleront peut-être avoir vu des affichettes placardées dans certains endroits avec la photo du catcheur André le Géant, un Cannibale, légendée : RÈGLE NUMÉRO DEUX. Onclissime avait dénoncé cet affichage, prétendant qu'il violait lui-même la Règle numéro deux. Et donc, à mesure que la sortie du livre approchait, les Can-Ams s'étaient réfugiés dans leurs caves et leurs greniers, dans l'attente du retour des fourches et des torches. Mais cela ne s'était pas produit. Les libraires, persuadés que le livre était une satire, l'avaient placé dans le rayon humour où il avait fait une assez bonne saison d'été.

Père, qui racontait cette histoire à Septième, disait que ce *Guide* démontrait l'orgueil et le besoin de reconnaissance de son frère.

« Onclissime aime son peuple uniquement pour être aimé de lui », avait-il dit.

« N'importe quoi, avait répondu Mudd lorsque Septième l'avait interrogée à ce sujet. Ce n'était pas une coquille. Ton oncle a enfoncé le doigt dans l'œil de la nation qui ostracise son peuple ! Il s'est moqué d'elle ! Il lui a ri au nez ! Ton oncle est un héros, Septième. Et ton père est pire que Jack Nicholson. »

*

Huitième revient de la cuisine en agitant les mains. Il commence à paniquer.

— Elle n'a pas de *Guide*, dit-il. Comment se fait-il que Mudd n'ait pas de *Guide* ?

— Et alors ? demande Premier. Elle n'a pas de *Guide*, et alors ?

— Il nous en faut un.

— Pourquoi ?

— Pour savoir quoi faire.

— À propos de quoi ?

— À propos de quoi ? À propos d'elle.

— C'est quoi le problème avec elle ?

— Elle est morte à midi dix, dit Huitième.

— Et alors ?

— Et alors, il est presque une heure.

— Et alors ?

— Et alors ? *Deux pour le Drainage*, répond Huitième. *Vingt-quatre pour la Consommation*. Il ne nous reste pas beaucoup de temps.

À ces mots, Septième frémit. Il ne les a pas entendus depuis des années.

Deux pour le Drainage, vingt-quatre pour la Consommation.

Combien de fois Onclissime leur avait-il fait répéter ces phrases ? Mille ? Dix mille ?

Les Victuailles, comme le veut la tradition funéraire cannibale, consistent en quatre étapes de base : le Drainage (du sang), la Purge (des organes), la Répartition (du corps) et la Consommation (de la viande). *Deux pour le Drainage, vingt-quatre pour la Consommation* était l'un des mantras d'Onclissime le dimanche matin. Après la mort, les Cannibales ont deux heures pour Drainer le sang du corps, suivies de vingt-quatre heures pendant lesquelles ce dernier doit être Consommé.

Après deux heures, le corps non Drainé est déclaré putrescent. Après vingt-quatre heures, le manger n'est plus considéré comme une véritable Consommation. Ne pas appliquer ces deux paramètres risque de faire basculer les Victuailles dans la catégorie Victuailles Inachevées et le défunt, au lieu de se voir accorder la vie éternelle, se voit condamné à la mort éternelle.

— Attendez ! s'écrie soudain Troisième. J'en ai un !

— Un quoi ? demande Premier.

— Un *Guide* ! répond Troisième.

— Où ? demande Huitième.

— Dans ma chambre !

— Bon sang, mais va le chercher, espèce d'abruti ! dit Huitième.

— Doucement, tempère Zéro.

— On n'a plus de temps, dit Huitième.

— De temps ? s'interroge Premier. Vous envisagez vraiment de la manger ?

— Tu veux faire quoi ? demande Huitième.

— Appeler la police, répond Premier.

— Non, tranche Dixième. Pas de flics.

Cinquième se range à l'avis de Premier.

— On ne peut pas la manger, les mecs, dit-il. Ne soyez pas ridicules.

— Pourquoi pas ? demande Huitième.

— Tu as vu sa taille ? dit Cinquième.

— Elle est énorme, renchérit Quatrième. Ça prendra un an. Dix ans.

— On n'est pas censés la manger tout entière, précise Huitième.

— Combien est-on censés en manger ? demande Quatrième.

— Une bouchée, répond Huitième. Une bouchée et demie, en théorie.

— Une bouchée et demie ? répète Deuxième. Ça ne me paraît pas correct.

Septième ressent à nouveau cette pointe de rancœur acide à l'endroit de Deuxième pour avoir épousé une femme juive et il se rend compte dans le même temps que ce qui se passe en ce moment même ne se reproduira sans doute jamais : une famille cannibale réunie pour Consommer un proche.

Ils sont les derniers.

Huitième récite un autre des mantras mnémotechniques d'Onclissime.

Une bouchée et demie
Et cela suffit,
Que ce soit ta sœur, ton père,
Ou même ta mère.

Les mots brûlent Septième. Le vieux dicton a pour effet paradoxal de lui donner envie de fuir la maison en hurlant et, en même temps, de monter à toute vitesse au premier étage se jeter à genoux au pied du lit de Mudd pour lui demander pardon.

— Une bouchée et demie, dit Cinquième. Je me rappelle.

— Moi aussi, dit Neuvième.

— Une bouchée et demie, ce n'est pas la fin du monde, tout compte fait, dit Quatrième.

Premier se lève d'un bond, furieux.

— Vous êtes tous dingues ou quoi ? demande-t-il. Vous avez perdu la boule ? Vous vous entendez ?

— C'est gros comment, une bouchée ? demande Onzième à Huitième.

— Oui, insiste Douzième. C'est gros comment, une bouchée ? Une bouchée de Troisième ou une bouchée de Zéro ?

— Une des tiennes, répond Huitième.

— Vous êtes en train de parler d'un crime, dit Premier. Vous vous en rendez compte ? Un crime. C'est la prison garantie.

— Tu croyais qu'on allait faire quoi, Premier ? demande Huitième.

— Je croyais qu'on allait faire ce que tout le monde fait quand sa mère meurt. Je croyais qu'on allait boire un coup, se raconter deux trois anecdotes, histoire de ne pas lui donner l'image d'une grosse salope, puis trouver un cimetière et se disputer l'héritage. Voilà ce que je croyais qu'on ferait.

— Je ne te laisserai pas insulter notre mère, dit Dixième.

— Elle n'était pas ma mère, connard ! réplique Premier. Elle m'a mis au monde, mais elle n'a jamais été ma mère.

Dixième se lève à son tour, les poings serrés, et avance vers Premier. Il est plus jeune, plus grand et plus costaud que Premier, mais la colère de ce dernier est telle que même Dixième hésite. Ils sont prêts à en venir aux mains quand Troisième déboule de l'escalier.

— Je l'ai trouvée ! dit-il fièrement.

La fratrie se fige, de Zéro à Douze, et toute velléité de bagarre s'évanouit - car ce que Troisième tient à la main n'est pas un exemplaire du *Guide*, mais une vieille mallette en cuir marron avec une poignée en bois vermoulu et de gros fermoirs dorés noircis par le temps.

— C'est... c'est ce que je pense ? s'étonne Premier.

Zéro, qui n'a jamais vu la mallette auparavant, se tourne vers Septième.

— Qu'est-ce qu'il y a dedans ?

— Troisième ? demande Septième. Bon sang, Troisième, où tu as trouvé ça ?

— Où t'as dégotté ce truc ? demande Premier à son tour.

Troisième pose la mallette sur la table basse et, prenant leur choc pour de l'admiration, se réjouit d'être le centre de l'attention.

— Mudd ! répond-il fièrement.

— Mudd ? s'étonne Septième. Pourquoi Mudd était-elle en possession de cette mallette ?

— Elle me l'a donnée, répond Troisième. Elle a dit qu'il fallait que je la garde et que je me souvienne d'où je viens et qui je suis et qui je ne suis pas et qui j'étais ou qui je suis.

Il relève les fermoirs et ouvre la mallette. Il s'en sert manifestement pour ranger ses trésors, deux dés, quelques billets de Monopoly, deux ou trois chewing-gums. Et, dessous, un vieil exemplaire fané du *Guide*.

Troisième fourre un chewing-gum dans sa poche et sort le *Guide*. Il rayonne de fierté en le leur tendant mais tous ont les yeux fixés sur le redoutable Couteau de la Rédemption niché dans le creux en dessous. La lame pointue en argent luit, le fil dentelé semble avoir faim, être prêt à mordre. Sur le plat de la lame, des motifs anciens gravés courent du manche jusqu'au crochet en forme de canine à l'extrémité. Même au repos, il est menaçant.

— Qu'est-ce que c'est que ce truc ? s'étonne Zéro avec l'air de se demander ce que Troisième fait en possession d'une arme aussi dangereuse.

Septième sent une terrible crainte l'envahir. Il n'a pas vu le couteau depuis son enfance, depuis ce dimanche où Onclissime l'avait apporté en cours.

« Ceci, avait-il dit en brandissant l'arme cruelle, est le Couteau de la Rédemption. À l'aide de ce couteau, vos ancêtres ont été Drainés, Purgés, ils ont été Répartis et Consommés. C'est pour cela qu'on l'appelle le Couteau de la Rédemption, mes enfants : parce qu'il nous rachète de cette vie achevée, il nous rachète de notre corps, et nous confère ainsi l'immortalité. »

Septième s'approche. La lame semble s'être ternie avec le temps, mais en se penchant pour mieux voir, il se rend compte que ce qu'il a pris pour des ternissures est en fait du sang séché.

Le sang de Sixième.

La dernière Consommation en date est celle de Sixième. Septième se souvient que, selon la tradition, le couteau demeure dans la famille qui l'a utilisé en dernier. Ainsi, il ne reste jamais au même endroit, ce qui rend sa découverte par les autorités moins probable. Cela rappelle ainsi à tous que le Couteau de la Rédemption n'appartient à personne en particulier, mais au peuple.

C'est alors que Septième décide d'accéder aux désirs de sa mère.

Il se conformera à ses dernières volontés et s'assurera que ses frères l'accompagneront dans sa démarche.

Non parce que Mudd le mérite – il se doute qu'elle ne le mérite pas. Mais parce que leur peuple est une chaîne, comme elle le lui a rabâché, une chaîne ininterrompue depuis des millénaires et le sang de Sixième sur le fil de la lame lui rappelle tous les Cannibales, hommes, femmes et enfants, génération après génération, où qu'ils se soient trouvés et quelle que soit l'époque à laquelle ils aient vécu, qui ont procédé à ce rituel sacré en dépit des menaces, de l'oppression et même de la mort.

C'est à eux d'agir à présent.

Pour prolonger la chaîne.

Pour sauver leur peuple.

Ce qui signifie que c'est à lui d'agir.

C'est une chose de quitter sa maison et son peuple. C'en est une autre d'affirmer qu'on s'en désolidarise. Mais c'est encore autre chose de se trouver au bord de la tombe boueuse de son peuple, le manche froid de la pelle dans la main, et de décider s'il faut l'inhumer ou le sortir de là.

Il se peut que la Consommation de Mudd soit la dernière.

De toutes.

Il faut y procéder, se dit Septième.

Et dans les règles.

Premier ne veut pas en entendre parler. Pendant que les autres, médusés, regardent le couteau, Premier se lève et commence à boutonner son manteau.

— La compagnie, je suis parti ! lance-t-il. Quand le vieux couteau fait son apparition, c'est le signal du top départ. Ce fut un réel plaisir. Mes frères, ma sœur, quelle belle fête vous nous avez organisée ! J'aurais dû apporter un gâteau mais j'ai bien l'impression que Mudd les a tous mangés. Je veux dire, tous les gâteaux de la terre. Félicitations, chère famille, ou condoléances, à vous de choisir. En ce qui me concerne, je dirais plutôt « félicitations », mais vous le savez déjà. Par conséquent : mazel tov, salud, hourra, hip, hip, hip et hosanna. Bon débarras, Mudd, espèce de sale conne. J'irai cracher sur ta tombe si on arrive à en creuser une assez grande.

Il les laisse et sort en claquant la porte.

Huitième se tourne vers Septième d'un air inquiet.

— Il ne peut pas partir, dit-il.

— Je sais, dit Septième.

— Viande, dit Huitième.

— Je sais, dit Septième.

— Viande ? demande Zéro.

— C'est un acronyme, explique Huitième. V-I-A-N-D-E : Victuailles Impérativement Absorbées Nulle Dérogation Ensemble. Si nous ne la mangeons pas tous, la Consommation ne sera pas authentique. Septième, il ne peut pas pa…

Mais Septième est déjà dehors.

*

« Notre peuple est une chaîne, avait dit Mudd à Septième.
— Une chaîne ?
— Une chaîne, avait-elle confirmé, faite d'innombrables maillons. Et, toi, tu es le maillon suivant. Alors, si jamais tu décides : "Hé, tu sais quoi ? Je n'ai plus envie d'être Cannibale, j'ai envie d'être moi-même", écoute-moi bien, ce ne sera pas un problème.
— Ah bon ?
— Deviens toi-même, d'accord ? avait dit Mudd. Mais avant de devenir toi-même, fais-moi plaisir, d'accord ?
— Bien sûr, Mudd.
— Fais-moi plaisir et imagine tous les maillons de la chaîne de notre peuple, des centaines, des milliers de maillons qui remontent sur des milliers et des milliers de kilomètres, plus de maillons que de grains de sable sur une plage, plus de maillons que de gouttes d'eau dans l'océan, chacun est une vie, un membre de notre peuple qui place ce maillon avant sa personne et je veux que tu te tournes vers ces maillons, que tu les regardes – tes parents, tes grands-parents et arrière-grands-parents – et que tu leur dises : je vous emmerde !
— Mudd ? s'était inquiété Septième.
— Je veux que tu leur dises : "Allez vous faire foutre. Je me fiche que vous soyez morts pour notre peuple, que vous ayez souffert et été transformés en esclaves, je m'en tape. Parce que je vaux mieux qu'un maillon." Mais n'oublie jamais, Septième : tu auras beau te croire à part, un maillon seul n'est rien. Il ne tient rien, il ne soutient rien, il ne protège rien. Et c'est ce qui se passera pour toi sans ton peuple. Tu ne seras rien. »

*

Chaque partie du corps léguée au cours de la Distribution ou Déboursement ou Assignation ou Répartition a sa propre signification profonde. Septième sait que recevoir la peau du défunt, son cas, est un honneur insigne.

« La peau, avait expliqué Onclissime un dimanche, est le vêtement que nous portons pour traverser la vie, le manteau de notre existence physique, un manteau qui arbore les innombrables couleurs de notre vie – avec nos cicatrices, nos bleus, nos joies et nos peines. Ici, sur ton genou, la rougeur que tu as récoltée, enfant, en tombant du pneu de la balançoire. Ici, la cicatrice brunâtre sur ton abdomen laissée par ton opération de la hernie à la quarantaine. Ici, l'hématome sur ton bras après que, vieux et frêle, tu as glissé et tu es tombé sur le trottoir verglacé. Taches de naissance noirâtres. Blessures gris-mauve. Être gratifié de cette robe multicolore aux tons vifs, avait dit Onclissime en regardant sa propre peau aux veines apparentes, c'est se voir offrir une vie tout entière. »

*

Peut-être n'existe-t-il aucun endroit au monde où la neige est davantage la bienvenue qu'à Brooklyn. Les bruns sales et les gris éteints disparaissent sous la blancheur qui se forme, la crasse s'efface comme par magie, même si ce n'est que pour quelques heures. À l'école, les jours où il neigeait, Septième regardait par la fenêtre en maudissant secrètement les gens qui empruntaient le trottoir et réduisaient à néant cette blancheur immaculée, eux et le chasse-neige hideux qui dévalait la rue en redonnant au blanc joyeux son gris déprimant d'origine, souillant ce monde nouveau qui venait à peine d'émerger de la noirceur.

De petits flocons commencent à tomber sur le trottoir d'où Septième et Premier observent la vieille maison en brique qui a hanté si longtemps leur conscience et y a pris une place considérable : la façade qui s'effrite, les volets dégondés, la fausse alarme décolorée. Septième indique d'un signe de tête à son frère le bord de la toiture, l'endroit où la gouttière affaissée s'est détachée du bâti, déformant la descente.

— Tu te rappelles quand tu as menacé de sauter ? demande-t-il.

— Non.

— C'est pourtant arrivé.

— Quand ?

— Après la mort de Tata Hazel, explique Septième. J'étais au salon quand soudain, j'ai entendu Mudd hurler : « Descends de là tout de suite, mon petit bonhomme, et viens manger ta tata ! »

Les deux frères se mettent à rire.

— Hazel était énorme, dit Premier. Pas autant que Mudd, mais quand même.

— Non ! crie Septième, imitant à la perfection un adolescent en train de muer. Je ne descends pas tant que tu ne m'as pas dit que je ne suis pas obligé de la manger ! Dis-le ! Dis-le ou je saute !

Les deux frères sont pliés de rire.

— Elle pesait au moins cent kilos, dit Premier. J'avais peur d'être forcé de la manger tout entière.

— Tu étais au bord, tu avais le bout des pieds dans le vide. J'ai vraiment cru que tu allais sauter.

— Mudd m'a dit de le faire, s'esclaffe Premier. Elle m'a dit qu'il fallait que je saute sinon elle me tuerait de ses propres mains. Je suis resté là-haut un bon moment. Et j'ai gagné. Elle a cédé.

Septième secoue la tête.

— Non, elle n'a pas cédé.

— Mais si. Elle a dit que je n'avais pas à la manger. Tu es sorti de la maison pour me l'annoncer.

— J'ai menti, avoue Septième. Je t'ai dit que Mudd ne t'obligeait pas à la manger, et à Mudd que tu l'avais mangée.

— C'est des conneries, dit Premier.

— C'est la vérité.

— Toujours pour la paix des familles. C'est une mauvaise habitude, mon vieux.

— J'essaie de m'en débarrasser.

— Alors qu'est-ce que tu as fait d'Hazel ? Tu l'as balancée dans les chiottes ?

— J'ai donné ta part à Troisième, répond Septième. Je te jure qu'il aurait pu la finir tout seul.

Le vent tourbillonne autour d'eux, dispersant les dernières feuilles mortes de l'automne. Premier relève le col de son manteau.

— Alors dis-moi, pourquoi essaies-tu de me convaincre de manger Mudd ? demande-t-il. Laisse Troisième manger ma part et tu seras débarrassé.

— Victuailles Impérativement Absorbées Nulle Dérogation Ensemble.

— Je n'ai pas mangé Hazel. À l'époque, tu t'en fichais - pourquoi c'est important aujourd'hui ?

— Parce que Hazel ne nous a pas laissé une maison à Brooklyn, répond Septième. Tu as entendu Mudd : si on ne fait pas les choses dans les règles, on n'aura pas la maison. Je saurai quoi faire de cet argent. L'édition n'est plus ce qu'elle était.

— Rien n'est plus comme avant, confirme Premier.

Il regarde à nouveau la maison.

— C'est un trou à rats, Septième. Elle ne doit pas valoir grand-chose. Pas assez pour manger Mudd.

— Ce n'est plus le quartier dans lequel on a grandi, explique Septième. L'ancien marché est devenu un Apple Store. L'aire de jeux, une boutique Prada. La maison est un trou à rats, certes, mais un trou à rats sur deux niveaux avec cinq chambres dans le secteur de Brooklyn qui vaut de l'or.

Premier sort son téléphone de sa poche.

— Dis, Siri, demande-t-il, quel est le prix moyen d'une maison jumelle avec cinq chambres dans Bensonhurst à Brooklyn ?

Leur immémoriale manie du secret fait sourire Septième.

— Tu ne peux même pas dire à Siri où tu te trouves ? s'étonne-t-il.

— Les vieilles habitudes ont la vie dure, répond Premier.

— J'ai trouvé ce que vous cherchez, dit Siri. Le prix moyen d'une maison jumelle avec cinq chambres dans Bensonhurst à Brooklyn est d'un million trois cent mille dollars.

Premier laisse échapper un sifflement.

— Ça fait un paquet, commente Septième.

— Divisé par douze.

— Ça fait toujours un paquet.

Mais Premier secoue la tête.

— Désolé, Septième. Je ne mangerai pas Mudd, pas pour tout l'or du monde. Et crois-moi, j'aurais bien besoin de cet argent en ce moment.

— Je mangerai ta part, dit Septième. Comme Troisième avec Hazel. Personne n'en saura rien. Je te demande juste de rentrer pour leur dire que tu es partant, histoire de leur faire croire que tout est réglo. Huitième est très à cheval sur les règles.

Septième sait pertinemment que manger la part de quelqu'un d'autre est contraire aux lois de la Consommation, mais il espère que, pendant qu'ils prépareront Mudd, Premier changera d'avis. C'était soit ça, soit il s'en allait tout de suite, de toute façon.

— Cette femme, c'était du poison, dit Premier. Tu ne devrais pas en manger.

— Il se peut que je la vomisse.

Premier esquisse un sourire.

— Ça compterait ? demande-t-il.

— Il faut que je vérifie auprès de Huitième, répond Septième. Tu rentres ?

Premier lève à nouveau les yeux sur la maison qui se dresse devant lui.

— Parfois, j'ai l'impression de ne l'avoir jamais quittée, dit-il.

*

Par un froid après-midi de décembre, il y a fort longtemps, Père avait emmené Septième à Manhattan pour admirer les vitrines de Noël de Macy's où, merveille des merveilles, on pouvait voir des pères Noël animés qui clignaient des yeux et agitaient la main. Toute la ville embaumait la châtaigne grillée et les trottoirs grouillaient de gens, riant et chantant des chants de Noël, les bras chargés de cadeaux emballés dans du papier brillant.

Les Cannibales ne fêtent pas le solstice d'hiver comme tout le monde et Septième s'était toujours senti affreusement mis à l'écart des festivités. Et donc, plus tard ce jour-là, alors que Père et lui rentraient à Brooklyn, Septième avait décidé d'inventer un jour de fête cannibale de l'hiver afin que, à l'avenir, les enfants cannibales aient aussi quelque chose à célébrer. Ce serait un jour joyeux, avait-il arrêté, un jour débordant de cadeaux et de bonbons, un jour qui rassemblerait les bougies tremblotantes de Hanoukka, les guirlandes lumineuses de Noël et les pétards magiques du Nouvel An. Puisqu'il existait déjà le jour du Souvenir pour commémorer tous les trucs horribles qui étaient arrivés à leur peuple – quel que soit le truc horrible ou l'époque à laquelle il s'était produit – le nouveau jour de fête de Septième célébrerait tous les jours au cours desquels rien d'horrible n'était arrivé à leur peuple de toute leur histoire, les jours où les Cannibales n'avaient pas été battus, violés, pourchassés hors de leurs pays avec des fourches et des torches. Il avait appelé son nouveau jour de fête le jour du Rien.

Deux semaines plus tard, le premier jour du Rien était advenu. Septième s'était levé tôt, avant le reste de la famille, et s'était mis en besogne. Le plus silencieusement possible, il avait enveloppé les cadeaux – un vase en argile qu'il avait réalisé à l'école pour ses parents, un paquet de cartes de base-ball pour Premier et un dictionnaire pour Deuxième, acheté un dollar à un vide-grenier la semaine précédente. Pour Troisième, qui adorait les cartons, il avait rempli un grand carton de cartons plus petits et avait entouré le tout d'un beau ruban rouge. Il avait empilé les cadeaux sur la table basse, suspendu les guirlandes électriques de Noël au plafond, trouvé quelques cierges dans un placard de la cuisine – ce n'étaient pas vraiment des bougies de Hanoukka mais presque – et les avait disposés dans toute la pièce. La douce lueur des bougies conjuguée au clignotement joyeux des guirlandes de couleur lumineuses lui avait procuré une sensation de chaleur intérieure et l'esprit du jour du Rien avait empli son âme. Puis, lorsque tout avait été prêt, il avait posé une poêle par terre dans le salon, vidé un paquet de pétards superpuissants dedans et les avait allumés.

BAM ! BAM ! BAM ! BAM !

Le bruit des explosions l'avait fait sauter de joie et, lorsque sa famille terrifiée avait dévalé l'escalier en peignoir et pyjama, il avait levé les bras en l'air en criant :

« Joyeux jour du Rien !

— Mais qu'est-ce que tu fabriques ? avait hurlé Mudd, les yeux agrandis par la panique.

— C'est le jour du Rien ! avait répondu Septième en lui apportant son cadeau. Joyeux jour du Rien !

— Ne me dis pas que ce sont mes bonnes bougies ? avait-elle demandé.

— Quelles bonnes bougies ?

— Ce sont mes bougies du jour du Souvenir ! avait-elle hurlé. Qui t'a autorisé à t'en servir ?

— Mais c'est le jour du Rien, avait-il répondu. Le jour où il n'est rien arrivé à notre peuple. On se donne des cadeaux, tu vois ? »

Mudd avait fait valser le cadeau des mains de Septième. Il avait entendu la poterie se briser lorsque la boîte avait heurté le sol. Puis elle avait attrapé un vase, retiré les fleurs et arrosé les pétards, envoyant un nuage de fumée au plafond.

« Un jour où rien ne nous est arrivé, avait-elle dit en remontant se coucher à grands pas. C'est le truc le plus ridicule que j'aie jamais entendu. »

Père avait séché les larmes de Septième et lui avait dit que, même si Mudd n'aimait pas le jour du Rien, lui l'aimait et le célébrerait avec lui tous les ans.

C'est alors que l'alarme incendie s'était déclenchée.

« Mais l'année prochaine, on allumera les pétards dans le jardin », avait-il ajouté.

*

« Ce doit être sympa d'être Siri, avait dit Septième au docteur Isaacson.

— Pourquoi ?

— Pas de famille, pas de passé. Pas de parents, pas de peuple, pas de chaînes. Pas d'identité.

— *Dis Siri, tu es noire ?*

— *Non.*

— *Juive ?*

— *Non.*

— *Arabe ?*

— *Non, je ne suis rien.*

— *Tu veux dire autre ?*

— *Non, je veux dire rien.*

— *Je te classe dans "aucun".*

— *Parfait.*

— C'est une Apple, avait dit le docteur Isaacson.

— Dans un monde majoritairement Android, avait précisé Septième.

— Ils sont nuls, ces Android. Ils contrôlent les médias.

— Ils nous prennent nos boulots. De sales bêtes.

— Sans compter que Siri est une femme.

— Oui, mais on peut changer son genre dans les préférences, avait répondu Septième.

— Elle est donc de genre fluide.

— Oui. C'est une Américaine-non-incarnée-iOS-déterminée-de-genre-fluide. Je suis surpris que Rosenbloom n'ait pas publié ses mémoires.

— "Elle-il" n'a pas la vie facile, avait commenté le docteur Isaacson.

— C'est une lutte de tous les instants, avait dit Septième et, pour le docteur Isaacson, il n'avait fait aucun doute qu'il n'était plus question de Siri.

— Les gens aiment leurs boîtes, avait dit le docteur Isaacson. Même quand ils prétendent le contraire, ils les aiment. Ils aiment se mettre dans des boîtes et mettre les autres dans des boîtes. Ils pensent que les boîtes les protègent et qu'elles méritent d'être protégées.

— Mais la mienne me tue, avait dit Septième en secouant la tête.

— Je sais. La bonne nouvelle, c'est qu'il est assez simple d'en sortir.

— Alors comment se fait-il que si peu le fassent ?

— J'ai dit que c'était simple, pas que c'était facile. Non, non. Pas facile du tout. »

*

— Que va-t-on décider ? dit Septième.

Il a réuni ses frères et sœur autour de la table de la salle à manger, comme ils l'avaient été plus tôt autour du lit de leur mère mourante. Mais, cette fois, l'atmosphère est plus tendue : la mort est passée et le temps manque.

— Notre mère est décédée, commence-t-il. Certains d'entre nous l'aimaient bien et d'autres, non. Certains l'aimaient profondément et d'autres la détestaient. On n'a jamais été d'accord sur la question et on ne le sera jamais. Mais ce n'est pas nécessaire. En revanche, ce sur quoi nous devons nous mettre d'accord, c'est ce que nous allons faire d'elle. Allons-nous la manger ou l'enterrer ? Ce sont nos deux seuls choix. Certains d'entre vous souhaitent la manger pour des raisons culturelles. D'autres pour des raisons d'héritage – cette maison vaut une petite fortune. Certains d'entre vous détestent Mudd au point de ne pas vouloir la manger du tout. Amour, haine ou argent, ça n'a pas d'importance. Tout ce sur quoi nous devons nous mettre d'accord, c'est la suite des opérations. Et nous devons le faire immédiatement.

Il propose de mettre la décision au vote. Tous ceux à qui Mudd a légué une partie de son corps à Consommer ont leur mot à dire. Par conséquent, pas Zéro.

— J'assisterai au vote dans un silence horrifié, dit-elle.

Septième adore Zéro mais il n'a pas besoin qu'elle se montre négative en ce moment.

— Je commence, dit-il en levant la main. Consommation.

— Par amour, par haine ou pour l'argent ? demande Quatrième.

— Par culture. Écoutez, les mecs, cette fois, ça y est, on est les derniers. Je ne le fais pas pour elle, je le fais pour tous ceux qui sont venus avant elle et viendront après nous.

Huitième est du même avis que Septième.

— Consommation, dit-il.

Dixième aussi.

— C'est quelque chose de plus important que nous, dit-il. C'est notre devoir.

Un épais silence s'abat sur la petite pièce tandis que les indécis échangent des regards.

— J'en suis, dit Premier.
— Toi ? demande Deuxième, incrédule.
— Pour l'argent, c'est sûr, commente Dixième avec dégoût.
— Je confirme, pour l'argent, dit Premier. Je l'ai gagné.
— Tu es tordu, dit Dixième.
— Par amour serait encore plus tordu, rétorque Premier.
— On parle d'une somme de quel ordre exactement ? demande Deuxième.
— D'après Siri, répond Premier, le prix moyen pour une maison avec cinq chambres dans ce secteur est d'un virgule trois.
— Million ? demande Neuvième.
Premier acquiesce.
— Million.
— Ça fait un paquet, dit Deuxième.
— Divisé par douze, fait remarquer Quatrième.
— Par onze, corrige Zéro. Ne me comptez pas.
— Si, répond Septième. Si on vend la maison, tu n'auras plus de toit. On te compte.
— Dis, Siri, demande Premier. Combien fait un million trois cent mille dollars divisé par douze ?
— J'ai trouvé ce que vous cherchez, répond Siri. Un million trois cent mille dollars divisé par douze fait cent huit mille trois cent trente-trois dollars.
— Cent mille ? s'étonne Neuvième. Chacun ?
— Vautours, marmonne Dixième. On devrait être heureux de manger notre mère, pas de compter notre argenterie.
— Dit le mec qui a hérité de ses poings, dit Premier.
— Et alors ?
— Alors, goûte une portion de cul, Musclor, et tu me diras si tu as envie de la manger gratos.
Dixième a l'air de vouloir sauter par-dessus la table pour attaquer Premier. Septième se dépêche d'intervenir.
— Tu as raison, Dixième, dit-il. Tu as raison. On devrait être heureux de manger notre mère. Et certains d'entre nous le sont. Mais d'autres ne le sont pas et, pour être honnête, c'est autant la faute de Mudd que de n'importe qui d'autre. Cela dit, je le répète, on n'a pas besoin d'être d'accord là-dessus.
Il se tourne vers ceux qui n'ont pas encore voté.

— Si on y va, dit-il, on doit tous y aller. Tous sans exception. Victuailles Impérativement Absorbées Nulle Dérogation Ensemble. Celui qui ne veut pas en être doit le dire immédiatement de sorte qu'on en finisse ici et maintenant. On appelle les flics, on l'enterre et on rentre chez nous.

Onzième lève la main.

— J'en suis, dit-elle.

Dixième y est opposé. Il se doute que Onzième utilisera l'argent pour une opération de réattribution sexuelle, un usage qui devrait être interdit.

— Pourquoi ? demande Douzième.

— Parce que les Anciens l'ont proscrit, répond Dixième. Et que Mudd le désapprouvait aussi. Tu la dégoûtais.

— Si je vivais comme Mudd l'aurait aimé, répond Onzième, je me dégoûterais.

— J'en suis aussi, dit Douzième en prenant Onzième par les épaules. Docteur Emmanuel Zion. Soixante-dix mille dollars, mais c'est le meilleur dans sa spécialité.

— C'est mal, dit Dixième.

— Je te donnerai son numéro, dit Douzième à Dixième. Qui sait, il arrivera peut-être à faire de toi un homme.

— Il fait des miracles, précise Onzième.

— Des animaux, lâche Dixième.

— Et toi, Cinquième ? demande Septième.

Cinquième se ronge les ongles, une habitude qu'il a gardée de l'enfance, se souvient Septième.

— Combien, déjà ? demande-t-il.

— Cent huit mille, répond Deuxième.

— Trois cent trente-trois, ajoute Premier.

— D'accord, répond Cinquième. J'en suis.

Deuxième lève la main (J'en suis, dit-il. Pour l'argent.) et Troisième, heureux déjà de lever la main, donne son accord. Quatrième et Neuvième font de même - pour l'argent aussi.

— Dans ce cas, on est tous d'accord, dit Septième avec autant de triomphe que d'appréhension dans la voix. On le fait.

Dixième ne peut plus se contenir davantage.

— Vous êtes dégueu, tous autant que vous êtes, crache-t-il en se dirigeant vers la porte. Vous êtes une honte.

Avant de sortir, il se retourne pour les regarder.

— Vous êtes pires que Jack Nicholson, tous ! dit-il. Encore pires que cet enfoiré de Jack Nicholson !

*

En 1976, Jack Nicholson était en lice pour l'oscar du meilleur acteur. Il avait déjà été nommé mais, cette année-là, la victoire n'avait jamais semblé aussi proche, et jamais auparavant la communauté cannibalo-américaine n'avait eu autant besoin qu'il remporte le prix.

Pour les Cannibales, la 48e cérémonie des oscars n'était rien de plus qu'une énième cérémonie hollywoodienne tape-à-l'œil. Un vent de changement sociétal soufflait sur tout le pays, jetant un seau d'eau glacée sur la communauté cannibalo-américaine. Leurs us désuets et leurs traditions ne collaient pas avec ABBA, Farrah Fawcett et la cocaïne. Les années 1960 puis le début des années 1970 avaient décimé leur communauté, les jeunes générations étaient victimes, dans des proportions toujours plus importantes, des fléaux jumeaux de l'assimilation et du mariage mixte.

Et donc, le soir du 29 mars 1976, pendant que le tout-Hollywood se pressait à la cérémonie annuelle des oscars au Dorothy Chandler Pavilion à Los Angeles, à travers tout le pays, les Cannibalo-Américains se rassemblaient autour de leur poste de télévision, espérant qu'une victoire de Jack Nicholson, Cannibale lui-même, donnerait un nouveau souffle à leur communauté. Que, sur cette scène, face au monde entier, il plongerait son regard dans les caméras de télévision et remercierait la communauté cannibale pour son soutien et son amour, et ce faisant, la délivrerait enfin de l'ombre de la honte et du secret qui, de tout temps, n'avait cessé de la ronger.

Pendant la journée, Mudd avait été dans tous ses états, oscillant entre inquiétude et excitation, briquant et rebriquant ce qui avait déjà été briqué. Elle détestait la télévision mais c'était, après tout, l'histoire en marche – l'histoire cannibale – et elle avait autorisé Humphrey à acheter une petite télé noir et blanc pour l'occasion, uniquement.

Lorsque la remise des trophées avait commencé, la tension était palpable dans le salon. Mudd tapait du pied nerveusement. Onclissime, qui avait envisagé jadis l'interdiction de la télévision dans toute la communauté, debout à côté du canapé, tortillait sa barbe en disant : Oui, oui, hum, hum.

Art Carney, qui n'était pas cannibale, était monté sur scène pour remettre l'oscar du meilleur acteur sous les applaudissements.

« Cette année, avait-il commencé, les nommés pour l'oscar du meilleur acteur sont… »

Il avait jeté un œil à sa fiche.

« Walter Matthau pour son rôle dans *Ennemis comme avant.* »

Dans la salle, la foule avait manifesté bruyamment son enthousiasme et la caméra avait plongé sur Matthau, radieux, parmi le public. Carney et Matthau avaient joué ensemble dans la pièce de Neil Simon, *Drôle de couple*, quelques années auparavant, et cette expérience partagée avait donné à la nomination de Matthau encore plus de saveur, à la fois pour les acteurs et pour le public.

« Juif, avait rouspété Mudd.

— Jack Nicholson, avait poursuivi Carney, pour son rôle dans *Vol au-dessus d'un nid de coucou* ! »

Des applaudissements avaient à nouveau éclaté dans la salle et, cette fois, Mudd s'était jointe à l'euphorie.

Nicholson, ses éternelles lunettes noires sur le nez, rayonnait. Anjelica Huston, assise à côté de lui, applaudissait et souriait avec fierté alors que Matthau, qu'on voyait dans une image dans l'image en haut de l'écran, n'était plus radieux du tout. Mudd trouvait même qu'il faisait la tête.

« Non mais regarde ce gros salaud, avait dit Mudd.

— Qui ça ? avait demandé Humphrey.

— Matthau. Qu'il crève en enfer !

— Je l'aime bien, avait dit Humphrey. C'est un bon acteur.

— Ils se tiennent les coudes. Et comment qu'ils se tiennent les coudes.

— Qui ça ?

— Qui ? avait répété Mudd avec dégoût. Neil Simon, juif, engage Walter Matthau, juif, et maintenant, Art Carney, juif, va lui remettre l'oscar.

— Art Carney n'est pas juif, dit Humphrey. Il est catholique. »

Art Carney avait énuméré le reste des nommés, puis il avait pris l'enveloppe et l'avait décachetée. Mudd avait saisi la main d'Humphrey et l'avait serrée si fort qu'il avait craint d'avoir les os brisés.

« Et le gagnant est... »

Le silence s'était abattu sur le public du Pavilion.

Mudd avait retenu son souffle.

Carney avait baissé les yeux sur sa fiche.

« Jack Nicholson ! Pour son rôle dans *Vol au-dessus d'un nid de coucou.* »

Mudd s'était levée d'un bond en poussant des cris de joie et en tapant des pieds, les bras en l'air en signe de triomphe.

Onclissime avait manifesté sa joie aussi, applaudissant avant d'assener une claque dans le dos d'Humphrey.

« Il l'a fait ! s'était-il esclaffé. Notre homme l'a fait ! »

Nicholson avait embrassé Anjelica Huston et s'était dirigé vers la scène.

« Elle est can ? avait demandé Mudd. Je pense que oui... Huston, Huston – ça pourrait être can, qu'est-ce que tu en penses ?

— Comment je le saurais ? avait répondu Humphrey.

— Regarde cette mâchoire ! avait dit Mudd. C'est une vraie mâchoire can ! »

Nicholson était monté sur scène en faisant un petit pas de deux à la Ed Norton en hommage à Art Carney. Le public avait apprécié.

« C'est parti, avait dit Mudd en tremblant d'émotion. C'est parti. »

Carney avait tendu le trophée doré à Nicholson et les deux hommes s'étaient étreints.

« Vous pensiez voir ça un jour ? avait dit Mudd. Voir un des nôtres recevoir un oscar sur scène ? »

Jack Nicholson avait pris place et balayé la salle du regard.

« Cela tend à prouver qu'il y a autant de dingues à l'Académie que partout ailleurs », avait-il lancé avec son sourire espiègle.

Le public avait manifesté sa joie et Mudd en avait fait autant, riant et se tapant sur les cuisses.

« Il est drôle, avait-elle dit. Je ne m'en serais pas doutée !

— Mais puisque vous me donnez cette chance, avait poursuivi Nicholson, je suis ravi de saisir l'occasion pour remercier Saul et Michael… »

Nicholson s'était interrompu.

Mudd avait agrippé la cuisse d'Humphrey.

Elle ignorait qui étaient Saul ou Michael mais Nicholson semblait se mettre en condition, rassembler son courage, chercher ses mots, se préparer à se dévoiler aux yeux du monde, lui, et aussi son peuple.

« Ainsi que Louise », avait repris Nicholson d'un ton hésitant.

Mudd avait labouré la cuisse d'Humphrey.

« Mudd… s'était plaint Humphrey, les doigts de sa femme incrustés dans sa cuisse lui arrachant une grimace.

— Et Brad, avait poursuivi Nicholson, et Lawrence et Bo. Et toute l'équipe de production, sans oublier les neuneus… »

Mudd s'était penchée pour sonder les yeux de Nicholson, impatiente de le voir affirmer qui il était et ce qu'il était.

Et je remercie mon peuple, voulait-elle l'entendre dire. *Le grand peuple cannibale, qui a souffert, qui a été couvert de honte, qui est resté caché dans l'ombre. À mon peuple, je dis, lève-toi ! Comme moi, aie le courage de tes opinions ! Car, aujourd'hui, nous faisons un petit pas mais, demain, nous gouvernerons le monde !*

Mais cela ne s'était jamais produit.

Nicholson avait souri, fait une blague nulle sur son agent, remercié le public et quitté la scène.

Onclissime avait secoué la tête avec dégoût.

« J'aurais dû interdire cette boîte à la noix quand j'en avais l'opportunité, avait-il dit en mettant son haut-de-forme, puis il avait quitté les lieux, fâché, en claquant la porte derrière lui.

— Quel fils de pute ! avait crié Mudd.

— Mudd, avait dit Humphrey. Mudd, calme-toi.

— Pas un mot ! Pas un mot sur son peuple, son héritage, son histoire ! Que de la honte, encore de la honte et toujours de la honte !

— Tu t'attendais à ce qu'il fasse quoi, Mudd ? avait demandé Humphrey.

— Je m'attendais à ce qu'il ait du cran !

— Tu pensais que Jack Nicholson allait clamer à la soirée des oscars, devant le monde entier qu'il est... il est...

— Même toi, tu n'arrives pas à le dire ! avait-elle rugi.

— Il ne s'agit pas de moi, Mudd !

— Il s'agit de notre peuple ! » avait hurlé Mudd avant de sortir en trombe de la pièce.

Il fallait toujours un moment avant que l'air revienne dans une pièce quand Mudd l'avait quittée en trombe. Au moment où l'air était finalement revenu, Humphrey s'était levé pour aller éteindre la télévision.

« Et alors, il n'y a pas de mal à avoir un peu honte », avait-il dit dans sa barbe.

*

Huitième feuillette le *Guide* de Troisième avec des yeux ahuris.

— Mais c'est quoi, ce truc ? demande-t-il.

Ils se sont mis d'accord pour Consommer Mudd, mais plus d'une heure s'est déjà écoulée depuis sa mort. *Videz-la de ses effluences*, leur avait enseigné Onclissime, *ou Maman deviendra rance*, or ils ont bien conscience de devoir faire vite.

Huitième a pris le *Guide* dans la mallette, mais, à mesure qu'il le parcourt et à voir son expression, il est évident que quelque chose ne tourne vraiment pas rond.

— C'est quoi ? demande Septième.

— C'est quoi ? répète Huitième. C'est du porno, voilà ce que c'est.

— Quoi ?

— Du porno.

Huitième balance le *Guide* à Septième qui l'ouvre et tombe sur une photo de femme nue pressant de ses deux mains une poitrine surdimensionnée. Pour tout vêtement, elle porte une toque de chef. La légende au-dessus de la photo, imprimée en grandes lettres roses, dit : « Une petite faim ? »

Septième vérifie la couverture. C'est bien celle d'origine – le chasseur en combinaison de camouflage, le cerf couvert de sang – mais les pages intérieures ont été remplacées par des pages d'un magazine pornographique (*Juggs*, manifestement). Sur chaque page s'étale la photo d'une femme avec des seins de la taille d'une Chevrolet.

Le gros titre de l'une est : « À table ! »

Et celui de la page suivante : « C'est l'heure de la tétée ! »

Septième se tourne vers Troisième qui se cache le visage de honte.

— Aïe, aïe, c'est la pagaille, dit-il.

— Où est le reste ? demande Huitième à Troisième. Où tu as mis le reste ?

— Ne lui crie pas dessus ! prévient Zéro. Il ne sait pas ce qu'il fait.

— Notre mère est en train de pourrir dans sa chambre, dit Huitième. Où tu as mis le reste ?

Troisième commence à se donner des coups sur la tête.

— Arrête de faire l'idiot, se gronde-t-il. Arrête de faire l'idiot.

Septième lui attrape les bras pour l'empêcher de se frapper.

— Tout va bien, dit-il, tout va bien. Tu n'as rien fait de mal, on fait tous ce genre de bêtises.

Troisième cache son visage derrière ses mains.

— C'est vrai ?

— Bien sûr, le rassure Septième. Mais pour l'instant, j'ai besoin que tu réfléchisses, Troisième, que tu réfléchisses très fort. Où as-tu mis le reste ? Le *Guide*, Troisième, où l'as-tu mis ?

Troisième ferme bien les yeux et retient sa respiration.

— Oups ! finit-il par lâcher.

— Oups ?

— Je l'ai balancé.

— Tu l'as balancé ? s'étonne Septième.

— Espèce de connard ! crie Huitième.

Zéro le met en garde.

— Doucement !

— Videz-la de ses effluences ou maman deviendra rance ! cite Deuxième. Videz-la de ses effluences ou maman deviendra rance !

— Connard ! répète Huitième.

— Il ne savait pas, dit Zéro.

Dans la pièce, tout le monde est pris de panique. Les Seltzer qui aimaient Mudd commencent à redouter qu'elle ne vive pas pour l'éternité. Ceux qui ont leur peuple à cœur commencent à redouter que la chaîne ne se brise. Et ceux qui en ont simplement après l'argent de Mudd redoutent de ne jamais le toucher.

— Et puis, merde ! Faisons-le ! s'exclame Premier.

— Faisons-le ? répète Huitième. Comment ?

— À l'aide du couteau, pauvre con ! Le Couteau de la Rédemption. On prend le couteau, on monte dans sa chambre et, tu vois, on la Draine.

— Tu vois, on la Draine ? répète Cinquième. Non, je ne vois pas. On la Draine comment ?

— À ton avis ? répond Premier en faisant le geste de se trancher la gorge avec un doigt.

— Tu sais combien de sang contient une femme de cette taille ? demande Huitième.

— Non, répond Premier. Et toi ?

— Des litres, répond Neuvième.

— On le versera dans le lavabo, dit Quatrième.

— Et que proposes-tu pour le transporter jusqu'au lavabo ? demande Cinquième.

— Un tuyau, dit Onzième.

— Mudd n'est pas un fût de bière ! rétorque Dixième.

— Videz-la de ses effluences ou maman deviendra rance ! récite Deuxième. Videz-la de ses effluences ou maman deviendra rance !

— C'est bon ! crie Septième. Tout le monde se calme !

Il fait claquer le *Guide/Juggs* sur la table basse.

— Il n'y a qu'une seule réponse. On n'a plus le temps, on ne sait pas quoi faire et même si on le savait, on ne sait pas comment le faire.

Il se passe la main dans les cheveux et prend une profonde inspiration.

— Une seule personne peut nous aider, dit-il.

Premier secoue la tête.

— Oh, mon Dieu, dit-il. Non. Pas question.

— Non, renchérit Deuxième.

— Non, non, non, disent Quatrième, Cinquième et Neuvième.

— Non, répètent Onzième et Douzième en chœur.

— Oui, dit Septième. On n'a pas le choix.

Un silence effroyable s'abat sur la pièce.

— Il va falloir appeler Onclissime, dit-il.

*

À en croire Mudd, Onclissime n'avait pas encore atteint la majorité - il n'était qu'Ishmael Seltzer à l'époque - qu'il était déjà considéré par nombre d'entre eux comme le guide spirituel de la communauté cannibale. C'était un érudit, un esprit universel, il connaissait toutes leurs règles, tout leur passé, toutes leurs légendes et toutes leurs histoires. C'était un chef intrépide, un orateur captivant et un organisateur infatigable. À l'âge de vingt ans, il avait fondé l'Université et commencé à lever des fonds pour sa construction. À trente ans, il était passé maître Victuailliste. À quarante ans, il était sollicité par des gens qui venaient de partout lui demander conseil sur toutes sortes de traditions, son avis sur toutes sortes de lois. À cinquante ans, lorsqu'il entrait dans une pièce, les gens se levaient. Quand il prenait la parole, ils se taisaient. Et quand il se retirait, ils remerciaient les Esprits des Anciens de l'avoir créé pour les guider.

Les enfants Seltzer le détestaient.

« Je parie que quand il sera mort, il aura un goût de merde, disait Premier.

— Je parie que la merde a meilleur goût », disait Deuxième.

Là où les autres voyaient un érudit, ils voyaient un imposteur prétentieux (à part Huitième qui rêvait de prendre sa place et Troisième qui n'avait aucune haine dans son cœur). Onclissime portait d'épais costumes noirs, une écharpe en soie blanche et un haut-de-forme argenté, et il tortillait sa barbe blanche en disant : Oui, oui, hum, hum, comme aux prises avec des pensées si complexes qu'il ne lui restait plus de neurones disponibles pour parler de choses banales. Bien qu'il ait grandi à Brooklyn et l'ait rarement quitté, il s'exprimait avec un faux accent d'Harvard (où il n'avait jamais mis les pieds car, prétendait-il, le quota de Cannibalo-Américains de l'université était de zéro). L'accent pouvait abuser les adultes mais, aux oreilles des enfants, le frère de leur père ressemblait moins à un sage qu'à Thurston Howell III dans *L'Île des naufragés* et, après leur cours du dimanche matin, ils adoraient se retrouver dans la chambre de l'un ou de l'autre pour imiter Onclissime jusqu'au fou rire.

« Oh, trésor, disait Neuvième, tu serais chou de me couper une tranche de Gilligan, le matelot.

— Bien sûr, très cher, répondait Cinquième, mais vous devriez goûter au professeur. »

Ces échanges se faisaient loin des oreilles d'Onclissime, bien sûr, car les enfants le craignaient autant qu'ils le détestaient. En bon idéologue passionné, il ne tolérait aucune insolence ni rébellion. Le poing toujours levé, il fulminait contre la traîtrise des nations, maudissait les Cannibales qui avaient quitté leur chapelle et fustigeait les démons de l'Amérique.

« Nous avons survécu à tout sauf à la liberté ! pestait-il depuis sa place en bout de table, frappant du poing ladite table et faisant sauter l'argenterie. La guerre, la haine, la violence, l'oppression - le tout combiné n'aurait jamais pu égaler ce que Coca-Cola, Disney et Burger King nous ont infligé. Nous avons perdu nos us ! Nous avons fait des mariages mixtes, nous nous sommes intégrés ! Nous avons adhéré au rêve américain, ce rêve est celui d'autres que nous, dont le rêve est de nous détruire ! »

Plus il criait, plus il s'agitait et plus Mudd l'adorait. D'ailleurs, il lui arrivait souvent de regretter d'un ton plaintif devant ses enfants de ne pas avoir épousé Onclissime au lieu de son frère.

« J'ai écopé de Garfunkel, disait-elle.

— Qui est Garfunkel ? demandait Septième.

— Simon et Garfunkel, répondait-elle. Deux tapettes juives. Simon était celui qui avait du talent.

— Simon et Garfunkel n'étaient pas gays, la corrigeait Quatrième. Ils se sont mariés tous les deux et ont eu des enfants. »

Mudd lui avait donné une taloche du revers de la main.

« Ils étaient juifs. C'est suffisant. »

*

L'état de Mudd empire. Ses extrémités commencent à gonfler et, sous sa chemise de nuit défraîchie, son corps a pris la teinte grisâtre d'un animal mort sur une route depuis deux jours. La chemise de nuit fait monter en Septième une énième bouffée de culpabilité. À quelques whoppers près, Mudd doit avoisiner les deux cent vingt kilos et la chemise de nuit, aussi gigantesque soit-elle, n'est pas vraiment à sa taille. Ce n'est pas tant qu'elle ne lui aille pas qui provoque les remords de Septième, mais la chemise de nuit en elle-même : le motif de petites fleurs roses et la bordure en dentelle jadis blanche.

L'éternelle soif de beauté. Du mensonge de la beauté. D'une belle fin.

Un vieil homme en costume trois pièces allongé dans son cercueil. Pochette. Cravate en soie.

« Il a l'air si paisible, dit la famille. Si vivant. »

Au pied du lit de Mudd, Onclissime tortille sa barbe en disant : Oui, oui, hum, hum. Lui aussi a vieilli. Septième s'en rend compte au moment où il ouvre la porte et voit son estimé oncle sur le perron, en train de humer les fleurs en plastique que Mudd y a suspendues.

— Deuxième, dit Onclissime à Septième. Ces fleurs sentent divinement bon.

— Je suis Septième, rectifie Septième.

— C'est bien ce que je dis.

— Entrez, Onclissime, dit Septième. Mudd est à l'étage.

— Entendu, Cinquième, répond-il. Nous devons faire vite.

Septième est inquiet. Confondre des prénoms ou des numéros est pardonnable – après tout, ils sont douze et cela fait des années qu'Onclissime ne les a pas vus –, mais il y a autre chose. Onclissime est plus petit que dans son souvenir, son chapeau haut-de-forme trop grand, son costume trop large. Septième a l'impression qu'Onclissime a rétréci dans les mêmes proportions que Mudd a grossi. Jadis, Septième devait lever la tête pour le regarder, désormais, il doit la baisser. Quand ils étaient plus jeunes, les yeux d'Onclissime brûlaient d'un feu inextinguible ; aujourd'hui, ce feu, à l'image de la flamme jadis étincelante d'une bougie, commence à vaciller.

— Oui, oui, dit Onclissime en examinant le corps de Mudd. Hum, hum.

Huitième se tourne vers Septième et pointe du doigt son poignet pour lui indiquer que le temps file.

— Cela fait deux heures qu'elle est morte, Onclissime, dit Septième.

— Depuis qu'elle est morte, ajoute Huitième, il s'est écoulé deux heures.

Onclissime décoche un regard noir à Huitième. Sans détourner les yeux de son neveu insolent, il prend délicatement le gros orteil de Mudd entre son pouce et son index.

— Deux heures et onze minutes exactement, mon enfant, dit-il à Huitième.

Il relâche le gros orteil de Mudd et s'essuie les mains sur le drap.

— Quelqu'un sait quel jour nous sommes ? demande-t-il à la cantonade.

Ne voulant pas le fâcher, les frères se creusent les méninges.

— Le jour de Christophe Colomb ? propose Cinquième.

— C'est en octobre, précise Quatrième.

— C'est l'anniversaire de Washington ? dit Deuxième.

— L'anniversaire de Washington ? s'étonne Premier. Tu veux dire Presidents Day ?

— Presidents Day est le jour anniversaire de Washington, explique Deuxième.

— Ah, bon ? s'étonne Neuvième.

— C'EST LE JOUR DU SOUVENIR ! hurle Onclissime et soudain, malgré sa petite taille, il est à nouveau le guide impétueux que redoutaient les frères dans leur enfance. Vous ne vous rappelez donc aucune de vos traditions ? L'Amérique vous a-t-elle finalement broyés entre ses mâchoires insatiables ?

Faut-il vous « tweeter » vos jours saints pour que vous vous en souveniez, bande de crétins, de benêts, de lèche-bottes ? Faut-il engager une de ces putes médiatiques pour les rappeler à votre attention vacillante ? Faut-il les imprimer sur le derrière du legging de Kim Kardashian pour que, l'espace d'un instant, vous vous rappeliez peut-être qui vous êtes et d'où vous venez ?

Il ferme les yeux et prend à témoin le ciel.

— VOTRE PEUPLE TOUT ENTIER VA-T-IL MOURIR EN MÊME TEMPS QUE VOTRE BIENHEUREUSE MÈRE ? hurle-t-il encore.

Les frères, réprimandés, gardent le silence. Le jour du Souvenir est le jour le plus sacré du calendrier cannibale. Même ceux parmi les Cannibales qui ne respectent aucune autre tradition fêtent le jour du Souvenir. Bien sûr, à cause du secret essentiel à leur survie, les origines de la commémoration se sont perdues à jamais et personne ne se rappelle plus exactement pour quelle raison le jour du Souvenir doit rester dans les mémoires. Il s'était passé quelque chose – c'est indéniable – et quel que soit ce quelque chose, il était négatif. Il était désastreux. Le plus désastreux quelque chose qui se soit jamais produit, sinon pourquoi se le rappeler, même si personne ne se le rappelle ? Tout ce qu'on sait avec certitude, c'est que, quelque part (personne ne se rappelle où), un jour en particulier (personne ne se rappelle quand), il est arrivé quelque chose de terrible à leurs bienheureux ancêtres (personne ne se rappelle quoi), et qu'il est impératif que les Cannibales ne l'oublient jamais, quelle que soit la nature dudit événement ou l'endroit où il s'est déroulé, et qu'ils maudissent les noms de ceux qui ont perpétré ce qui a été perpétré, peu importe la nature de ce qui a été perpétré, l'identité des auteurs et ce dont ils se sont rendus coupables. Les frères ont donc des excuses pour avoir oublié mais Septième sait qu'il a besoin d'Onclissime pour diriger les Victuailles et il s'empresse de lui présenter ses excuses.

— Pardon d'avoir oublié, Onclissime, dit Septième. Mais quel est le rapport entre le jour du Souvenir et Mudd ?

Onclissime se reprend et explique qu'être né le jour du Souvenir est un très grand honneur, une sorte de signe envoyé par les Esprits des Anciens indiquant que, plus tard, l'enfant vouera sa vie au peuple cannibale. Aucun honneur n'est plus grand, en fait, à part mourir le jour du Souvenir, un signe envoyé par les Esprits des Anciens indiquant que le défunt a voué sa vie au peuple cannibale.

— Par conséquent, il ne faut prendre aucun risque concernant les Victuailles de Mudd, déclare Onclissime. Elles doivent être préparées avec tout le soin et la précision possibles.

— Nous ne pouvons y procéder ici, finit-il par dire. Mudd est beaucoup trop volumineuse. Comment la Drainer, la Purger ? Les voisins remarqueraient nos allées et venues et ils appelleraient la police si d'aventure ils remarquaient une goutte de sang. Il est impossible d'être interrompus ou de nous mettre en danger.

— Dans ce cas, où proposez-vous de le faire ? demande Premier.

Onclissime tortille sa barbe blanche quelques instants.

— Oui, oui. Hum, hum. À l'Université, finit-il par annoncer.

— L'... L'Université ? répète Septième.

Tous les Seltzer blêmissent d'effroi.

— Nous devons aller à l'Université, confirme Onclissime.

*

Les Anciens des Anciens déclarèrent :

« Mourir le jour du Souvenir est un plus grand honneur qu'être né le jour du Souvenir.

— Quelle est la différence ? demandèrent les Anciens, toujours vexés par cette histoire de Cannibales-ne-conduisant-pas-de-Lincoln.

— La différence, répondirent les Anciens des Anciens, est qu'il vaut mieux avoir effectivement voué sa vie à notre peuple plutôt que de simplement promettre de le faire un jour.

— Vous tenez vraiment à votre mieux-moins bien, dirent les Anciens. Ce n'est pas sain. Pourquoi les deux ne pourraient-ils être bien ?

— Il en faut forcément un meilleur que l'autre, déclarèrent les Anciens des Anciens. Exemple : je suis meilleur que toi.

— C'est ce que tu penses, dirent les Anciens.

— C'est ce que je sais », rétorquèrent les Anciens des Anciens.

Et ils ne se sont plus parlé jusqu'au dîner.

*

Malgré l'objectif sinistre de cette fête, Septième se rappelle les jours du Souvenir avec une certaine tendresse. La solennité de l'occasion impliquait que Mudd soit plus posée et sérieuse que les autres jours. Au lieu de hurler sur les garçons, elle restait assise sur le canapé à pleurer. La voir pleurer rendait Septième triste, mais il préférait le mélodrame aux véritables drames qu'elle provoquait. Elle allumait les cierges du jour du Souvenir et les disposait dans toute la maison d'ordinaire plongée dans l'obscurité, faisant naître une rare impression de calme là où prévalait habituellement la rancœur.

Il s'en veut de l'avoir oublié.

Ce n'était pas si mal, non ? se demande-t-il.

Les traditions, les jours sacrés. Tout n'était pas à jeter, non ?

« Comme des crabes dans un seau, avait dit le docteur Isaacson quand Septième lui avait appris que Zéro lui avait téléphoné.

— Comment ça ? »

Le docteur Isaacson lui avait expliqué alors que les pêcheurs de crabes avaient un truc : lorsqu'ils mettaient les crabes dans un seau sur le pont du bateau, ils n'avaient pas besoin de le couvrir pour les empêcher de s'enfuir.

« Pourquoi ?

— Parce que, avait répondu le docteur Isaacson, pour peu qu'un crabe tente de s'évader, les autres le tirent pour le faire redescendre dans le seau. À mi-chemin de la liberté, de la sécurité, du bonheur, les congénères du crabe le ramènent dans des profondeurs mortelles. »

Sur le moment, Septième avait trouvé la démonstration sensée et il y repensait souvent lorsque Mudd l'appelait, au fil des ans. *Mais peut-être qu'aujourd'hui, la situation est différente. Parce que je suis sorti du seau,* se dit Septième. *Je me suis échappé. Et ils ne m'ont pas fait redescendre dans le seau, j'y reviens de moi-même. Dans le seau. À Seltzerland. Pour le protéger, le défendre, le construire.*

Quelques semaines plus tôt, Rosenbloom avait envoyé un e-mail collectif à tout le personnel. *En 1950,* commençait-il, *le nombre total de livres en langue anglaise nouvellement publiés et comprenant le mot « identité » dans leur titre s'élevait à trente-sept. Depuis 2010, plus de dix mille ont paru. Nous allons sauter dans ce train.*

Chacun regagne sa boîte, songe Septième, *puis écrit dessus « Défense d'entrer » et s'enferme à double tour à l'intérieur.*

Pourquoi pas moi ?

*

Le rêve de l'Université, avait écrit Onclissime dans l'argumentaire présenté pour la levée de fonds, *est le résultat d'un cauchemar. Le Cauchemar de l'Assimilation.*

Dans toutes les nations et à toutes les époques, nous avons fait l'expérience de la résistance, du rejet. Et bien que nous ayons lutté, et bien que nous nous soyons battus, nous avons eu de la chance d'une certaine façon. Parce que ce rejet nous a soudés. L'oppression nous a rendus plus forts. Mais, aujourd'hui, nous sommes en train de nous enfoncer dans les sables mouvants de l'Assimilation, et plus nous nous débattons, plus nous sombrons.

L'Université sera notre sauveur, située sur notre propre terre – la terre des Cannibales –, dans une commune boisée du New Jersey où les Cannibales afflueront de toutes parts. Elle sera dotée d'un hall d'entrée majestueux, d'une bibliothèque qui le sera davantage, de salles de classe, d'un centre de Victuailles, mais aussi de ce trésor qui nous a si longtemps échappé : la fierté.

Quant aux cours, continuait-il avec une emphase démodée, *nos éminents professeurs mettront sur pied un programme orienté vers la littérature, la philosophie et l'histoire de notre peuple. La teneur des cours n'a pas encore été définie, mais voici la liste des thématiques que nous n'aborderons pas : Les Grecs. Les Romains. Le siècle des Lumières. La Réforme. La révolution populaire chinoise. La révolution russe. La Révolution française. La révolution américaine. Shakespeare. Molière. Tolstoï. Platon. Nietzsche. Wittgenstein. Marx. Lénine. Freud. Darwin. Galilée. L'Inquisition. Le génocide rwandais. L'Holocauste. La traite des esclaves africains. La famine irlandaise. La famine ukrainienne.*

La liste se poursuivait sur deux pages.

Les livres lus seront ceux de nos auteurs.

L'histoire étudiée sera notre histoire.

Les tragédies remémorées seront nos tragédies, avait-il conclu.

Il avait fait appel à un artiste cannibale pour réaliser une projection à l'aquarelle de ce que serait l'Université. En voyant l'étude, Mudd avait pleuré. Le grand hall principal de style gothique voyait ses fenêtres en ogive décorées de vitraux sublimes représentant des scènes vécues par la diaspora cannibale : Samuel tendant la vieille mallette en cuir à Julius, Julia résistant à Henry Ford, Julius fuyant Detroit. Onclissime se servait de cette étude comme support lors de ses tournées de levée de fonds et il en avait donné un exemplaire à Mudd qui l'avait affichée fièrement au salon, retirant les photos de ses enfants pour lui faire de la place sur le mur. Tous les étés, les enfants suppliaient leur mère de les emmener visiter l'Université – il est vrai qu'ils étaient davantage intéressés par la piscine olympique que par le choix des cours, mais leur intérêt n'en emplissait pas moins Mudd de fierté. Cela dit, aucune visite ne s'était concrétisée. Mudd était trop imposante pour voyager. La route était longue et la voiture pas très fiable. Les enfants ne pouvaient manquer l'école. Telles étaient les excuses qu'elle avançait.

« L'année prochaine, promettait-elle. L'année prochaine, le New Jersey. »

En entendant que leur visite était une fois de plus annulée, Huitième n'avait pas décoléré. Il s'était allongé sur le canapé, les mains derrière la tête et, les yeux fixés sur l'affiche, il avait rêvé du jour où il s'inscrirait pour étudier les œuvres de son peuple.

« Un jour, j'irai, avait-il lâché, mélancolique. Tenez-vous-le pour dit, un jour, j'irai.

— Moi aussi, avait ajouté Premier en lui donnant une taloche sur la tête du revers de la main. Et je balancerai une pierre dans ces fenêtres de merde. »

*

Mudd n'aimait pas parler de Tata Hazel et refusait catégoriquement lorsqu'on insistait. Son histoire, Septième ne l'apprendrait que des années plus tard de la bouche de Père.

Hazel était la jeune sœur de Père et d'Onclissime et, à force de constater l'estime grandissante dont bénéficiait Ishmael, elle s'était mis en tête de décrire son ascension à l'intention des futures générations. Une archive. Un Nouveau Testament. Un *Livre des martyrs* de John Foxe, sans (espérons-le) les martyrs.

L'entreprise avait débuté par un petit carnet. Hazel était sténo de profession et pouvait transcrire une heure de renseignements en quelques minutes. Le projet était en infraction totale avec la Règle numéro deux, certes, mais, puisqu'elle écrivait pour le bien de son peuple (et celui de son frère), Onclissime lui avait accordé une dérogation et donné l'autorisation de poursuivre son projet.

« De la même manière que nous apprenons des vies de nos ancêtres, disait-il, nos descendants apprendront des nôtres. »

Au début, elle s'était contentée de noter des noms, des dates, des villes de naissance. Mais, bientôt, elle avait introduit d'autres sujets. Verdicts. Jugements. Aucune loi ni décision n'échappait à son carnet et, très vite, elle avait décidé qu'aucun moment de la vie du grand homme ne devait être omis. Rien n'était anodin, rien n'était insignifiant, de la composition de son petit déjeuner à sa tenue pour aller travailler en passant par l'heure de son coucher.

Deux œufs brouillés. Pas de toasts. Syndrome du côlon irritable.

Les carnets s'étaient rapidement empilés. Atterrée par l'ampleur de ce qu'elle pourrait rater, Hazel avait démissionné de son poste. La postérité l'exigeait. Son peuple l'exigeait. Elle notait à la virgule près toutes les discussions qu'Onclissime avait – au début, uniquement celles qui traitaient des lois et des traditions mais, bientôt, chaque mot qui sortait de sa bouche était consigné.

« Qui suis-je, avait-elle dit, pour décider de ce qui mérite d'être laissé à la postérité et de ce qui ne le mérite pas ? »

Sa liste de courses. Sa liste de blanchisserie. Sa querelle avec le responsable du parking. Ses conversations avec le facteur :

Onclissime a dit : Je croyais que la dernière levée était à 18 heures.

Le facteur a répondu : Ça, c'est pendant la semaine. Aujourd'hui, on est samedi.

Onclissime a dit : Je sais quel jour on est, merci bien.

Onclissime avait commencé à s'inquiéter – puis à être excessivement agacé. Hazel était présente quand il prenait sa douche, quand il s'habillait, quand il dormait et à son réveil pour lui demander de quoi il avait rêvé pendant la nuit et ce qu'il prendrait au déjeuner. Un jour, en se réveillant de sa sieste, il l'avait trouvée en train de fouiller dans son linge sale.

Caleçons, avait-elle écrit. *Blancs. Taches jaunes devant. Marron derrière.*

Il lui avait pris le carnet des mains et avait arraché la page incriminée.

« Hazel, avait-il crié, les petits détails de ma vie ne sont pas plus importants que les tiens ! Il faut que tu arrêtes ! »

Hazel était rentrée chez elle pour réfléchir à ce que son frère lui avait dit. C'était un homme sage, plus sage que n'importe quel autre homme sur terre et il ne parlait pas dans le vide. Chacune de ses paroles était imprégnée de sens et d'intention.

Elle n'avait pas mis bien longtemps à comprendre ce qu'il avait voulu dire : plutôt que de consigner les menus détails de la vie de son frère, il était préférable qu'elle consigne ceux de la sienne. Non la vie d'un noble mais celle d'une paysanne, d'une Cannibale ordinaire du Nouveau Monde. Il n'existait pas de meilleure méthode pour enseigner les leçons de la vie aux générations futures. Elle s'y était attelée le lendemain matin.

Me suis réveillée. Me suis brossé les dents. Ai bu un café. Ai bu un autre café. Ai regardé la télé. Me suis endormie.

Elle avait commencé à déprimer. Les activités de son frère, aussi anodines fussent-elles, débordaient de sens et de portée.

Les siennes, en comparaison, étaient ennuyeuses et inintéressantes. Plus elle se penchait dessus, moins elle y voyait de contenu et le peu qu'elle voyait ne lui plaisait pas.

Conversations banales.

Pensées mesquines.

Rêves quelconques.

Hémorroïdes.

Cérumen.

Dents jaunes.

Chié, avait-elle écrit. *Pissé. Pété.*

Quoi de neuf à part ça ?

Sa dépression s'était accentuée. Elle s'était alitée, ne quittant la maison que pour aller acheter de quoi manger. Humphrey avait tenté d'intervenir, inquiet pour la santé de sa sœur.

« Qu'est-ce qui t'arrive ? lui avait-il demandé.

— J'attends, avait-elle répondu.

— Quoi ?

— Quelque chose de bien. »

Il lui avait confisqué ses carnets, mais elle s'était mise à écrire au dos des livres, sur les pages des magazines. Le lendemain, il lui avait confisqué ses stylos, mais elle s'était entaillé les cuisses et les mollets et avait écrit sur les murs avec son sang. Il s'était précipité à la pharmacie pour acheter des pansements, mais le temps de revenir, elle était morte sur le trottoir à l'aplomb de la fenêtre ouverte de son appartement au quatrième étage.

À côté d'elle, il avait trouvé son carnet. Tandis que les sirènes commençaient à hurler dans le lointain, il l'avait ramassé et avait lu sa dernière note.

Fin.

Et dessous, elle avait ajouté :

Dieu merci !

*

Premier étant propriétaire d'un Escalade, un gros SUV Cadillac avec de grandes doubles-portes à l'arrière, le seul véhicule de tous les frères et sœur susceptible d'accueillir le corps de Mudd (cela dit, ils devront retirer tous les sièges qui peuvent être retirés et avancer les autres), il est décidé que Premier sera chargé du transport de Mudd jusqu'à l'Université. Premier refuse et propose de louer un fourgon à la place, mais Onclissime soutient qu'ils n'ont pas le temps.

— Il faut partir maintenant, dit-il. Elle est déjà grise.

Premier finit par accepter à condition de ne pas être seul dans la voiture avec elle. Septième, qui est venu en taxi, est d'accord pour monter avec lui. Zéro conduira Troisième dans la vieille Subaru de Mudd, les autres prendront leur voiture personnelle. Ils suivront Premier qui suivra Onclissime.

Transférer Mudd dans l'Escalade requiert toutes leurs forces conjuguées. Ils sont en train de monter à l'étage pour emporter le corps quand Neuvième s'approche de Septième et le prend à part.

— Écoute, chuchote Neuvième, je sais que j'aurais dû te le dire plus tôt, mais, franchement, je ne pensais pas que ça irait si loin, tu comprends ? Je croyais qu'on allait l'enterrer, nom de Dieu, pas qu'on se mettrait d'accord pour... ça. Mais voilà que, tout à coup, Onclissime est là, il est question d'aller à l'Université et, en fait...

— Qu'est-ce qu'il y a, Neuvième ?

Neuvième pousse un énorme soupir. Il attend que le dernier des frères disparaisse dans l'escalier.

— Je suis végane, dit-il à Septième.

— Tu es végane.

— Ne le dis pas comme ça.

— Depuis quand ?

— Je suis vétérinaire, Septième. Je ne mange pas d'animaux. Je n'en ai jamais mangé.

— Tu as mangé Tata Hazel.

— Je n'étais pas encore vétérinaire à l'époque, Septième. J'étais un gosse. En plus, j'ai donné ma part à Troisième.

— Il s'agit d'une bouchée.

— D'une bouchée et demie. C'est impossible.

— Tu ne peux pas te désengager, Neuvième. On s'est tous mis d'accord.

— Je ne me désengage pas, répond Neuvième. Je... je te demande juste de m'aider.

— De t'aider ? Comment ?

— En mangeant ma part.

— Non.

— S'il te plaît.

— Neuvième, on s'est mis d'accord pour procéder à la Consommation dans les règles. Si tu veux la vomir après, c'est ton choix.

— C'est quand même manger, Septième.

— Ça n'est pas manger, c'est avaler.

— C'est manger. C'est la définition de manger.

Septième sort son téléphone de sa poche.

— Dis, Siri. Quelle est la définition de manger ?

Premier les appelle de l'étage.

— Hé, on a besoin de vous ici !

— J'ai trouvé ce que vous cherchez, répond Siri. La définition de manger est mettre en bouche et ingérer.

— Tu vois ! dit Neuvième.

— Dis, Siri, continue Septième, quelle est la définition d'ingérer ?

— J'ai trouvé ce que vous cherchez, répond Siri. La définition d'ingérer est faire pénétrer dans le corps par absorption.

— Eh bien, voilà. Si tu régurgites, tu n'absorbes pas. Si tu n'absorbes pas, tu n'ingères pas. Si tu n'ingères pas, tu ne manges pas.

Neuvième se frotte le menton, indécis.

Premier les appelle à nouveau.

— Allez, les mecs ! Elle pèse un âne mort !

— OK, dit Neuvième à Septième en se dirigeant vers l'escalier, d'accord. Mais pas d'absorption.

L'autre avantage d'être Siri, songe Septième en emboîtant le pas à son frère, *c'est qu'elle n'a pas de fratrie. Ni frères. Ni sœur. Rien de rien.*

Thanksgiving ?

Personne à table.

Noël ?

La maison pour elle toute seule.

Le jour des grands-parents ?
C'est quoi des grands-parents ?
Pas étonnant qu'elle soit aussi guillerette.

*

« N'importe quel peuple peut-il Consommer les défunts, demandèrent les Anciens, ou uniquement les Cannibales ?

— Seuls les Cannibales peuvent Consommer les défunts, répondirent les Anciens des Anciens.

— N'importe quel Cannibale peut-il Consommer les défunts, demandèrent les Anciens, ou uniquement la famille ?

— Seule la famille peut Consommer les défunts, répondirent les Anciens des Anciens.

— En admettant qu'un membre de la famille se soit marié hors de la communauté cannibale, la belle-fille, qui n'est pas cannibale, peut-elle Consommer les défunts ? demandèrent les Anciens.

— Non, répondirent les Anciens des Anciens.

— Mais la belle-fille ne fait-elle pas partie de la famille ? demandèrent les Anciens.

— Si, répondirent les Anciens des Anciens.

— Dans ce cas, pourquoi ne peut-elle Consommer ? demandèrent les Anciens.

— Parce que seuls les êtres humains peuvent Consommer les défunts, répondirent les Anciens des Anciens. Or les non-Cannibales sont des sous-hommes.

— La vache ! » dirent les Anciens.

*

Dixième monte sur le lit de Mudd et la soulève par les épaules pendant que Troisième la prend par les jambes.

— Ça ne serait pas plus pratique de la débiter d'abord ici avant de la descendre ? demande Premier. Comme les déménageurs avec les lits ? Ils ne descendent pas le machin d'un seul tenant.

— Nous ne la débitons pas, réplique Onclissime. Nous la Drainons, puis nous la Purgeons, puis nous la Répartissons, puis nous la Consommons.

Extirper le corps de leur défunte mère de la maison nécessite les efforts réunis de tous les membres de la famille Seltzer. Il leur faut dégonder la porte de la chambre, retirer la rampe de l'escalier ainsi que la contre-porte de l'entrée, mais ils réussissent finalement à la sortir de la maison puis à la hisser à l'arrière du SUV de Premier.

Et les Seltzer continuent sur leur lancée.

Onclissime demande à Premier de descendre toutes les vitres de la voiture pour garder le corps au froid et leur faire gagner un peu de temps avant le début des Victuailles. Il leur rappelle également de conduire avec une grande prudence, de respecter les limitations de vitesse et les panneaux de signalisation pour ne pas se faire arrêter par la police. Il s'avère que ses inquiétudes concernant les excès de vitesse sont superflues. Les banlieusards fuyant la tempête hivernale qui se profile n'ont pas attendu l'heure de pointe pour rentrer chez eux et la circulation sur Garden State Parkway est chargée. Mudd a gonflé, elle est bleue et commence à sentir.

— Elle est chouette, dit Septième en parlant de la voiture, dans un effort pour distraire Premier de l'odeur pestilentielle qui envahit l'habitacle. Un Escalade, c'est ça ? Ça vaut combien ?

— Avec ou sans le corps ? demande Premier. Au cas où tu voudrais le savoir, je prends des frais de nettoyage sur l'héritage. Je ne ferai pas d'autre voyage.

— Ça ne me regarde pas, dit Septième, mais pourquoi un type qui roule en Escalade a autant besoin d'argent ?

— C'est un vestige, répond-il en parlant de la voiture. La dernière.

— La dernière quoi ?

— La dernière limousine can-américaine, répond Premier.

Après avoir quitté la maison à dix-huit ans, Premier avait trouvé un boulot de chauffeur chez Tel-Aviv Car Service dans le Queens. Une société dirigée par des juifs qui, au vu de sa carnation sombre mais ambiguë, l'avaient pris pour un Israélien.

« Tu viens d'Israël ? lui avaient-ils demandé.
— Bien sûr.
— De quelle région ?
— De la région principale, celle avec le Dôme.
— Jérusalem ?
— Bingo ! »

Il avait été engagé sur-le-champ. Il aimait bien son travail mais en voulait à ses employeurs de percevoir un pourcentage indécent. Premier avait grandi en entendant Mudd condamner leur président de l'époque, Ronald Reagan, pour ne pas avoir reconnu son héritage cannibale. (Mais, d'un autre côté, Reagan appelait sa femme « maman », ce qui, d'après Mudd, plaidait en sa faveur.) Cela dit, Premier aussi admirait Reagan - non parce qu'il était can-am ni en raison de cette affaire de « maman », mais parce qu'il avait inauguré ce qui resterait comme la décennie de « La cupidité a du bon ». Enfin une vision de l'Amérique à laquelle Premier pouvait adhérer.

Chacun pour soi.

Un dollar gagné, un dollar dans la poche et tant pis pour les autres.

Premier avait entendu l'histoire de Julius dans le Melting-Pot un bon millier de fois. Mudd lui avait raconté sa version, Père, la sienne, mais Premier avait sa propre interprétation capitaliste : qu'importe ce qui s'était passé ce jour-là à Detroit, qu'importe que Julius ait voulu ou non grimper dans ce pot, la seule personne qui n'y avait certainement pas mis les pieds était Henry Ford.

Parce que ce pot à la noix lui appartenait.

Tout comme les types à l'intérieur.

Cette idée en tête, Premier avait décidé de créer sa propre entreprise avec ses propres voitures et ses propres chauffeurs. Il était un jeune homme déterminé et, bientôt, Limo Can-Am avait été à la tête d'une flotte automobile qui intervenait dans les quatre arrondissements de New York. À part un rare « J'emmerde les Canadiens » griffé sur une carrosserie, ce fut une époque grisante et pleine de succès.

L'Amérique, se disait-il en souriant, *ça valait le coup, non ?*

Il avait passé des contrats avec des dizaines d'entreprises et déménagé dans un somptueux loft rénové de Lower Manhattan. Puis, le 11 septembre 2001, tout s'était assombri. À la suite des attentats du World Trade Center, ses clients avaient commencé à soupçonner Premier, vu sa carnation sombre mais ambiguë, d'être musulman... et donc terroriste.

« Vous êtes dingues ? leur disait-il. Je suis Israélien. Je viens de Tel-Aviv, merde !

— Je croyais que c'était de Jérusalem.

— Je suis né à Jérusalem. Mais on a déménagé à Tel-Aviv... »

Il avait eu beau protester de sa bonne foi, il ne les avait pas convaincus, si bien que Premier avait fait la seule chose à faire pour affirmer sa loyauté envers les États-Unis : il avait acheté un carton de petits drapeaux américains dont il avait recouvert sa flotte. Il en avait mis sur les pare-brise, sur les vitres côté passager, sur les pare-chocs, il en avait même mis à l'intérieur des véhicules, fixés sur le porte-gobelet rabattable et à l'arrière des repose-têtes, voulant à tout prix prouver son indéfectible patriotisme. Mais ce fut inutile : les musulmans authentiques, qui s'efforçaient aussi de prouver leur loyauté, avaient fait de même avec leurs voitures et leurs magasins, si bien que les petits drapeaux américains sur les voitures de Premier le faisaient passer pour encore plus musulman qu'auparavant.

Un par un, ses clients avaient changé pour un prestataire non al-qaidien. Très vite, il ne lui était plus rien resté si ce n'est un unique Escalade et un carton de deux mille petits drapeaux américains. Prêt à renoncer, prêt à rentrer à la maison comme Mudd avait toujours prédit qu'il le ferait, « la queue entre les jambes ». Mais, alors qu'il emballait le reste des drapeaux, il avait remarqué quelque chose. Il avait vu, gravés sur la petite hampe en bois, les mots « Made in China ».

Malgré sa détresse, l'ironie de la chose l'avait fait rire. En tant qu'Américain acculé à la faillite par d'autres Américains le prenant pour un non-Américain, cela le mettait particulièrement en joie de voir des drapeaux américains fabriqués par le plus important concurrent commercial de la nation, drapeaux vendus à des Américains soucieux d'exprimer leur soutien à l'Amérique alors qu'ils ne soutenaient rien d'autre qu'une entreprise chinoise fabriquant sans doute des drapeaux pour tous les pays du monde.

Ce qui avait fait germer une idée dans son esprit.

Après une recherche rapide, il avait appris que le fabricant chinois de drapeaux américains s'appelait « Drapeaux cent pour cent américains SA », et que, grâce à une fabrication de piètre qualité, de matières premières au rabais et de travail sous-payé, le tout cumulé, il avait poussé à la faillite le fabricant américain de drapeaux qui s'appelait « Drapeaux américains SA ». Les Chinois s'étaient contentés d'ajouter « cent pour cent » au milieu, de pratiquer des tarifs inférieurs de cinquante pour cent à ceux de leur concurrent américain et de l'exclure du marché. Cette stratégie avait fonctionné, mais elle avait déjà dix ans. L'Amérique actuelle était un pays radicalement différent, le nationalisme primaire et la xénophobie réactionnaire qui l'accompagnait l'avaient envahie.

Pourquoi ne pas tirer profit de ce même sectarisme qui avait été fatal à son entreprise ?

Le lendemain, Premier avait créé « Deux cents pour cent américain SA », une entreprise qui fabriquait des copies bas de gamme américaines de copies bas de gamme chinoises de produits américains. Il avait commandé en gros les éléments en Chine, les avait fait assembler dans son garage par des travailleurs musulmans sous-payés qui avaient, comme lui, été réduits au chômage à la suite du 11 Septembre, et il avait apposé le logo « Deux cents pour cent américain SA » sur chaque article ainsi que la mention : *Bâclé avec fierté aux États-Unis d'Amérique.*

Et il en avait vendu des milliers.

Il était inutile d'être moins cher que le fabricant chinois : il suffisait de s'aligner sur ses prix. Le nationalisme et la paranoïa faisaient le reste.

L'argent coulait à flots et l'entreprise s'était développée. DCPCA fabriquait des copies américaines de copies chinoises de téléphones portables, des copies américaines de copies chinoises de jouets, des copies américaines de copies chinoises de montres, des copies américaines de copies chinoises d'ordinateurs portables. Premier avait vécu quelques années fabuleuses, gagnant plus d'argent qu'il n'en avait jamais rêvé. Mais une fois de plus, le sort s'était ligué contre lui quand la Grande Récession avait frappé. Celle-ci avait procuré aux Chinois l'opportunité qu'ils attendaient. La peur des autres avait cédé la place à la peur d'être ruiné. Les Américains craignaient moins d'être victimes d'un attentat que de couler. La haine de toute chose étrangère avait été remplacée par l'amour de toute chose bon marché et les Chinois avaient saisi l'occasion en créant une nouvelle entreprise appelée « Trois cents pour cent américain SA », spécialisée, comme l'indiquait fièrement l'emballage, en « copies chinoises de copies américaines de copies chinoises bas de gamme que vous adorez mais au prix chinois imbattable qu'il vous faut ».

Premier ne pouvait pas lutter. Les commandes n'avaient pas mis longtemps à se tarir et il avait dû licencier son personnel qui le poursuivait en justice aujourd'hui au prétexte que leur mise à pied était due au fait qu'ils étaient musulmans.

« Mais, je suis musulman, avait dit Premier à son avocat.

— Je croyais que vous étiez noir », avait répondu l'avocat qui, persuadé désormais que Premier était musulman, ne le rappelait plus.

Et c'est ainsi que tout s'était terminé.

— Cet Escalade, dit Premier à Septième, est tout ce qui me reste. Voilà pourquoi j'ai besoin de l'argent de Mudd. Je déteste ça mais je dois le prendre.

— Tu devrais écrire un livre, suggère Septième. *La Véritable Histoire d'un Cannibalo-Américain-musulman-à-temps-partiel-chauffeur-israélien-de-limousines-à-destination-des-entreprises*. Ce serait un best-seller, crois-moi.

Premier soupire.

— Je croyais avoir définitivement abandonné ces conneries de Cannibale.

— Ce n'est qu'une bouchée, dit Septième. Une bouchée et demie.

— Non, dit Premier, je veux dire à l'époque - quand je suis parti à dix-huit ans. J'ai pris mes affaires et j'ai quitté la maison, croyant que j'allais trouver cette mystérieuse et merveilleuse créature qu'on appelait un Américain. L'esprit ouvert, tolérant, comme Julius l'avait découvert sur ce bateau, tu te rappelles ? Mais en vain. Tu sais ce que j'ai trouvé en revanche ? Des cannibales. Partout. Pas des Cannibales comme nous, mais des cannibales quand même. Des hommes en costume-cravate, des femmes élégantes en jupes bien coupées et vestes ajustées, des cannibales dans des bureaux somptueux qui roulent en Porsche. Et qui consomment comme des fous. Des voitures, des fringues et des maisons. Qui consomment comme des fous et pourtant, ces cannibales continuent d'avoir faim. Ils sont dévorés par la faim, même quand ils ont le ventre plein. Et donc, ils mangent, ils mangent, ils mangent. Et tu les regardes faire et tu te dis : Merde ! Je ferais peut-être bien de manger aussi. Je ferais peut-être bien de manger avant qu'il n'y ait plus rien à manger. Alors tu te mets à manger aussi et tu te rends compte que, désormais, tu as la faim au ventre, une faim impossible à assouvir qui ne te quitte jamais. Alors tu manges et tu manges et tu manges encore, mais manger en permanence pompe beaucoup d'énergie, tu comprends ? Chasser, tuer, rapporter à la grotte. Ça, c'est pour les jeunes. En vieillissant, tu ne peux plus et tu commences à te demander si ça valait vraiment la peine. Tu n'as fait que bouffer toute ta vie et tu as encore faim. Et je vais te dire un truc, le moment où ça se termine, tu es cuit. Parce que, avec ces cannibales-là, si tu n'as pas faim, si tu n'es pas l'un des mangeurs – des mangeurs qui ne savent même plus pourquoi ils mangent –, tu deviens l'un des mangés. J'ai presque quarante ans et laisse-moi te dire un truc, Septième – je suis de la viande. Je suis le déjeuner de quelqu'un. Je suis mort. Les couleurs de l'Amérique ne sont pas le rouge, le blanc et le bleu, frangin, mais le vert et l'or. J'aurais peut-être dû rester avec les Cannibales que je connaissais. Au moins, ils ont une raison de manger, tu comprends.

Septième regarde par la vitre l'océan de voitures rutilantes qui les entoure.

— Je comprends, dit-il.

*

Julia avait gardé secrets les outrages que lui infligeait Henry Ford, inquiète de ce que Julius ferait subir à ce dernier s'il apprenait la vérité. Sans lui expliquer pourquoi, elle avait supplié Julius de quitter Detroit, de revenir à New York. Elle avait pleuré, hurlé, mais il avait refusé – il gagnait trop bien sa vie à l'usine Ford.

« C'est alors, racontait Mudd à ses enfants, que Julia avait compris que son salut ne dépendait que d'elle-même, même si cela devait leur coûter leurs revenus, même si cela devait leur coûter leur toit et leur avenir. En tant que femme cannibale, elle ne pouvait se permettre d'être souillée plus longtemps. Et donc, un vendredi soir, après que le travail avait cessé pour le week-end, Ford avait sauté sur Julia comme il le faisait toujours et l'avait entraînée dans son bureau. "Enfin, avait-il dit en retirant son pantalon. Nous avons toute la nuit." Julia tremblait de peur. Tandis qu'il lui arrachait ses vêtements pour enfouir sa tête entre ses seins, elle avait tendu la main vers le coupe-papier posé sur son bureau. Un meurtre signifiait la fin de sa liberté, mais aussi la fin de ce salaud de Ford. Mais, ce faisant, elle avait remarqué, accrochée au mur derrière le bureau, une photo encadrée d'Adolf Hitler. "Toute la nuit ? avait-elle dit. Je ne pourrai pas." "Ton imbécile de mari est occupé à nettoyer les chiottes ! avait répondu Ford en la tripotant et en la tirant de force. Ne t'inquiète pas pour lui." "Je ne m'inquiète pas pour lui. C'est juste que c'est Shabbos." "C'est quoi ?" "C'est Shabbos. Shabbat." Ford avait remonté sa braguette. "Tu es... juive ?" "Oui. Vous pouvez quand même me violer, bien sûr, mais je dois absolument être à la maison avant le coucher du soleil." Ford avait blêmi. "Tu es... une juive ?" avait-il demandé, ce mot comme de la boue dans sa bouche. "Vous ne saviez pas ?" s'était étonnée Julia. "Non, je ne savais pas ! avait hurlé Henry Ford. Je pensais que tu étais indienne !"

Julius n'avait jamais su pourquoi Julia et lui avaient été chassés de l'usine Ford cette nuit-là, ni pourquoi toutes leurs affaires avaient été brûlées, ni pourquoi les vitres de leur maison avaient été brisées, ni pourquoi des svastikas avaient été peintes sur la porte. "Ces crétins nous prennent pour des nazis", avait dit Julius tandis qu'ils fuyaient. N'ayant nulle part où aller, ils étaient retournés à Brooklyn. Julius avait sombré dans une profonde dépression, il maudissait l'Amérique, il maudissait leur sort et, tous les matins et toutes les nuits, il s'excusait auprès de Julia d'avoir été licencié, lui jurant qu'il avait nettoyé les toilettes du mieux possible ce fameux soir, qu'il n'était pas un nazi et ignorait même ce qu'était le national-socialisme.

Julia l'avait embrassé en lui assurant que ce n'était pas sa faute, qu'elle l'aimait quoi qu'il arrive, alors, ils s'étaient enlacés et, neuf mois plus tard, Julia avait donné naissance à un beau garçon qu'ils avaient appelé John. "Parce que, disait Julia, dans une nation de John, de Jim et de Jack, je veux qu'il trouve sa place." "Parce que, maugréait Julius lorsqu'elle était hors de portée de voix, ce monde est une latrine. Et qu'elle ne sera jamais nettoyée." »

*

Allongée sur une table d'examen, Carol était en train de passer une échographie.

« Tout est en ordre, avait dit la manipulatrice, mais vous ne connaîtrez pas le sexe du bébé avant plusieurs semaines, après que le fœtus aura passé la phase dite du stade indifférencié.

— Il tient ça de moi, avait plaisanté Septième.

— Avant de devenir homme ou femme, avait-elle expliqué, nous sommes simplement une personne. Ni homme ni femme, ni riche ni pauvre, ni démocrate ni républicain. Nous possédons ce qu'on appelle une gonade indifférenciée, qui deviendra au final soit des testicules soit des ovaires.

— Une gonade indifférenciée, avait dit Carol. Ça a l'air sympa.

— Ça l'est, avait dit la manipulatrice en riant. Aux environs de la huitième semaine à peu près, l'indifférenciation prend fin et c'est le moment où l'on devient l'un ou l'autre des deux sexes. »

Profites-en, mon bébé, avait songé Septième. *Ce ne sera plus jamais aussi simple.*

Ce soir-là, quand ils avaient été au lit, Septième avait posé la tête sur le ventre de Carol pour essayer d'entendre les battements du cœur de leur enfant.

« Tu te rends compte ? avait-il dit. L'espace d'un bref instant merveilleux, on n'est ni l'un ni l'autre. On est tout et rien à la fois.

— Peut-être est-ce la définition du paradis, avait proposé Carol. Un endroit d'indifférenciation éternelle. Et peut-être est-ce ce à quoi la vie se résume – la quête désespérée d'un retour à l'indifférenciation qui nous caractérisait lorsque nous étions en train de nous former.

— Par conséquent, l'indifférencié monte au paradis ?

— Oui. L'enfer, c'est pour ceux qui se croient uniques. »

Septième avait embrassé son ventre, puis ils avaient discuté prénoms. Ils en voulaient un qui soit positif, optimiste.

« Qu'est-ce que tu penses d'Adam ? avait demandé Septième. Puisque c'est notre premier.

— Trop biblique, avait répondu Carol. Que dirais-tu d'August, puisque j'accoucherai en août ?

— Trop romain, avait dit Septième. Phoenix, parce qu'il renaîtra de ses cendres.

— Prudence, avait proposé Carol, car elle sera sage.

— Gilligan, avait dit Septième, parce qu'il est abandonné.

— Abandonné ?

— Sur terre, avait répondu Septième. Il attend d'être secouru.

— Scotch, avait dit Carol, parce qu'il en aura besoin.

— Glace, avait lancé Septième, pour lui éviter de gonfler.

— Pansement, avait dit Carol, pour arrêter de saigner.

— Cible, avait suggéré Septième, parce que, honnêtement…

— Rhum et Coca, avait dit Carol, si ce sont des jumeaux.

— Noir et Bleu.

— Fourche et Torche. »

Septième s'était levé pour se servir un verre de vin.

« J'ai trouvé, avait-il dit en brandissant la bouteille. Riesling.

— C'est un nom, ça ?

— Reese, avait dit Septième. C'est plein d'espoir.

— Pour qu'elle soit mignonne ? »

Septième s'était recouché et Carol avait posé sa tête sur sa poitrine.

« Pour que tout lui convienne », avait répondu Septième.

Carol avait ri. Oh, ce rire, ce rire…

*

Lorsque Septième avait épousé Carol, Mudd avait fondu en larmes au motif que Carol n'était pas cannibale.

« Mais, Mudd, je suis heureux.

— Un jour, tu te rendras compte qu'il existe des choses plus importantes dans ce monde que ton propre bonheur.

— Le tien ?

— Ton peuple. »

Dans le même temps, Carol lui soutenait le contraire.

« Des chaînes, des chaînes et encore des chaînes. Quel joli bibelot tu ferais, Septième, à te balancer au bout de tes chaînes. »

Septième avait été tellement en colère contre Mudd que, chose rare dans son existence, il s'était emporté et l'avait fait pleurer pour la première fois.

« Et qu'est-ce que ma douleur apporterait à notre peuple, Mudd ? Qu'est-ce que la tienne a fait pour notre peuple ? »

Mudd l'avait fusillé du regard.

« Je suis restée, avait-elle répondu. J'ai placé mon peuple au-dessus de mon propre bonheur égoïste. »

Septième avait senti la digue de la colère se rompre.

« Le chien errant et toi pouvez vous disputer pour savoir qui a fait le meilleur choix. Moi, je m'en vais », avait-il dit.

Les larmes étaient montées aux yeux de Mudd, mais Septième avait rassemblé son courage et il était parti, comme il avait vu ses frères le faire avant lui.

Il ne l'avait pas revue avant le jour de sa mort.

*

Onclissime quitte enfin l'autoroute et les autres suivent. Il bifurque une première fois, puis une deuxième, les rues de banlieue laissent rapidement place à des paysages plus ruraux, plus boisés. Sous la voûte des arbres, la route serpente et multiplie les virages en épingle à cheveux, les maisons se font rares à mesure que la forêt s'étoffe, jusqu'à ce qu'Onclissime finisse par ralentir avant d'emprunter un chemin de terre étroit semé de nids-de-poule. Quelque trois cents mètres plus loin, Onclissime s'arrête devant les deux battants dégondés d'un immense portail métallique, maintenus par une longue chaîne fermée par un cadenas.

Accroché à la chaîne, un panneau rouillé indique : DANGER - DÉFENSE D'ENTRER.

Onclissime prend des clés dans sa poche et ouvre le cadenas, faisant tomber la chaîne par terre. Le portail est lourd, froid et reste collé au sol à cause du gel : les efforts conjugués de Dixième et Troisième ne parviennent qu'à l'entrouvrir juste assez pour qu'ils s'y faufilent un par un.

— Tout le monde laisse sa voiture ici, dit Onclissime. Ce n'est pas loin.

Les Seltzer suivent Onclissime le long d'une allée envahie par la végétation, longent d'épais fourrés et des taillis impénétrables, se penchent pour éviter les branches basses d'un pin qui pendent jusqu'au sol. Au détour du chemin, ils finissent par découvrir un vieux bâtiment abandonné de style gothique qui les domine de toute sa hauteur. Avec ses arcs-boutants et ses flèches ouvragées, on croirait les ruines d'une construction européenne datant du XIIe siècle qui auraient traversé l'Atlantique on ne sait comment pour rejoindre les forêts du New Jersey où elles se seraient décomposées. Les surfaces qui ne sont pas envahies par le lierre et la mousse sont couvertes de graffitis agressifs.

— C'est quoi, ce truc ? demande Premier.

Onclissime lève les yeux sur le bâtiment comme s'il s'agissait des portes du paradis et écarte grand les bras.

— Nous sommes arrivés, dit-il.

— Vraiment ? s'étonne Premier.

— Où ça ? demande Septième.

— Regardez ! dit Onclissime. L'Université !

— Ça, c'est l'Université ? demande Deuxième.

— C'est une blague, dit Premier.

Huitième fixe avec des yeux incrédules l'éden dont il avait rêvé enfant et qui ressemble fort peu à l'affiche dans le salon de Mudd.

— Qu'est-ce… qui s'est passé ? demande-t-il.

— Tout comme notre peuple, répond Onclissime, le cœur lourd, le rêve d'une université s'est écroulé. Les vieilles générations ont poussé leurs enfants à s'inscrire mais la dissolution qui s'était amorcée dans le pot d'Henry Ford de nombreuses années auparavant a eu des conséquences désastreuses. Les enfants ont préféré Yale et Harvard à l'université de leur propre peuple. Ils n'avaient pas envie de connaître notre passé, nos souffrances, notre douleur. Tout ce qu'ils voulaient savoir, c'était le pourcentage de nos diplômés qui intégraient la faculté de droit. Ils voulaient savoir quelles sortes de fraternités étudiantes à lettre grecque nous leur offrions. « À lettre grecque », vous vous rendez compte ? Les Grecs qui ont asservi nos ancêtres. Les Grecs qui ont violé nos femmes. « À lettre grecque ? » Les Grecs ont voué leur existence à notre élimination !

Sa voix s'élève et résonne dans la forêt déserte et froide.

— Pas un seul étudiant ne s'est inscrit, poursuit-il. Pas un seul cours n'a été donné. Je pensais que ce serait notre commencement. J'ignorais que notre fin était déjà advenue. Mais cette université servira notre objectif du jour, mes enfants. La Consommation de votre mère sera la première de l'université et peut-être la dernière.

Ils montent les marches en pierre branlantes. Septième propose son bras à Onclissime, mais ce dernier le repousse. Il avance vers l'immense porte d'entrée en bois massif sur laquelle est apposé un autocollant : CONDAMNÉ – ENTRÉE INTERDITE.

Onclissime l'arrache et le jette par terre.

— Nous avons été condamnés par des ennemis plus redoutables que le ministère de la Santé.

Il pousse la porte qui s'ouvre en faisant grincer bruyamment ses vieux gonds, le bruit résonne dans tout le hall d'entrée, une immense salle haute de plafond d'une beauté prodigieuse même dans son état de délabrement, une salle qui laisse Zéro bouche bée lorsqu'elle y pénètre.

— La vache !

La lumière peine à entrer par les vitraux brisés mais, même sous ce pauvre éclairage, la splendeur de la pièce les submerge. Pour Septième, elle est insoutenable. La beauté dévastée de cet endroit condamné semble le condamner à son tour, il se sent coupable de son anéantissement. Des mégots, des cannettes de bière, des seringues hypodermiques jonchent le sol, chaque détritus est un nouveau témoin de sa mise en accusation.

Septième actionne les interrupteurs.

Rien.

Onclissime traverse la pièce en marchant avec précaution sur les carreaux en marbre défoncés, sur la mousse épaisse qui a poussé le long des joints et enjambe les flaques de pluie noires qui s'y sont formées pour aller se planter devant le mur du fond recouvert de graffiti.

À mort les pédés.

À mort les juifs.

J'emmerde ceci.

J'emmerde cela.

Il retire son haut-de-forme comme on le ferait à l'entrée d'un temple.

— Ce mur, dit-il, aurait dû accueillir une fresque somptueuse, du sol au plafond et d'un mur à l'autre. Réalisée par les artistes les plus talentueux de notre peuple. Un paysage du Vieux Pays, avec des raisins de la taille de pommes, des pommes de la taille de pamplemousses et des pamplemousses de la taille d'une Chevrolet.

— Des pamplemousses ? dit Premier en écartant du bout du pied un préservatif usagé. Père disait que le Vieux Pays était une fosse d'aisances.

— Ton père était une fosse d'aisances, rétorque Onclissime.

— Je pourrais peut-être considérer cette excursion comme un thème de recherche, dit Quatrième à Septième en examinant les messages de haine bombés sur le mur. Schémas xénophobes dans l'Amérique prégénocidaire.

Puis Quatrième disparaît.

Puis c'est au tour de Deuxième.

Puis de Premier.

Septième ne les voit pas. Il ne les entend pas. Ce qu'il entend, en revanche, ce sont les étudiants survoltés qui le frôlent en passant à côté de lui, ils rient, ils sont joyeux, s'interpellent après l'interruption des grandes vacances, ils se hâtent d'aller en cours le premier jour du semestre.

L'un demande à l'autre comment se sont passées ses vacances.

— Bien, bien ! répond son ami. On se voit plus tard !

Des jeunes femmes fières dépassent Septième en riant, secouent leur chevelure noire de Cannibales au passage, lui jettent des œillades, rient, et disparaissent rapidement.

Deux professeurs traversent le hall à vive allure, un exemplaire corné du best-seller *Sortir de l'ombre* à la main.

— Tu l'as aimé ? demande l'un.

— Je l'ai adoré, répond l'autre.

(« Il était temps ! » s'est extasié le *Times*.)

*

Transporter le corps de Mudd à l'intérieur de l'université sera plus compliqué encore que le sortir de la maison. Cette fois, ils n'ont ni escalier ni portes à affronter, mais la distance à parcourir est beaucoup plus longue, le terrain est accidenté et ils n'ont aucun moyen de savoir à quel moment une voiture de flics risque de passer.

Alors que les frères se préparent à déplacer Mudd, Dixième s'approche de Septième et le prend à part.

— Je n'aime pas ça, dit-il, les mains sur les hanches.

— Quoi, ça ?

— Ça, répond-il. Cet endroit, ce bled.

— Tu as une autre université à proposer ? demande Septième.

— Je me suis arrêté pour prendre de l'essence sur la route, dit Dixième. Je le sens mal.

— Quoi ?

— Les gens du coin.

— Qu'est-ce que tu sens mal ?

— Je ne les sens pas.

— Ils t'ont dit quelque chose ? demande Septième.

— Ils n'en ont pas eu besoin, répond Dixième. Ils m'ont regardé.

— Quel genre de regard ?

— Un regard, dit Dixième.

Septième connaît le regard ; ils le connaissent tous. Rien d'ouvert, rien de bien méchant. Pas un regard « T'es qu'une raclure de Cannibale », de la même manière qu'on n'est pas nécessairement l'objet d'un regard « T'es qu'un sale juif » ou « un sale Noir qui fout les jetons ».

C'est le regard « Tu n'es pas comme moi ».

Lorsque Septième était rentré de l'école le jour où Mudd avait fait peur à Oscar Kowalski, elle l'avait fait asseoir à la cuisine et lui avait demandé ce qu'il avait retiré de l'expérience.

« J'ai appris à me défendre ? avait-il proposé.

— Oui, avait dit Mudd. Mais autre chose aussi : peu importe que tu meures d'envie de trouver ta place, que tu veuilles être l'un des leurs. Parce que la façon dont tu te vois n'a aucune importance - ils te verront comme ils veulent te voir.

— Mais ils ne savent pas qui je suis, avait répondu Septième.

— Peu importe. Ils savent ce que tu n'es pas - tu n'es pas comme eux. Et c'est tout ce qui compte. »

Un pick-up ralentit en passant, ses feux arrière rouge sang se détachent sur la forêt qui plonge dans l'obscurité.

Septième se retourne pour le regarder.

Il ralentit peut-être à cause d'un écureuil, se dit-il.

Sûrement.

*

« Ils ne nous regardent pas », disait Père chaque fois que Septième sentait qu'ils étaient regardés.

Dans les centres commerciaux, les rues, les restaurants. Quel que soit l'endroit où il posait les yeux, il constatait qu'il était regardé.

« Si, insistait Septième.

— Qui ? demandait Père.

— Ces types, là-bas.

— Pourquoi te regarderaient-ils ?

— J'ai l'impression qu'ils me regardent.

— Tu as l'impression qu'ils te regardent parce que tu crois a priori qu'ils te regardent, disait Père. Si tu ne croyais pas qu'ils te regardent, tu n'aurais pas l'impression qu'ils te regardent. »

Mais Septième reconnaissait un regard « Tu n'es pas comme moi » quand il en voyait un.

Ce n'est pas assez de s'être écarté du peuple, écrivait Montaigne ; *ce n'est pas assez de changer de place : il se faut écarter des conditions populaires qui sont en nous.*

Bien sûr, Monty, songe Septième. *Mais c'est le peuple autour de nous qui se balade avec des battes de base-ball.*

*

Le pick-up s'arrête. Le cœur de Septième cogne dans sa poitrine. Il ne veut pas se faire prendre – le corps de Mudd patiente toujours dans la voiture de Premier –, cependant il est tiraillé par une pulsion modeste mais déchaînée, une envie d'en découdre. De défendre son peuple contre les haineux assoiffés de sang. Contre les fous de la gâchette.

C'est quoi ce truc des fous de la gâchette avec les pick-up ? se demande Septième. Les fous de la gâchette adorent les pick-up. Si on se débarrassait des pick-up, on se débarrasserait de la moitié de la violence dans le monde. Regardez des photos de zones de combat partout sur la planète et vous verrez des pick-up chargés de fous de la gâchette. Ils ne s'en lassent pas. Achetez un pick-up et absentez-vous dix minutes, à votre retour, vous trouverez la benne pleine de fous de la gâchette, agitant des drapeaux, prêts à tirer. Des drapeaux somaliens, de drapeaux de Daech, des drapeaux confédérés. La fourgonnette est l'apanage du tueur en série. Mais le pick-up est celui des fous de la gâchette.

Ford. Le choix des fous de la gâchette depuis 1914.

Dixième s'avance vers le pick-up. Septième en fait autant.

Le chauffeur fait rugir son moteur et repart.

Qu'il pourrisse
Au fond d'un fossé,
Jack Nicholson
Est un enfoiré.

La rigidité cadavérique est en train de s'installer. Même le plus jeune des Cannibales sait que les modifications chimiques qui se produisent à l'intérieur du corps provoquent la contraction des muscles dans les quatre à six heures après la mort. D'autres modifications chimiques empêchent les muscles de s'assouplir. Les Victuailles doivent commencer avant que la rigidité cadavérique rende le corps impossible à préparer.

Soyez aussi rapide que le lapin
Et non aussi lent que la tortue.
Quatre heures, pas une de plus,
Avant que la rigidité cadavérique gagne haut la main.

Le temps qu'ils extraient Mudd du véhicule de Premier, la portent par le chemin, puis la déposent dans le grand hall, le visage de leur mère s'est figé, ses doigts et orteils sont déjà raides.

Onclissime demande à voir le corps.

— Vite ! s'exclame-t-il. Ou il sera trop tard ! Septième, va chercher la chaîne du portail ! Troisième, rapporte le Couteau de la Rédemption qui se trouve dans la voiture de Deuxième ! Hâtez-vous, les enfants, hâtez-vous !

Ne la laissez pas se raidir,
N'ignorez pas sa lividité.
C'est ainsi qu'on évite le pire :
La rigidité de la décédée.

Semblables à des chuchotements montant d'une antique tombe, les vieilles maximes font leur retour. Avec la même application qu'Onclissime avait mise à les lui inculquer, Septième n'avait eu de cesse de s'employer à les oublier. Et il y est parvenu. Pourtant, aujourd'hui, il les entend, un sombre chœur spectral - lui, ses frères et Onclissime réunis dans le salon de Mudd le dimanche matin - les récitant à voix haute à l'unisson.

Inutile de péter une durite,
Inutile de finir ronds.
On a le bourdon,
Les juifs nous y invitent.

Celle-ci est sans doute de Mudd.

Septième et Troisième se précipitent vers les voitures conformément aux ordres d'Onclissime, Septième vérifiant qu'aucun pick-up ne passe. Troisième a l'air particulièrement excité et Septième se demande s'il a compris ce qu'ils s'apprêtent à faire ou même que leur mère est morte.

— Ça va, mon géant ? s'enquiert-il.

— Oui ! répond Troisième.

— Écoute, tu sais que Mudd... que Mudd est morte ?

Troisième hoche la tête avec enthousiasme.

— Tu sais quoi ? demande-t-il comme un enfant qui ne peut plus garder un secret.

— Quoi ?

— Bientôt, je serai Sixième !

— Bientôt, tu seras Sixième ?

— Bientôt, je serai Sixième.

— Comment ça ?

— Parce que Mudd est Sixième.

— Mudd est Sixième ?

— Parce que Mudd a mangé Sixième.

— C'est vrai, dit Septième. Donc, maintenant, elle est Sixième. Et quand tu mangeras Mudd, tu seras Sixième.

— Oui, répond-il. Et je serai Mudd aussi.

— Oui, confirme Septième.

— Je serai tout le monde et tout le monde sera moi.

— Pas si mal.

Troisième sourit en retirant la vieille mallette de la voiture de Deuxième.

— Pas si mal, répète-t-il.

Une fois les frères de retour dans le hall avec la chaîne et le Couteau de la Rédemption, chacun se met au travail. Onclissime tend la chaîne à Dixième en lui indiquant l'escalier qui monte au balcon au-dessus de la colonnade. Du balcon, Dixième doit balancer une extrémité de la chaîne par-dessus l'un des arcs-boutants. Quatrième, qui patiente en dessous, doit rattraper la chaîne. Ils s'y reprennent à plusieurs fois, Dixième jure en remontant la chaîne entre chaque essai mais celle-ci finit par décrire un arc de cercle au-dessus du large arc-boutant proche du dôme et Quatrième s'en saisit. Onclissime demande à Troisième de venir et, pour tester la solidité de l'arc-boutant, lui indique d'attraper les deux extrémités de la chaîne et de soulever ses pieds du sol.

— Youpi ! s'écrie Troisième en riant.

Septième s'attend à ce que le bâtiment s'écroule, mais l'arc-boutant résiste. Onclissime s'affaire rapidement. Soudain, il redevient un jeune homme, ses mains virevoltent pour attacher la chaîne autour des jambes de Mudd, il l'enroule autour de ses mollets et de ses chevilles de telle sorte que plus on tirera sur la chaîne, plus elle se serrera.

— Maintenant ! ordonne-t-il aux frères. Tirez ! Tirez !

Dixième et Troisième s'emparent de l'extrémité libre de la chaîne et commencent à tirer pour hisser Mudd. Mais, en dépit de leurs efforts réunis, ils parviennent tout juste à lever ses jambes au-dessus du sol.

— Tout le monde ! crie Onclissime.

De Premier à Cinquième, tous les frères se précipitent ; de Septième à Dixième, ils empoignent la chaîne ; Onzième et Douzième retirent leurs hauts talons et, de concert avec Zéro, attrapent l'extrémité.

— À trois, dit Dixième.

La fratrie tire. Elle grogne, elle crie, elle jure.

— Allez, grosse truie, maugrée Premier.

Doucement, centimètre par centimètre, maillon par maillon, Mudd commence à s'élever. Plus la traction est forte, plus elle monte - d'abord les jambes, puis les hanches, puis le torse jusqu'à ce que, enfin, seule sa tête touche le sol. Avec un dernier cri, la fratrie tire de toutes ses forces et hisse Mudd en l'air, où son corps se balance gentiment d'avant en arrière. Onclissime leur crie de ne pas cesser leurs efforts - « Plus haut ! Plus haut ! » - afin que la tête décolle du sol d'un bon mètre, après quoi, il leur ordonne d'enrouler l'extrémité de la chaîne autour d'une colonne proche et de l'attacher avec le cadenas. Les Seltzer s'exécutent, les muscles tendus pour maintenir Mudd en l'air jusqu'à ce que le claquement du cadenas les libère. Ils lâchent alors la chaîne, se retournent et découvrent leur mère en lévitation, un Christ de deux cent vingt kilos à l'envers, les bras écartés, dans l'attente de la résurrection que seuls ses fils peuvent lui procurer.

Onclissime tire une vieille poubelle vide sous le corps et lève le Couteau de la Rédemption.

— Puisses-tu être Drainée, lance-t-il, comme tes ancêtres le furent avant toi !

Et d'un mouvement preste de l'antique couteau, Onclissime tranche la gorge de Mudd.

*

— Tu es prête pour la fête de l'école, ma puce ? demande Septième.

À l'autre bout du fil, la voix de Reese est ténue.

— Je pense, répond-elle.

— Tu vas être géniale, dit Septième.

— Tu viens ?

Septième se retourne vers le corps de sa mère suspendu derrière lui, en train de se vider de son sang goutte à goutte dans la vieille poubelle qu'Onclissime a glissée dessous.

— Écoute, mon cœur. Je suis débordé…

— Mais, Papa, le coupe Reese, il faut que tu sois là.

— J'y serai, ma puce, je te le promets. Je manquerai juste le début, c'est tout, et tu passes à la fin. J'y serai, fais-moi confiance, j'y serai.

Il est 17 h 10. Le spectacle commence à 20 heures et Reese ne fait son apparition qu'en toute fin. Sans doute vers 21 heures, ce qui laisse quatre heures pour accomplir les Victuailles, manger une bouchée et demie de Mudd et rentrer en ville. Serré, mais jouable.

— Promis ? insiste Reese.

— Promis.

Merde, se dit Septième en rangeant son téléphone.

Premier a peut-être raison. Peut-être devraient-ils se contenter de la débiter et d'en finir.

— Quelqu'un doit aller en ville, dit Onclissime, le front recouvert d'un film de transpiration.

— En ville ? s'étonne Septième. Maintenant ? Pourquoi ?

— Pourquoi ? rétorque Onclissime. Regarde-la ! Le Couteau de la Rédemption est inefficace sur des corps américains comme celui-ci. Il nous a bien servi mais il a été fabriqué il y a des siècles et conçu pour des corps du Vieux Pays, pas ces formes grotesques du Nouveau Monde. Mon Dieu, une vie entière de Débauchation au Vieux Pays n'aurait jamais produit un monstre tel que celui-ci.

Premier a entendu l'échange.

— Personne ne va en ville, dit-il. On fait le truc maintenant et on rentre chez nous. J'ai un Leatherman dans ma voiture, il peut couper une canette.

— On a besoin d'une scie, pas d'un canif de poche, répond Onclissime. De sacs-poubelle, d'assiettes en carton, de glace, d'une glacière, d'un barbecue…

— D'un barbecue ? demande Premier.

— Il faut la cuire, répond Onclissime, à moins que tu aies aussi oublié cette étape de la cérémonie ?

— Onclissime, ça fait des heures… commence Huitième.

— Le froid nous a accordé un peu plus de temps, dit Onclissime. Elle ne sera pas la meilleure viande du monde, mais notre peuple en a mangé de pire.

Il ferme les yeux et récite :

— *Même si elle sent l'ordure fumante*
Et le déchet industriel,
N'oubliez pas qu'elle est votre mère !
Et pour la goûter, ajoutez-y du sel.

— Vous voulez qu'on aille acheter un barbecue ? dit Premier. Vous avez perdu la tête ou quoi ? Vous avez oublié de prendre vos pilules ce matin ?

— Tu as une meilleure idée ? demande Onclissime.

— Oui, répond Premier. Une bien meilleure idée. On va dans la forêt chercher du bois, on allume un feu et on balance son cul dans les flammes.

— Un feu attirera l'attention de la police, fait remarquer Onclissime. Les feux sont interdits.

— Je ne me rappelle pas cette règle, dit Premier. Vous les inventez au fur et à mesure.

— Tu ne te souviens de rien, dit Onclissime. *Feu, flics sur les lieux.*

— Je ne me rappelle pas celle-ci non plus, intervient Huitième.

Premier a l'habitude de contredire Onclissime, mais le fait que Huitième soulève des objections inquiète Septième. Si Huitième se met à avoir des doutes, le reste de la fratrie en aura bientôt.

— J'y vais, dit Septième. Ça me prendra deux minutes.

— Ça ne te prendra pas deux minutes, réplique Premier. Tu en as bien pour une demi-heure à l'aller et une autre au retour.

— Vas-y, dit Neuvième, dont l'exaspération commence à être manifeste. De toute façon, il faut qu'elle se vide de son sang.

— Donne-moi tes clés, demande Septième à Premier.

— Je viens avec toi, propose Zéro avec un regard pour le corps de Mudd. Il faut que je sorte d'ici.

— Non, répond Premier en marchant vers la porte. Je conduis. Si j'arrive à faire Manhattan-aéroport JFK en trente minutes chrono, je dois pouvoir nous ramener ici avant 18 heures.

Quelques flocons commencent à tomber, la tempête n'est plus très loin. Sur le siège passager, agrippé des deux mains au tableau de bord, Septième regarde les flocons s'écarter au dernier moment au passage de l'Escalade. Même si on le voulait, il est impossible de les percuter, pourtant c'est ce que Premier semble tenter de faire, à le voir foncer à travers les lumières jaunes et écraser le champignon dans les virages.

— Doucement, dit Septième.

— Je savais que ce vieux con compliquerait les choses, crie Premier. Je le savais.

— Un accident ne nous fera pas rentrer à la maison plus vite, dit Septième.

— C'était dégueulasse, dit Zéro, ébranlée par le Drainage. C'était vraiment dégueulasse. Il lui a presque coupé la tête. Vous saviez qu'il allait lui couper la tête ?

— C'est la tradition, répond Septième.

— C'est la tradition ? s'étonne Zéro. C'est tout ce que tu trouves à dire ?

— Oui.

— Et si la tradition voulait qu'on lui tire en pleine figure ? demande Zéro.

— Alors, je m'en serais chargé moi-même, dit Premier en poussant à nouveau l'Escalade dans un virage.

— Je n'ai jamais compris la fascination des hommes pour la tradition, dit Zéro. On ne sait quel crétin portait jadis tel chapeau ou mangeait tel plat ou faisait telle guerre ou mourait sur telle croix. Alors ? Alors, on porte le chapeau qu'il portait et on mange le plat qu'il mangeait et on arbore une petite croix autour du cou sans réfléchir une seconde au fait que ces anciens que nous imitons n'avaient pas la plus petite idée de la marche du monde. Un enfant de sept ans en sait davantage aujourd'hui que ces anciens. Ce n'est pas leur faute, mais eux aussi croyaient que la terre était plate, que, moralement, il n'était pas répréhensible de posséder des individus, que la terre était vieille de six mille ans et que Dieu l'avait fabriquée en une semaine. On décide même quels sont les gens à haïr en fonction de ces anciens débiles. *Il y a deux cents ans, les crétins d'ancêtres ont fait je ne sais quoi à mes crétins d'ancêtres, par conséquent, aujourd'hui, je t'emmerde.* Des cons. Il y a deux cents ans, les gens se conduisaient comme des enfoirés et avec tout le monde. Quel rapport avec nous ? Il faudrait se conduire comme des enfoirés sous prétexte qu'ils le faisaient ? C'est comme quand, à la première leçon de conduite, le moniteur te dit de ne pas conduire en regardant dans le rétro. De t'occuper de ce qui se passe devant. Mais on ne le fait pas, hein ? Prenez Onclissime. Le type est censé être notre sage. Or il a vécu toute sa vie en regardant dans le rétroviseur, en traversant l'existence en marche arrière. Qu'a dit untel il y a cinq siècles et qu'a dit tel autre ? Qu'a-t-il ou elle fait ? Bon sang, si ça s'arrêtait à cinq siècles, ce serait un moindre mal. Mais ça n'est pas le cas. Parce que les ignorants d'il y a cinq siècles qu'on imite imitaient eux-mêmes d'autres ignorants d'il y a cinq siècles avant eux, qui eux-mêmes imitaient d'autres ignorants d'il y a cinq siècles avant eux. On est littéralement coincés dans le passé.

Septième se rend compte que Zéro l'agace de plus en plus, même s'il est incapable de dire pourquoi. Il est de son avis et pourtant, plus elle développe et plus il a envie de la contredire, de la bousculer, de démonter ses arguments.

Des étudiants, se dit-il.

Si le trajet avait duré plus longtemps, il l'aurait entreprise mais ils approchent de leur destination et une angoisse bien connue commence à étreindre Septième, une angoisse qui grandit à mesure que leur but se profile. Une émotion déconcertante qu'il n'a pas ressentie depuis des années et parvient enfin à identifier : l'impression qui l'envahissait, enfant, lorsque Mudd traversait un quartier noir. Dès qu'ils pénétraient à l'intérieur de la « zone noire », comme elle l'appelait, la main de Mudd quittait le volant pour appuyer sur le bouton de verrouillage automatique des portières.

Ka-chunk.

« Des animaux », marmonnait-elle.

Premier s'arrête devant le magasin de bricolage, un panneau FERMÉ est suspendu à la porte.

— Est-ce que ces bouseux travaillent de temps à autre, ou bien ils passent leur temps à baiser leurs sœurs ? s'énerve Premier.

— Joli, fait remarquer Zéro. Mudd aurait été fière de toi.

— Il y a un début à tout, répond Premier.

— C'est à cause du temps, dit Septième. Il va neiger.

Ils font le tour de l'agglomération et, effectivement, tout est fermé. Ne sachant où aller, Septième propose d'essayer la station-service. Ils trouveront peut-être quelque chose d'utile à la supérette.

— Bonjour, dit le pompiste à leur entrée. Je peux vous aider ?

Le regard « Tu n'es pas comme moi ». Septième le devine malgré le sourire de merde du pompiste.

— On vient de passer au magasin de bricolage, dit Septième.

— Il ferme tôt, précise le pompiste.

Tu es un génie, songe Septième.

— On prépare un barbecue, dit Zéro. On a besoin de deux ou trois trucs.

— Drôle de soirée pour un barbecue, fait remarquer le pompiste. Vous mijotez quelque chose de spécial ?

— Il nous faut des sacs-poubelle, dit Septième. Une glacière, des lampes de poche, ce genre de trucs.

— Hum, laisse échapper le pompiste. Il y a quelques articles ménagers à l'arrière. Vous y dégotterez peut-être une glacière.

Septième remarque que le pompiste reluque Zéro en train de s'éloigner vers le fond du magasin.

— Et un barbecue, ajoute Septième en s'avançant pour lui boucher la vue.

— Un barbecue ? s'étonne le pompiste. Style à grille ?

— Un petit, précise Septième. Comme un hibachi.

— Hi-quoi ?

— Un petit barbecue, dit Septième.

Le pompiste fronce les sourcils et se gratte la tête.

— C'est un machin japonais ?

Septième n'en est pas certain et sa propre ignorance vient perturber le plaisir qu'il prend au trouble du pompiste. Ce qui le met encore plus en colère.

— Oui, répond-il. C'est un machin japonais.

— Je vais le Googler.

— Ne faites pas ça.

— Je n'ai pas de petit barbecue japonais, dit le pompiste. Mais j'ai de la sauce soja, si on va par là.

Zéro revient avec une petite glacière qu'elle a remplie de sacs-poubelle, de lampes de poche, d'assiettes en carton, de couverts en plastique et d'une poche de glace.

Le pompiste lui sourit.

— Vous avez trouvé la sauce soja ? demande-t-il.

— Il nous faudrait une scie, intervient Septième.

— De la sauce soja ? s'étonne Zéro.

— Une scie ? demande le pompiste. Genre scie électrique ?

— Une scie à main, répond Septième.

Le pompiste secoue la tête.

— Non, j'en ai pas, dit-il. Vous trouverez ça au magasin de bricolage. Il ouvre à 8 heures demain matin, si vous en avez encore besoin. Dites-leur que c'est Jimmy qui vous envoie, ils vous traiteront comme des rois.

— Formidable, dit Premier lorsqu'ils remontent en voiture avant de claquer sa portière. Pas de scie, pas de barbecue. Et maintenant ?

— On a essayé, répond Septième. Onclissime comprendra. Il faudra qu'on se débrouille avec le couteau qu'on a et qu'on fasse un feu dans la forêt.

Un pick-up se gare à la pompe derrière eux. Septième observe les occupants dans le rétroviseur extérieur.

— Il était sympa, dit Zéro. Je parle du pompiste.

Premier met le contact et passe une vitesse. Septième appuie sur le bouton de verrouillage automatique de sa portière.

Ka-chunk.

Des animaux, songe Septième.

*

Mudd vénérait Julius le Brave et pleurait sur le sort de Julia l'Angoissée. Mais, parmi toutes les histoires que Mudd leur racontait, aucune ne la mettait autant en joie que celle de John, leur fils. Intrépide, rebelle, inflexible, John était un homme d'une force colossale qui vénérait son peuple.

« Tout le monde l'appelait John le Fort », disait Mudd.

Le regard de Mudd brillait de fierté en évoquant ses nombreuses batailles et victoires – « voilà enfin un Cannibale qui ne subissait plus », disait-elle. Au lieu d'être violé, il violait. Au lieu d'être victime, il persécutait. Au lieu de regarder le canon d'une arme braquée sur lui, terrorisé, les mains en l'air, John tenait l'arme, le doigt sur la détente, exigeant ce qui lui appartenait.

« Et d'autres biens qui ne lui appartenaient pas », ajoutait-elle avec un clin d'œil.

Elle continuait :

« John a grandi dans un immeuble répugnant de saleté à Brooklyn, affamé, frigorifié et malade. De la bouche de sa mère, il a entendu les récits des abus qu'elle a subis de la part d'Henry Ford. Il a entendu son père raconter son travail épuisant qui lui a valu comme seule récompense d'être chassé de Detroit avec guère plus que sa chemise sur le dos. John a écouté les histoires de ses parents et s'est juré que ni lui ni aucun autre Cannibale ne subirait jamais le même sort. Il allait faire sortir son peuple de l'ombre, le libérer de sa servitude tel Moïse, Cannibale lui-même. Il s'est mis à étudier les arts martiaux, la boxe et la lutte, a fait des abdos et des pompes par séries de mille. À sept ans, il était déjà assez costaud pour prêter main-forte aux Victuailles, il tenait les corps des proches par les chevilles jusqu'à ce qu'ils soient entièrement Drainés. À neuf ans, il avait participé à un tournoi international d'arts martiaux au cours duquel il avait non seulement battu tous les concurrents mais aussi l'ignoble maître, qui avait une main artificielle hérissée de couteaux et se cachait dans une pièce tapissée de miroirs.

— Ça, c'est *Opération Dragon* », l'avait interrompue Premier.

Mudd lui avait donné une taloche sur la tête du revers de la main.

« De quoi crois-tu que le film s'est inspiré ?

À douze ans, John a quitté l'école d'un commun accord avec l'établissement et s'est mis au service d'un patron de la mafia à la triste réputation. Bien qu'il ait rapidement gravi les échelons, John était mécontent. Pourquoi un Cannibale s'abaisserait-il à travailler pour un Italien ? Mais le patron mafieux était un homme retors et il n'a pas apprécié les velléités de départ de son poulain. Il a menacé John et lui a intimé l'ordre de ne plus jamais évoquer ses projets de démission. Ne voyant pas d'issue à sa situation, John était près de se résigner à son sort - et c'est sans doute ce qu'il aurait fait si sa mère, Julia, n'était décédée quelques semaines plus tard. Assis auprès du corps qu'il regardait se vider de son sang, il s'est rappelé par quelle ruse sa mère avait réussi à échapper à Henry Ford et il y a trouvé l'inspiration pour gagner sa propre liberté. Et donc, le lendemain soir, il a invité le patron de la mafia à dîner chez lui.

— Qu'est-ce qu'on fête ? a demandé le patron en s'asseyant à table.

— Ma mère est morte, a répondu John.

— C'était sûrement une femme bonne, a dit le patron avec respect.

John est revenu à la salle à manger, un plat débordant de viande dans une main et la tête tranchée de Julia dans l'autre.

— Bonne ? a répété John. Elle était délicieuse.

Le patron est parti de chez John à toutes jambes, et non seulement il ne l'a plus menacé, mais il l'a nommé patron de toute la zone de Brooklyn.

Et toi, avait dit Mudd à Septième, tu as peur d'un crétin de polak. »

*

Les Anciens demandèrent :

« John le Fort n'a-t-il pas mal agi en invitant le patron de la mafia à Consommer sa mère ? Car seuls les Cannibales peuvent Consommer leurs défunts.

— Non, répondirent les Anciens des Anciens. Parce qu'il ne l'a pas invité à Consommer sa mère : il l'a invité chez lui pour le duper.

— Mais comment pouvait-il savoir que sa ruse fonctionnerait ? demandèrent les Anciens.

— Ah, répondirent les Anciens des Anciens. Parce que même le plus idiot des Cannibales est toujours plus malin que le plus malin des Italiens.

— C'est une peinture à grands traits que vous nous faites là, dirent les Anciens.

— Seul un imbécile ferait une peinture à petits traits, répliquèrent les Anciens des Anciens.

— Comme un Italien ? demandèrent les Anciens.

— Comme un Italien », confirmèrent les Anciens des Anciens.

*

De tous ses enfants, Mudd espérait que Troisième devienne un jour son John le Fort. Un jour, on l'appellerait Troisième le Valeureux, Troisième l'Invincible. Mais très vite apparurent des indices annonciateurs d'une déception. Elle aurait voulu que Troisième soit distant, or il était amical. Elle aurait voulu qu'il soit méfiant, or il était confiant. Même petit garçon, il faisait des signes aux inconnus, leur souriait de toutes ses dents et disait bonjour à ceux qu'il croisait.

« Mais oui, bonjour ! répondaient les inconnus.

— Ils sont sympas ! » disait Troisième.

Mudd lui donnait une taloche sur la tête.

« Arrête de faire l'idiot. »

Plus Troisième se développait physiquement, plus la déception de Mudd grandissait et elle se désespérait : de toute évidence, il ne se servirait jamais de ses larges épaules ni de ses bras puissants pour rosser leurs ennemis. Elle s'était efforcée de lui faire voir la lumière ou plutôt l'obscurité en le plaçant dans des situations dangereuses - elle le lâchait en pleine nuit dans des quartiers où la criminalité était élevée ou le laissait devant un lycée public à la sortie des cours -, espérant qu'il fasse les frais d'une bonne dose de brutalité et que cela lui apprenne la nécessité d'être vigilant. Mais, alors que la taille de Troisième suscitait un nombre considérable de commentaires, son sourire facile et sa confiance infinie transformaient n'importe quel potentiel agresseur en ami fidèle. Des membres de gang aux truands, Troisième était adoré.

« Combien de temps encore Quelqu'un va-t-il me punir ? » soupirait Mudd.

Elle-même objet de la déception de Mudd depuis sa naissance, Zéro ne supportait pas que Troisième pâtisse du même sort. Et donc, plus Mudd critiquait Troisième pour son manque de méfiance, plus Zéro vantait son amabilité. La relation Zéro-Mudd n'aurait pas pu empirer, de toute façon. En grandissant, Zéro, rejetée par Mudd, s'était mise à la rejeter à son tour. Elle avait rejeté les traditions de Mudd, son peuple, son intolérance, ne faisant pas mystère d'être convaincue que tous les peuples, cannibales ou non, avaient les mêmes dispositions pour le bien et le mal. En général, Mudd ignorait Zéro, mais ce niveau de naïveté était au-dessus de ses forces.

« Un jour, cet optimisme finira par te mordre le cul, ma petite », disait Mudd.

Zéro riait.

« Tu es la plus grande optimiste que je connaisse, Mudd. Qu'y a-t-il de plus optimiste que ton sectarisme ? Qu'y a-t-il de plus optimiste qu'être persuadée que seuls les Noirs sont criminels, que seuls les juifs sont cupides, que seuls les musulmans sont violents ? Non, je suis pessimiste, Mudd. Je pense qu'on est tous criminels, tous cupides, tous violents, pas moins que n'importe qui d'autre.

— Pas les Cannibales, répondait Mudd en agitant son énorme doigt devant le visage de Zéro. On est différents. »

Mais Zéro n'était pas Humphrey et elle n'avait pas peur de Mudd. Elle avait repoussé sa main.

« Pas de ça. J'adore cette idée qui voudrait que défendre ton peuple soit noble. La supériorité tribale est facile, Mudd, on est conçus pour ça. C'est comme si un caillou s'enorgueillissait de dévaler une pente. Ce qui serait vraiment méritoire pour ce caillou, ce serait de remonter la pente : là, on pourrait le féliciter. J'essaie de remonter la pente, Mudd, alors que toi, tu ne fais que la dévaler. »

Cette fois, c'était au tour de Mudd de rire.

« Même un caillou saurait que tu es une pauvre idiote », lui avait-elle dit.

*

Le temps qu'ils reviennent à l'Université, la nuit commence à tomber. Le grand hall est froid et gris, les Seltzer y sont assis, grelottants, ils consultent leurs téléphones en s'efforçant de ne pas regarder le corps de Mudd dont l'ombre s'allonge désormais sur tout le sol. La scène est macabre mais Septième ressent un certain soulagement en entrant dans le hall.

Je suis chez moi, songe-t-il.

— Onclissime, dit Septième, il faut qu'on parle.

Il lui explique que le magasin de bricolage était fermé et que, même si la station-service disposait de quelques fournitures de base, celles-ci ne sont pas suffisantes. Le fait est que, sans barbecue ou endroit où en acheter un et vu l'interdiction de faire du feu, ils ne pourront pas faire cuire la viande à l'Université. Il propose de Purger Mudd maintenant, puis, à l'aide du Couteau de la Rédemption – et peut-être d'un peu plus d'huile de coude que d'habitude –, de la Répartir. Après quoi, ils pourraient mettre la viande dans la glacière, retourner à Brooklyn et la faire cuire sur place.

Les motivations de Septième ne sont pas totalement altruistes. S'ils quittent l'Université sur-le-champ et que la circulation pour rejoindre Brooklyn n'est pas trop dense, il a encore une chance d'arriver à temps pour le spectacle de Reese.

— Allons-y, dit-il.

— Je suis d'accord, dit Premier.

Onclissime secoue la tête.

— Impossible.

— Onclissime, on n'a pas le choix, insiste Septième.

— Elle est déjà en train d'être Drainée, fait remarquer Onclissime.

— Et alors ?

— Et alors *Deux pour le Drainage, vingt-quatre pour la Purge,* dit Onclissime. On ne peut pas la Purger avant demain.

— *Deux pour le Drainage, vingt-quatre pour la Consommation,* le corrige Septième.

— Vingt-quatre pour la Consommation ? s'étonne Onclissime. C'est grotesque. Comment pourrait-on Consommer en seulement vingt-quatre heures ? Il faut Drainer pendant vingt-quatre heures. Puis on Purge. Et enfin viennent la Répartition et la Consommation.

Premier s'avance, incrédule.

— Vous espérez nous faire rester ici vingt-quatre heures en attendant que cette grosse truie se dessèche ? lance-t-il.

— Ce n'est pas ce que vous nous avez enseigné, Onclissime, souligne Huitième. Vous nous avez appris *Deux pour le Drainage, vingt-quatre pour la Consommation.*

— Ne me dis pas ce que je vous ai appris, rétorque Onclissime.

— Je ne reste pas là vingt-quatre heures, dit Deuxième. Pas question.

— Onclissime, commence Septième, on ne peut pas passer la nuit ici...

— Pourquoi ?

— Ma fille… dit Septième avant de le regretter aussitôt.

— Qu'est-ce qu'elle a ?

— Elle… se produit à la fête de l'école…

Septième sait ce qui va venir.

— Oh, un numéro pour l'école ! s'exclame Onclissime. Pardon, je ne m'étais pas rendu compte. Elle joue de l'alto ? Elle danse sur une chansonnette ? Dans ce cas, il faut absolument bafouer des traditions vieilles de plusieurs milliers d'années ! Interrompre les Victuailles d'une sainte le jour du Souvenir pour que tu puisses aller voir ton imbécile de fille faire le poirier.

— Elle ne fait pas le poirier, répond Septième.

Elle se plie en deux, se dit-il.

Elle se fait des nœuds.

Elle rentre dans des boîtes.

Elle est la fille de son père.

— C'est ridicule, dit Premier. Je ne vais pas rester dans ce gourbi toute la nuit sous prétexte qu'oncle Sénilissime ne se rappelle plus les règles à la con. De toute façon, qui a décrété que ce vieux croûton était le patron ?

— Votre mère, répond Onclissime.

— Notre mère quoi, papy ? demande Premier.

— Votre mère, répète Onclissime, a fait de moi son exécuteur testamentaire. Et le legs est important. Elle a vendu sa maison, au cas où vous ne le sauriez pas, et m'a demandé expressément de ne verser l'argent de la vente à aucun d'entre vous tant que je ne considérerais pas que les Victuailles ont été accomplies de façon correcte et traditionnelle.

— Elle a vendu la maison ? s'étonne Septième.

Onclissime acquiesce.

— Quand ? demande Septième.

— Combien ? demande Premier.

— La vente était, bien sûr, conditionnée à son décès, poursuit Onclissime, une condition qui, à l'évidence, a été remplie.

— Elle l'a vendue pourquoi ? demande Septième.

— Elle savait que certains d'entre vous ne procéderaient aux Victuailles que s'il y avait de l'argent à la clé, explique Onclissime. Je lui ai dit qu'elle avait tort, que vous étiez de bons enfants, que vous étiez conscients que sa Consommation serait sans doute la dernière de notre peuple et qu'il était inutile de vous soudoyer pour obéir à la plus sacrée de nos traditions. Il ne fait aucun doute que je me trompais.

— Je n'ai absolument pas honte de le faire pour l'argent, dit Premier. J'aurais bien plus honte si je le faisais par amour.

— Elle savait que tu dirais cela, rétorque Onclissime. Elle savait aussi que tu voudrais brûler les étapes - jeter son cul dans les flammes, comme tu l'as proposé, en effet. Je n'étais pas de son avis, idiot que j'étais. Je lui ai dit que, comme sa Consommation serait sans doute la dernière, ses enfants seraient sûrement désireux d'y procéder de la façon la plus rigoureuse possible. Je me suis aussi trompé à ce sujet. À vrai dire, Premier, elle avait prédit que ce serait toi qui serais agacé par les détails. Et donc, oui, mes enfants, votre mère a décidé que je serais, comme l'a formulé votre frère aîné, le patron. Consommez-la comme il se doit et vous recevrez votre part. Elle Drainera pendant toute la nuit. Demain matin, nous retournerons au magasin de bricolage, puis nous la Purgerons et la Répartirons. Et le soir sera consacré à la Consommation. Ce sera tout. Maintenant, dormons un peu. Demain, nous avons beaucoup à faire.

Les Seltzer sont stupéfaits et, l'espace d'un instant, personne ne parle.

— Elle en a tiré combien ? finit par demander Premier.

— De quoi ? s'enquiert Onclissime.

— De la maison.

— Bon sang, Premier, s'exclame Dixième, tu n'as pas honte ? Elle est morte, son corps pend à même pas un mètre...

— Je veux savoir, exige Premier, sa voix résonant dans tout le hall.

— Je veux savoir aussi, dit Neuvième. Je le fais pour l'argent, comme la plupart d'entre nous. Si elle l'a vendue pour une bouchée de pain, il me semble qu'on devrait être au courant.

— Pourquoi la vendrait-elle pour une bouchée de pain ? demande Dixième. Juste pour nous emmerder ?

— Oui, répond Deuxième. Juste pour nous emmerder. Pour nous obliger à la manger et découvrir ensuite qu'elle l'a vendue pour un dollar. Ce ne serait pas du Mudd tout craché, ça ?

— Je suis d'accord, dit Cinquième.

— Vous êtes monstrueux, clame Dixième. La femme dont le corps pend devant vous se trouve être votre…

— Cinq deux, dit Onclissime.

Les frères cessent de se chamailler.

— Quoi ? demande Deuxième.

— Cinq deux ? s'étonne Premier.

— Cinq deux, confirme Onclissime.

— Cinq deux quoi ? demande Quatrième.

— Cinq millions deux cent mille dollars, répond Onclissime.

— Cinq millions ? s'étrangle Deuxième.

Onclissime acquiesce.

— Deux cent mille, ajoute-t-il.

— C'est des conneries, raille Premier. Il ment. Il essaie de nous obliger à exécuter ses ordres. Qui paierait cinq millions pour un trou à rats mangé par le gras de whopper ?

— Un genre de holding, répond Onclissime. Ils ont acheté les deux maisons de chaque côté aussi. Les trois seront rasées pour installer, comble de l'ironie, un magasin bio. Viande bio, sans antibiotiques, ce genre de choses. Je vois à votre expression que nous nous sommes mis d'accord. Par conséquent : nous restons ici cette nuit et nous finissons les Victuailles demain. Ou alors nous abandonnons notre fortune, ainsi que votre mère et notre histoire, et on va voir la fille de Septième jouer de la clarinette.

Premier sort son téléphone de sa poche.

— Dis Siri, combien font cinq millions deux cent mille divisés par douze ?

Jamais une douzaine d'individus n'a fixé un iPhone avec une telle intensité.

— J'ai trouvé ce que vous cherchez, répond Siri. Cinq millions deux cent mille divisés par douze font quatre cent trente-trois mille trois cent trente-trois.

Premier lève les yeux de son téléphone.

— Ça fait presque un demi-million, dit-il.

— Chacun, précise Deuxième.

Premier sourit et hoche la tête.

— Chacun, répète-t-il.

À présent, les autres se mettent à sourire aussi.

Certains rient, de soulagement ou d'incrédulité ou des deux. Deuxième serre Premier dans ses bras, Onzième serre Douzième dans ses bras et Troisième serre Cinquième dans ses bras simplement parce que tout le monde en fait autant, ce qui fait rire et se réjouir les autres.

— Je suppose que nous restons, dit Onclissime.

— On reste, confirme Premier. On reste, on reste, on reste, merde !

— Ton enthousiasme me réchauffe le cœur, dit Onclissime en s'éloignant.

*

Ça risque de durer, écrit Septième à Carol. *La réunion de Rosenbloom. J'ai peur de ne pas pouvoir venir à la fête.*

Reese sera blessée, sans aucun doute, et sera plus angoissée de faire son numéro en l'absence de son père, mais on parle d'un demi-million de dollars, bon sang ! À long terme, ce sera beaucoup plus important pour elle que sa présence à une fête d'école.

Il regarde les petits points sur l'écran qui annoncent la réponse qui vient, il en est sûr.

Elle ne sera pas très agréable.

Pourquoi tu ne te conduis pas comme un homme pour une fois ? allait-elle répondre. *Pourquoi tu laisses Rosenbloom te martyriser ? Il faut que tu te défendes, Septième ! Sinon il ne te respectera jamais. Je te vois bien lui dire : Non, heu, pardon, M. Rosensalaud, je vais à la fête de l'école de ma fille. Le vendredi, il part tôt pour fêter son shabbat de merde, Septième. Alors pourquoi tu ne pourrais pas te tirer pour aller à la fête de l'école de ta fille ? C'est nul, Septième. Tu dois lui tenir tête. Tu dois te conduire comme un homme.*

Il adore Carol, mais ses conneries de macho latina à la « Non-t'as-quand-même-pas-fait-ça » commencent à le fatiguer. Il se demande à quoi aurait ressemblé sa vie s'il avait épousé une Can-Am. Les disputes n'auraient sûrement pas manqué mais, au moins, ils se seraient compris, au moins ils auraient eu un lien.

Bien sûr, aurait répondu sa femme can-am, *Reese sera déçue, mais ça lui passera.*

C'est beaucoup d'argent, aurait-il ajouté.

Il ne s'agit pas de l'argent, aurait-elle écrit, *mais de notre peuple, de notre héritage culturel singulier.*

Les petits points se sont arrêtés.

Pas de réponse de Carol. Pas de colère ni de condamnation. Juste le silence. La réponse la plus terrible de toutes.

Merde, se dit Septième.

Il commence à en avoir vraiment marre de ses conneries latinas.

*

Mudd se délectait des échecs de ses enfants et appelait aussitôt Septième pour lui narrer les mauvaises nouvelles sans cacher son bonheur. Leurs revers prouvaient qu'elle avait raison – raison quand elle disait qu'ils n'auraient jamais dû partir, raison quand elle disait qu'ils le regretteraient. Et donc, Septième savait déjà pourquoi sa fratrie avait besoin d'argent. Il savait que les affaires de Premier avaient périclité, et il savait que Deuxième détestait son boulot dans le marketing et rêvait de démissionner mais redoutait dans le même temps d'être viré.

« Il a fui nos Consommations, avait gloussé Mudd, et maintenant, il passe son temps à faire des courbettes devant les consommateurs. Les Esprits des Anciens sont à la manœuvre. »

Il savait que le travail d'enseignant de Quatrième reposait sur la publication de ses livres or Mudd trouvait drôle que les livres d'histoire de l'humanité écrits par Quatrième ne soient pas lus par une grande part de cette humanité.

« Il aurait mieux fait d'écrire sur notre peuple au lieu d'écrire sur leurs peuples. »

Il savait que le cabinet de psychiatrie de Cinquième ne marchait pas fort et que Mudd le lui avait prédit.

« Les gens n'ont pas envie d'être soignés, avait-elle prétendu. Ils veulent que les autres le soient afin qu'ils leur ressemblent. »

Elle ne parlait jamais des échecs de Huitième ou de Dixième puisqu'ils ne l'avaient pas quittée. Elle se vantait plutôt de leurs réussites, Huitième qui avait fini ses études de droit et Dixième qui avait terminé le marathon de New York. Neuvième avait terminé brillamment ses études de vétérinaire mais Mudd trouvait quand même le moyen de le dénigrer. Soigner des animaux rapportait moins d'argent que soigner des humains et Neuvième avait du mal à joindre les deux bouts. Un fait que Mudd attribuait, comme le reste, à son homosexualité, vécue comme une trahison.

« S'il n'avait pas été un animal lui-même, il n'aurait peut-être pas eu besoin d'en faire son métier. »

Et, même si elle ne prononçait jamais les noms de Onzième et Douzième, Septième savait que leur désir de réassignation ne datait pas d'hier, qu'ils n'avaient pas les moyens de s'offrir l'intervention et que c'était d'eux qu'elle parlait quand elle pleurait au téléphone sur les hommes du Vieux Pays qui, eux au moins, étaient des hommes.

« C'est le gouvernement, avait-elle dit. L'État profond. Ils mettent des œstrogènes dans l'eau, tu savais ? Dans l'eau en bouteilles. Pour nous affaiblir, Septième, pour soumettre notre peuple. Ils boivent du jus de fille à qui mieux mieux. Pas étonnant qu'ils aient envie de porter des petites culottes. »

Son rejet de Onzième et Douzième mettait Septième très en colère, sans doute parce que lui aussi se sentait coincé, comme ils l'étaient, dans une boîte qu'il n'avait pas choisie. Au moins, les jumeaux avaient une idée de l'identité qu'ils souhaitaient. Septième n'en était pas là.

« Et moi, Mudd ? avait-il demandé. Je passe mon temps à publier des livres écrits par d'autres alors que je rêve d'en écrire un. Mon échec est-il aussi délectable que celui de mes frères ?

— Mais tu as essayé, Septième. Tu as écrit un livre sur nous. Sur ton peuple.

— Un livre non publié.

— Ce n'est pas ta faute, l'avait-elle consolé. Le marché des Cannibales est trop modeste pour que les juifs gagnent de l'argent.

— Je croyais que c'étaient les Chinois ?

— C'est tout le monde, bon sang de bois ! »

*

Onclissime aimait bien comparer l'histoire de leur peuple à un film.

« Une épopée, précisait-il, qui courrait sur dix mille ans. Chacun d'entre nous apparaît à l'écran, y demeure un très bref instant, puis s'en va. Et vous osez prétendre connaître le sujet du film ? Qui plus est, prétendre que le sujet du film, c'est vous ? Que, dans votre scène d'une fraction de seconde, vous êtes le personnage principal d'une histoire longue de plusieurs millénaires regorgeant de dizaines de milliers de personnages dans des dizaines de pays ? N'oubliez jamais : si vous comptez un tant soit peu, ce n'est que grâce aux générations qui vous ont précédés et à celles qui viendront après vous. »

Des années plus tard, le docteur Isaacson parlerait de ce discours comme de la Tentation du récit grandiose. « Nous naissons, avait-il expliqué à Septième, nous restons un très bref instant et nous nous en allons. Confrontés à une insignifiance aussi faramineuse, nous cherchons à nous accrocher à une histoire plus vaste – notre peuple, notre nation, notre religion. On appelle cela de la fierté, mais, en réalité, c'est une forme de déficit de l'amour-propre. À vrai dire, cela a pour effet principal de nous dévaloriser, de rendre dérisoires nos objectifs, nos buts et nos rêves.

Nous nous suffisons, avait conclu le docteur Isaacson. Vous vous suffisez. Vivez votre vie, débarrassé des chapitres précédents. Le vôtre – dégoûtant, primitif et court – est un récit aussi grandiose et magnifique que n'importe quelle épopée courant sur plusieurs millénaires vous ayant précédé. »

*

Avec la tombée de la nuit, Onclissime envoie Septième et Deuxième chercher des lits.

— Les chambres d'étudiant se trouvaient dans l'aile Est, dit-il. Il y reste peut-être quelques matelas que nous pourrions utiliser.

L'Université - ce qui a été construit ou ce qu'il en reste - a été conçue en forme de T, le grand hall étant la tige depuis laquelle partent les ailes Est et Ouest. Septième ouvre la voie le long du couloir de l'aile Est jonché de détritus, s'arrêtant de temps à autre pour plonger le regard dans les chambres obscures comme on traverserait un cimetière, se demandant quels étudiants auraient pu les occuper.

— Et s'ils revenaient ? demande Deuxième.

— Qui ?

— Ceux qui étaient là, répond Deuxième. Ceux qui ont laissé les aiguilles et les préservatifs. Si ça se trouve, ce sont les membres d'un gang, Septième. Ou des putes à crack. Ils pourraient être dangereux.

— Les putes à crack ne sont pas dangereuses.

— Comment tu le sais ?

— Parce qu'elles sont sous crack.

— Ils pourraient être des membres de gang, Septième. Ce n'est pas une blague. J'ai des gosses et toi aussi.

— Ça, c'est à nous, dit Septième.

— Et alors ?

— Alors, on le défendra.

— C'est des conneries. S'ils reviennent, je me tire, je te préviens. Si tu veux te prendre une balle pour ton bâtiment en ruine, vas-y. Ce n'est pas le mien.

— C'est notre bâtiment, rétorque Septième. C'est notre bâtiment à tous.

— Pas à moi.

— Parce que tu es juif.

— Non, Septième, parce que je ne suis pas un connard. Je n'arrête pas de me disputer avec Miriam à ce propos. L'an prochain, notre fils, Josh, aura dix-huit ans et tu sais quels sont ses projets pour lui ? Elle veut qu'il s'engage dans l'armée israélienne. Sans déconner, l'armée israélienne ! Elle veut qu'il se batte pour son pays. Je lui ai répondu : quel pays ? On est de Westchester. Le Nord oriental, pas le Moyen-Orient.

— C'est son pays natal, avance Septième. Elle a envie de le défendre.

— C'est ce qu'elle dit, poursuit Deuxième. Elle dit qu'Israël est notre patrie. Qu'on doit défendre notre pays. Quel pays ? C'est quoi cette connerie de pays ? On en est encore là ? En tant qu'espèce, n'a-t-on pas évolué depuis ? Qu'est-ce qu'un pays ? Dis-moi, Septième. Qu'est-ce qu'une patrie ? C'est une fiction, frérot, une dangereuse fiction. Un pays est une ligne tracée dans le sable par un singe terrifié qui a eu la malchance de prendre conscience de sa propre mortalité. Donc Og se dit, putain, ça fout la trouille, ce machin d'existence. Je pourrais mourir ! En fait, peut-être que ça fout les jetons ou peut-être pas. Mais qu'est-ce qu'il fait ? Il envenime la situation. Tu sais comment ? Ce petit connard fonde un pays. L'enfoiré. Il se dit : Si j'ai un pays, je serai en sécurité. Et donc, Og trace une ligne dans le sable à l'aide d'un bâton et il décrète : C'est mon pays, de ce bouleau à cette butte et jusqu'au promontoire à côté du pré. C'est mon pays. Et tu sais quoi ? Il se sent plus en sécurité. Il a un pays, merde ! Si seulement il pouvait tirer un feu d'artifice pour fêter l'événement. Mais le bémol, c'est qu'il n'est pas plus en sécurité. En fait, il l'est même moins, Septième. Parce qu'un deuxième singe, Zog, tout près, a lui aussi pris conscience de sa propre mortalité. Cette conscience est un virus, qui se répand comme l'herpès. Alors Zog voit le pays d'Og et se dit : Tiens, il me faut aussi un pays. Ça ne va pas. Alors il trace une ligne dans le sable à l'aide d'un bâton et décrète : C'est mon pays, de ce chêne à ce ruisseau et jusqu'au champ de tournesols en bordure de la vallée. Og voit ce qui se passe et dit : C'est quoi, ce délire ? Je veux le champ de tournesols. Et Zog lui répond : Ben voyons, et quel est le con qui a déclaré que tu pouvais avoir le bouleau ? Maintenant, ils se battent. Maintenant, ils se servent de leurs bâtons pour se taper mutuellement sur leurs petites têtes de singes. Tu comprends comment ça marche, Septième ? Parce qu'ils ont eu peur de se prendre un coup sur la tête, ils se font désormais taper sur la tête. Connards. Maintenant, ils doivent défendre leur pays, comme Miriam qui veut que

Josh défende Israël et comme toi qui veux que je défende cette baraque à crack en ruine. Désolé, vieux. Pas question.

Septième s'arrête devant une chambre où une pile de matelas est entassée contre le mur. Ils sont répugnants et moisis mais ça leur suffira pour la nuit.

Quel jeune étudiant aurait pu occuper cette chambre, étudier dans cette chambre ? se demande Septième en redressant le bureau renversé. *Quels posters aurait-il ou elle scotchés au mur ? Des posters de chanteurs, d'acteurs, d'Onclissime ?*

— Tu vois ces photos de la Terre prises de l'espace ? poursuit Deuxième. Montre-moi une seule nation sur ces photos. Montre-moi une seule frontière. Il n'y en a aucune. Il n'y a que de la terre et de l'eau. C'est tout. Les nations sont des fictions et je ne meurs pas pour une fiction.

— Tu as des ennemis, répond Septième en repoussant les ordures du bout du pied pour former un petit tas, que tu aies un pays ou non.

— Des ennemis ? Tu plaisantes ou quoi ? Qui ? Où ? Ils changent tous les quatre matins. Il y a soixante ans, c'étaient les Russes. Aujourd'hui, les républicains disent que les Russes sont nos amis et que l'ennemi, ce sont les démocrates et les musulmans. Pour les démocrates, l'ennemi, ce sont les Russes et les républicains et les musulmans sont nos amis. Miriam avait peur des Noirs. À l'époque où on s'est rencontrés, elle fermait les portières quand on traversait le Bronx, comme Mudd, tu te souviens ? Treize ans plus tard, tu sais qui s'est produit à la bar-mitsvah de Josh ? Jay-Z, je déconne pas. Elle dit que les juifs et les Noirs ont un objectif commun, que les deux communautés savent ce que c'est qu'être haïs. Avant Trump, elle avait peur des Noirs. Après Trump, elle a peur des Blancs. Maintenant, elle ferme les portières quand on traverse Scarsdale.

Mais Deuxième a disparu.

Septième ne l'entend pas.

Assis à son bureau, un casque sur la tête, il révise avant un exam. De biologie. De maths. D'histoire.

D'histoire cannibale.

Un copain passe la tête par l'entrebâillement de la porte – un Can-Am de Floride, du Michigan ou de Los Angeles – puis lui tape sur l'épaule.

— On boit un coup dans le hall, Sept, dit-il. Tu viens ? Julia sera là.

Julia est une jeune beauté can-am qui lui fait les yeux doux, celle qui lui dira un jour de sécher la fête de l'école parce que la Consommation de Mudd est plus importante. Mais Septième lève les yeux vers l'affiche du Vieux Pays scotchée au-dessus de son bureau.

— Non, dit-il.

Il a du boulot.

Pour son peuple.

*

Père racontait une histoire de John le Fort bien différente de celle de Mudd.

« John, disait Père, était un voyou indécrottable. »

« John, disait Père, a grandi dans un immeuble répugnant de saleté à Brooklyn, affamé, frigorifié et malade. De la bouche de sa mère, il a entendu les récits des abus qu'elle a subis de la part d'Henry Ford. Il a entendu son père raconter son travail épuisant qui lui a valu comme seule récompense d'être chassé de l'usine avec guère plus que sa chemise sur le dos. »

Sur ces points, Mudd et Père n'étaient pas en désaccord. Mais quand Mudd décrivait John comme un noble combattant pour la liberté de son peuple, Père le voyait plutôt comme un sociopathe violent qui se servait de son identité pour légitimer ses actes et tromper ses parents. Lorsqu'il s'était fait prendre en train de martyriser un camarade de classe, il avait raconté à ses parents qu'il s'était défendu car l'autre garçon – deux fois moins grand que lui – le persécutait en raison de son origine can-am.

« Pardon, Père et Mère, avait-il dit. Mais je ne laisserai pas notre peuple se faire maltraiter. »

Ses parents avaient été aux anges.

Lorsqu'il s'était fait prendre en train de chiper dans le tiroir du bureau du professeur les réponses à son contrôle de maths en quatrième, il avait raconté qu'il avait agi ainsi parce que son peuple était désavantagé de façon injuste.

« Les contrôles sont truqués pour défavoriser notre peuple », avait-il dit.

Ses parents avaient été aux anges.

Lorsqu'il s'était fait prendre en compagnie du chef de la mafia du quartier en train de vendre des cigarettes volées au cul d'un semi-remorque, il avait raconté que c'était parce que son peuple avait besoin de cigarettes.

« Quel peuple ? avait demandé son père, qui commençait à soupçonner quelque chose de louche. Les Cannibales ou les Italiens ?

— Tous mes peuples », avait répondu John.

Il avait été à la tête d'un trafic de drogue, de réseaux de prostitution, de cercles de jeux, selon Père. Un malfrat, rien de moins.

« Mais non, avait dit Mudd lorsque Septième l'avait questionnée un peu plus tard à ce sujet. Quand ce sont des Blancs qui font ça, on dit qu'ils investissent. Quand c'est notre peuple, on dit que c'est un crime. »

Le seul autre chapitre de la vie de John sur lequel Mudd et Père étaient du même avis, c'était qu'il était mort sous une pluie de balles. Mais ils divergeaient profondément sur les raisons qui avaient présidé à cette exécution.

« Ils l'ont abattu, disait Mudd, parce qu'ils ne supportaient pas de voir un homme cannibale fort. »

« Ils l'ont abattu, disait Père, parce qu'il avait assassiné deux policiers au cours d'un braquage à main armée. »

Les enfants auraient bien cru la version de Mudd, mais Père était le fils de John.

« Quand il me frappait, disait Père, il prétendait que c'était parce que notre peuple avait besoin de discipline. Quand il giflait ma mère, il disait que c'était parce qu'il tenait les femmes cannibales en haute estime. Quand il nous a abandonnés, il a dit que c'était pour se battre au nom de notre peuple. Ce n'était pas un héros, Septième, mais un salaud. »

Mudd n'y voyait aucune contradiction.

« C'était un salaud, disait-elle. Mais c'était notre salaud. »

*

Après avoir aidé à traîner les matelas jusqu'au hall d'entrée, Septième décide d'aller explorer l'aile Ouest. Il fait nuit maintenant, il dirige le faisceau étroit de sa lampe de poche le long de l'interminable couloir central, passe devant des rangées de ce qui devait être les bureaux de l'administration : classeurs, lampes et svastikas.

Des svastikas, partout : dessinées à la bombe sur les murs, les portes, les fenêtres.

Laisse tomber les toxicos, se dit Septième. *Ou le New Jersey est truffé de nazis, ou les svastikas sont vraiment faciles à peindre.*

Les gens ne sont peut-être pas aussi haineux que les graffitis le laissent supposer.

Ils ne sont peut-être que de piètres artistes.

Plus loin dans le couloir, il arrive devant ce qui devait être la bibliothèque de l'Université. Une grande pièce sublime dont les fenêtres cintrées sont murées, les murs couverts de rayonnages vides.

Une fin, se demande-t-il, *les livres volés ou retirés ? Ou un début différé, les livres toujours en attente ?*

La bibliothèque est remplie d'étudiants, mais ils ne font pratiquement aucun bruit, absorbés qu'ils sont par leur travail. Ils sont assis en silence à de longues tables en chêne, leur ordinateur portable et leur café à portée de main. Julia est parmi eux, sa longue chevelure d'un noir de jais propre aux Cannibales brille à la douce lumière du soleil, sa peau de Cannibale possède cette teinte ambiguë irrésistible – une teinte qui, contrairement à ce que Septième considérait de prime abord comme n'étant pas une couleur particulière, est un mélange de toutes les couleurs, ce qui fait de cette dernière la plus belle couleur de toutes, la couleur du plus grand nombre, la couleur sur la palette de laquelle l'humanité tout entière s'est mélangée depuis la nuit des temps.

Julia lui lance un regard par-dessus son épaule délicate, glisse une mèche de cheveux derrière son oreille et sourit.

Il pose son doigt sur sa bouche - chut ! - et elle sourit encore.

Septième continue d'avancer dans le couloir, au bout duquel il remarque une double porte en bois ouvragée, qui n'est pas sans rappeler celle du grand hall d'entrée. Mais quelque chose l'intrigue dans cette porte, quelque chose en moins et, à mesure qu'il approche, il se rend compte que, selon toute vraisemblance, la porte n'a pas été touchée - ni vandalisée, ni couverte de graffitis, ni même ouverte - depuis des années, voire depuis la construction du bâtiment.

Septième prend les poignées en bronze à pleines mains et tire. Les autres portes du bâtiment sont dégondées ou grincent bruyamment lorsqu'on les ouvre, mais les battants de celle-ci ne font aucun bruit, une nouveauté. Septième entre furtivement, prudemment, dans ce qui se révèle être le théâtre le plus extraordinaire qu'il ait jamais vu de sa vie. De par sa profession, il mène une existence où la culture tient une grande place - lectures, pièces de théâtre, symphonies, premières de films - mais, au cours de toutes ces années, il n'a jamais vu de théâtre d'une telle beauté. En forme de théâtre grec antique, il est aussi haut de plafond que le grand hall, présente les mêmes voûtes et les mêmes fenêtres immenses. En revanche, il est aussi intact que son antique porte : pas de graffitis, ni d'ordures, ni d'aiguilles. Jusqu'à la poussière qui s'est posée partout ailleurs dans l'Université, mais semble ne pas avoir osé envahir le théâtre. Des rangées de fauteuils rouges conduisent à la vaste scène en bois où le spectacle paraît sur le point de commencer. Des projecteurs pendent des cintres, de hautes enceintes tapissent les murs, un podium se dresse au centre de la scène, le micro est encore sur son pied. Septième a beau savoir que les sièges attendent en vain un public qui ne viendra jamais, il entend quand même les rires et les applaudissements qui auraient dû envahir le théâtre, il voit les couples en tenue de soirée s'envoyer des baisers à travers la salle après la représentation et sortir bras dessus, bras dessous. Au spectacle de cette grande saga cannibale, ils ont pu comprendre ce que d'autres peuples partagent depuis longtemps :

Le sentiment d'appartenance.

Septième longe l'allée, grimpe le petit escalier qui mène à la scène, faisant craquer le plancher sous ses pas et prend place, sa place, sur le podium.

Il jette un regard au public.

La salle est pleine.

D'hommes, de femmes, d'enfants.

— Mesdames et messieurs, Cannibales, lance-t-il. Je peux enfin vous dire bonsoir et bienvenue au théâtre cannibalo-américain Ishmael Seltzer... plus d'un siècle après l'arrivée de Julius Seltzer dans ce pays avec guère plus que sa chemise sur le dos.

La foule ne se tient plus de joie.

*

Ce qui séduit Septième chez Montaigne, c'est son mépris des certitudes. Son incertitude catégorique - quant à ses convictions, au monde, à lui-même. Sa volonté d'avoir tort, de ne farouchement pas savoir. Oubliez vos rock stars et vos révolutionnaires. La véritable sédition est le doute de soi. Même si Montaigne procédait à des modifications sur ses *Essais*, il se limitait à des ajouts, il ne supprimait rien. Son ambition était que ses lecteurs perçoivent sa plasticité. Les modifications nourrissaient le fond et n'étaient en rien des conclusions. Il se contredisait lui-même, changeait d'avis, toujours à l'affût, toujours en recherche.

J'aime ces mots qui amollissent et modèrent la témérité de nos propositions : À l'aventure, Aucunement, Quelque, On dit, Je pense *et semblables*, écrivait Montaigne.

Mais, à l'instant, allongé sur un matelas répugnant dans le hall en ruine de l'université de son peuple, Septième veut des certitudes.

Suis-je ceci ou cela ?

Suis-je le dernier ou le premier ?

Suis-je un héros ou un scélérat ?

Septième trouve à ce lieu quelque chose de légitime. Malgré les ordures et le délabrement, le froid et l'obscurité, il en émane une impression de rectitude et de chaleur. Couché là, entouré de sa famille, ses membres rassemblés pour accomplir cet antique rituel, Septième ferme les yeux et sourit, appréciant ce qu'il n'aurait jamais pensé apprécier.

La chaleureuse sécurité, le réconfort, l'étreinte, en quelque sorte, de la boîte dont il avait si longtemps voulu s'enfuir.

*

L'accompagnement est un problème. Les entrées, n'en parlons pas, mais dans tout le corpus de lois cannibales, peu de sujets sont aussi débattus que ceux qui concernent l'accompagnement. Les premiers Cannibales étaient les tenants du corps Consommé seul, sans aucune autre nourriture. Selon eux, introduire un accompagnement faisait de la Consommation un banal repas, destiné à se nourrir et à survivre, en lieu et place d'un rituel de transmutation sacré qui accordait la vie éternelle à ses proches. Malgré la radicalité de cette position, il demeure encore aujourd'hui des Cannibales intimement convaincus que les accompagnements sont interdits, qu'en servir constitue une insulte au défunt, à leur peuple et à leur histoire.

« Pas même une salade ? demandèrent les Anciens.

— Pas même une salade, répondirent les Anciens des Anciens.

— Et une garniture ? demandèrent les Anciens.

— Les garnitures, répondirent les Anciens des Anciens, sont un instrument utilisé par nos oppresseurs pour nous faire manger par la ruse des aliments qui ne sont pas dans nos traditions.

— Par la ruse ? s'étonnèrent les Anciens.

— Ne coupent-ils pas leurs radis de sorte qu'ils ressemblent à des fleurs ? répondirent les Anciens des Anciens. Leurs carottes en forme de serpentins et leurs concombres en forme de roses ?

— En effet, concédèrent les Anciens. Mais dans ce cas, qu'en est-il des petits pains individuels ? Car ils ne ressemblent qu'à eux-mêmes.

— Vous voulez des petits pains individuels, dirent les Anciens des Anciens, alors, prenez-en. »

En dépit de l'immense réconfort que leur supposée constance nous apporte, les traditions subissent des mutations. Ainsi, après que Julius avait Drainé, Purgé et Réparti sa chère Julia, assis à la table qu'il avait partagée avec elle au cours de si nombreuses années, il avait regardé devant lui son assiette qui ne contenait qu'un malheureux bout de viande et il avait pleuré. Après tout, la vie de Julia n'avait été que souffrances. Elle avait subi tant de souillures et de coups dans sa jeunesse que, à la quarantaine, toute sa beauté lui avait été retirée. Sa laideur nouvelle avait réduit le nombre des agressions, mais l'angoisse d'être frappée avait été remplacée par les privations de la Grande Dépression. Jeune, la douleur avait été son fidèle compagnon. La faim l'avait remplacée pour toujours. Personne n'avait été autant éprouvé que les Cannibales et aucun Cannibale n'avait été autant éprouvé que Julia. Si bien que Julius avait décidé que cette assiette dégarnie qui avait hanté Julia toute sa vie ne saurait lui faire plus grande insulte. Il s'était levé, était allé à la cuisine et en avait rapporté quelques tranches de pomme, le fruit préféré de sa femme, et du beurre de cacahuètes, qu'elle aimait étaler sur les tranches de pomme, ainsi qu'une poignée de crackers, son dessert préféré, et il avait mangé sa femme accompagnée de l'ensemble.

Par la suite et durant fort longtemps, cette façon de procéder était devenue la tradition. Aucune Consommation n'était considérée authentique sans quelques tranches de pomme, du beurre de cacahuètes et une poignée de crackers. En faire moins était, à ce qu'on disait, une insulte au défunt, à leur peuple et à leur histoire.

À la mort de Julius, quelques années plus tard, son fils John était déjà un criminel ou un héros célèbre, propriétaire d'une grande maison, de deux voitures et d'un matelas bourré de billets. Ayant vu son père Consommer sa mère avec guère plus que de la pomme et des biscuits en accompagnement, John avait choisi de faire de la Consommation de Julius un festin somptueux, le plus fastueux, le plus éblouissant de tous les festins jamais donnés, à l'intention de tous les Cannibalo-Américains qui souhaitaient y participer (ceux qui déclineraient l'invitation devraient s'expliquer).

Le festin avait duré trois jours et trois nuits. En sus des deux plats débordant de la viande de Julius, on avait servi deux plats de viande de chaque animal vivant sur terre : vache, poulet, cerf, ours, bison et lapin. Les tables croulaient sous les saucisses, les pâtes, les salades, le fromage, le vin, les spiritueux et les desserts. Les gens parleraient de la Consommation de Julius pendant des années. Par conséquent, ce qui était jadis une tradition austère était devenu pour beaucoup une fastueuse affaire laissée aux traiteurs et qui se tenait dans les clubs et les salles de bal parmi les plus distingués du monde. De nos jours encore, certains affirment qu'aucune Consommation n'est parfaite sans un orchestre et un traiteur. Faire moins, disent-ils, est une insulte au défunt, à leur peuple et à leur histoire.

Bien sûr, ce changement n'était pas du goût de tout le monde et surtout de celui du propre fils de John, à savoir Ishmael, qui deviendrait plus tard Onclissime et se désolait de l'évolution d'une tradition sacrée.

« Nous n'avons pas fait que Consommer mon grand-père, disait Onclissime en évoquant la Consommation de Julius, nous avons été consumés par sa Consommation. »

Et donc, quelques années plus tard, lorsque la police avait fini par abattre John en plein braquage de banque ou en train de récupérer l'argent de son peuple, Onclissime l'avait Consommé comme son grand-père avait Consommé sa grand-mère, accompagné d'un simple fruit et d'une bonne part de gâteau. Quelques années plus tard encore, lorsque Onclissime était devenu le guide spirituel de leur peuple, il avait décrété que, hormis le défunt lui-même et quelques pommes, la seule nourriture autorisée lors d'une Consommation serait un seul accompagnement (le préféré du défunt), une portion (rase) par personne, sans boisson (l'eau était autorisée – plate, pas pétillante), à l'exception peut-être d'une tasse de café (chaud, pas glacé), avec une bonne part de gâteau (une seule couche, pas de fourrage, pas de tartes).

En faire davantage serait une insulte au défunt, à leur peuple et à leur histoire, avait déclaré Onclissime.

*

Tôt le lendemain matin, sa vieille haleine givrée, Onclissime réveille Septième.

— Il est temps d'aller en ville nous acheter une scie à main.

Septième se frotte les yeux pour chasser le sommeil et acquiesce.

— D'accord, dit-il.

— Et un barbecue.

— Compris.

— Et des frites.

— Des frites ?

— Avec du ketchup, répond Onclissime car, d'après Troisième, les frites avec du ketchup étaient la garniture préférée de Mudd.

Septième enfile son manteau et son bonnet, réveille Premier et les voilà partis.

— Devinez ce que je m'achèterai en premier quand j'aurai touché ma part ? dit Premier. Une Ford. Je n'en ai pas envie et je me fous du modèle. C'est juste pour l'emmerder. Qu'est-ce que vous en dites ?

Zéro est à l'arrière, heureuse de saisir le moindre prétexte pour fuir l'Université.

— Je trouve ça mesquin, répond-elle.

— Parfait, dit Premier en se garant sur le parking du magasin de bricolage. C'était mon intention.

Étant donné la saison, le choix de barbecues est maigre. Septième jette son dévolu sur le moins cher des modèles à charbon. Il ne souhaite pas faire des économies sur le dos de la Consommation de Mudd, mais il suppose qu'ils ne s'en serviront qu'une fois et se doute que personne ne voudra le rapporter chez lui.

— On prend celui-ci, dit-il au vendeur. Et un sac de charbon.

— Qu'est-ce que vous allez faire griller ? demande le vendeur. Si je peux me permettre.

Septième est envahi par le même malaise. Comment se fait-il que ce plouc en ait quelque chose à faire, de ce qu'ils vont faire cuire ?

— Non, vous ne pouvez pas, répond-il.

— De la viande, dit Premier, pour atténuer l'effet de la mauvaise humeur de Septième. Et des tonnes avec ça.

— C'est un bon coin à gibier par ici, avance le vendeur. Vous avez attrapé du gros, hein ?

— Mon pote, répond Premier, avec une bête de cette taille, c'est plutôt elle qui nous a attrapés.

Le vendeur rit d'un air entendu.

— J'ai pigé, dit-il. Mais vous faites une erreur.

— Ah, bon ? s'étonne Septième. Comment ça ?

— Le monde se divise en deux catégories, commence le vendeur. Les « charbon » et les « gaz ». Les « charbon » détestent les « gaz » et les « gaz » le leur rendent bien. À mon avis, c'est comme ça depuis que le Bon Dieu nous a créés, et pas question de parler à un « gaz » si vous êtes « charbon ». L'été dernier, je suis allé à un barbecue au parc et un mec s'est ramené avec un machin au gaz, ça a failli finir en baston. Et depuis, les types ne se parlent toujours pas à cause de ça. Perso, je suis « charbon » mais je ne juge pas les « gaz ». Certains de mes meilleurs potes sont « gaz », je suis sérieux. Ma femme est « gaz », mes gosses aussi, merde ! Cela dit, le fait est que si vous visez plutôt le goût, il n'y a pas mieux que le charbon, inutile de tortiller. Mais je vais vous dire une chose : si vous avez un gros truc à cuire et que vous visez plutôt la rapidité et la facilité - et je dis ça en tant que « charbon » pur jus -, prenez un gaz.

— Rapidité, dit Premier. C'est effectivement ce qu'on recherche.

Le vendeur les entraîne vers un grand modèle sur pied en inox, un invendu de la saison précédente. Il est entièrement équipé : deux brûleurs annexes, un réchauffeur, un tournebroche électrique et un jeu complet d'ustensiles.

— Ça vous triple la surface de cuisson par rapport à un modèle charbon, ajoute le vendeur, qui offre la bouteille de propane puisque ce n'est pas vraiment la saison des barbecues.

— Il nous faut aussi un couteau, dit Septième.

— Vingt-cinq centimètres, ça vous va ? demande le vendeur.

— Pas pour l'animal qu'on doit découper, répond Premier.

— J'ai un cinquante-cinq centimètres, on s'en sert surtout pour les arbres et les branches.

— On le prend, dit Premier.

— Elle doit se poser là, la bestiole que vous avez chopée, fait remarquer le vendeur.

— Exact, confirme Premier. Un sacré morceau.

Il est 10 heures lorsqu'ils s'arrêtent au guichet du drive-in du Burger King et commandent douze portions de frites. Premier demande du ketchup - une chiée, précise-t-il -, puis ils reprennent le chemin de l'Université.

Premier laisse Septième payer les frites comme il l'a laissé payer le barbecue.

— Qu'est-ce que tu en as à faire ? dit-il. Tu vas bientôt être riche, frérot.

Être bientôt riche n'est pas exactement la même chose qu'être riche et, en pensant à l'argent, Septième a le ventre qui se noue. Il doit toujours un manuscrit à Rosenbloom. Il sort son téléphone de sa poche.

Trouvé un manuscrit qui me plaît, écrit-il à Rosenbloom. *Je reste à la maison aujourd'hui pour approfondir la question.*

Génial, répond Rosenbloom. *C'est le Pakistano-Britannico-Américain-unijambiste-conservateur-fiscalement-démocrate-socialement-transgenre-polygame ? Je le trouvais très prometteur.*

Non, répond Septième. *Un nouveau. Vient de rentrer.*

Il attend quelques secondes.

Cannibalo-Américain, écrit-il.

Il regarde les mots. Il aime leur aspect. Fier. Réfractaire. Sorti de l'ombre. Septième sait qu'il est interdit de révéler son identité cannibale mais il ne la révèle pas à proprement parler.

Que ferait John ?

John appuierait sur « Envoyer ».

Septième appuie sur « Envoyer ».

Il regarde les petits points clignoter sur l'écran, il attend, comme Mudd attendait que Jack Nicholson se manifeste à cette fameuse soirée des oscars. Il attend une validation. Une permission.

De quoi ?

D'exister.

Désopilant, répond Rosenbloom.

Puis il ajoute un *LOL* pour faire comprendre à Septième que c'est de l'humour.

Sherwood à la con, songe Septième.

— Merde ! s'exclame soudain Premier. Les flics !

Septième jette un coup d'œil dans le rétroviseur extérieur. La voiture de police les talonne. Il sent son pouls accélérer.

— Ça fait combien de temps qu'ils sont derrière nous ? demande-t-il.

— Je viens de les remarquer, répond Premier. Merde ! Merde !

— Bon, bon, dit Septième. Continue de rouler.

— Vers où ?

— N'importe où. Sauf vers la maison.

— La maison ? demande Premier.

— L'Université, dit Septième.

La voiture de police actionne son gyrophare.

— Merde ! répète Premier. Il me demande de m'arrêter. Je dois m'arrêter.

— C'est quoi, le problème ? demande Zéro.

— Cette bagnole empeste le cadavre, répond Premier en se rangeant sur le bas-côté. Voilà, le problème.

— Elle sent plutôt la frite, objecte Zéro.

— Elle sent la frite et le cadavre, précise Premier.

— On n'a rien fait de mal, dit Zéro.

— Comme si les flics en avaient quelque chose à foutre, s'énerve Premier.

— Tous les flics ne sont pas des monstres, réplique Zéro.

— Seulement une grande majorité, répond Premier.

Le policier descend de son véhicule et avance lentement vers l'Escalade, la main sur l'étui de son revolver, le regard fixé sur le barbecue qui dépasse de la lunette arrière.

— Bonjour, lance Premier d'un ton trop guilleret. Tout est en ordre ?

Le policier se penche pour le regarder, puis il passe à Septième sur le siège passager. Il porte des lunettes de soleil à verres réfléchissants malgré un ciel plombé par de gros nuages gris qui annoncent la tempête et sa casquette au bord tranchant semble perchée sur son crâne rasé de près comme si elle aussi avait peur de le toucher.

— Permis et papiers du véhicule, dit-il d'un ton catégorique.

Tu es noir ?

Non ?

Juif ?

Non.

Arabe ?

Non.

Premier tend ses papiers au policier.

— Date de naissance ? demande-t-il à Premier.

— Pourquoi vous avez besoin de sa date de naissance ? s'étonne Septième.

Le policier jette un regard à Septième, son visage reste impassible. Premier intervient à nouveau pour atténuer l'agressivité de Septième.

— Il veut savoir si c'est mon anniversaire, dit Premier à Septième en riant. Lâche-le, frangin, il me gâtera sûrement plus que toi.

Il se tourne vers le policier, lui donne sa date de naissance et ajoute :

— Ne m'envoyez pas de fleurs, ça ferait jaser.

Le policier vérifie le permis de conduire et sourit en le rendant à Premier.

— Je me contenterai d'une carte, dit-il.

— Une drôle au moins, répond Premier. Je n'aime pas les cartes trop cuculs.

— J'étais derrière vous en sortant de l'agglomération. J'ai vu le barbecue qui dépassait de la lunette arrière.

— Ouais, explique Premier. Désolé, on a choisi le gros modèle, il a fallu laisser la vitre arrière ouverte pour le faire entrer.

— Un bien bel objet, dit le policier. Perso, je suis « charbon ». N'empêche, je ne supporte pas l'idée de voir un barbecue tout neuf être éjecté de la voiture et exploser dans un virage. J'ai de la corde dans la voiture.

Premier le suit des yeux tandis qu'il retourne à son véhicule.

— Non mais, qu'est-ce qui t'a pris ? demande-t-il à Septième.

— C'est un connard, grommelle Septième.

— Il essaie de nous donner un coup de main, dit Zéro.

Le policier revient avec de la corde qu'il se met en devoir d'attacher au pare-chocs arrière.

— La vache ! s'exclame-t-il tandis qu'il s'affaire. Il y a un truc mort là-dedans ?

— Un sconse, répond Premier en se tournant vers lui. On en a tapé un hier soir en venant.

— Un sconse en cette saison ? s'étonne le policier.

Zéro se retourne pour lui faire face.

— C'est moi qui conduisais, dit-elle. Il s'est jeté sur moi.

Le policier, qui la voit clairement pour la première fois, abaisse ses lunettes.

— On ne peut pas lui en vouloir, fait-il remarquer en lui souriant.

Zéro lui rend son sourire.

Le policier serre bien son nœud, puis il rabat les deux extrémités de la corde à l'intérieur de l'Escalade pour éviter qu'elles traînent sur la route quand ils rouleront.

— Vinaigre blanc, dit-il.

— Vinaigre blanc ? demande Zéro.

— C'est un de mes petits secrets, répond-il. Remplissez-en un vaporisateur de jardin, vaporisez le dessous du véhicule et vous serez débarrassés de cette odeur de sconse en moins de deux.

— Du vinaigre blanc, dit Zéro. Première nouvelle. Merci. On va essayer.

Premier fait un signe de la main au policier dont la voiture s'éloigne, puis il remonte sur la chaussée.

— C'était sympa de sa part, dit Zéro. Tu vois, Septième ? Il faut parfois faire confiance aux gens.

— Tu as vingt ans, lui répond-il.

Ils croisent le pick-up vu la veille.

— Et alors ? demande Zéro.

— Et alors, ferme-la ! dit Septième.

*

— Purger en ville aurait été plus simple, explique Onclissime. À Brooklyn, les gens ne font pas attention à un sac rempli d'organes humains. On jette les poumons dans une benne, le colon dans une autre. Personne ne voit rien et, si d'aventure quelqu'un voit quelque chose, il n'en a cure. Qu'est-ce qu'un côlon de plus dans Bushwick ? On pourrait abandonner un utérus sur un trottoir de Brownsville que personne ne s'arrêterait pour le regarder. Certes, il y a la puanteur, mais c'en est une parmi d'autres. En revanche, dans le New Jersey, c'est moins aisé. Les habitants des banlieues résidentielles ne manquent pas de remarquer si quelqu'un jette quelque chose dans leur poubelle. Et ils n'apprécient pas. Voilà le vrai visage du capitalisme américain tant vanté : les gens ne voient aucun inconvénient à ce que, poussé par la faim, un individu soit contraint de se nourrir du contenu de leur poubelle. En revanche, jetez-y quelque chose et c'est la guerre. En zone rurale, la seule solution consiste à disperser les entrailles dans les bois mais, de nos jours, les coyotes sont rares. Il faut plutôt compter sur les oiseaux de proie et les ratons laveurs pour faire le travail or, compte tenu de la taille des organes de Mudd, cela prendrait beaucoup trop de temps et nous risquerions d'être démasqués. Il va donc falloir les prendre avec nous.

— Prendre quoi ? demande Premier.

— Les entrailles, répond Onclissime.

— Les emporter ?

— Nous les mettrons dans des sacs, précise Onclissime, et nous les rapporterons en ville. Nous nous en débarrasserons dans le Bronx.

— C'est bourré d'animaux là-bas, dit Dixième.

Onclissime prend le Couteau de la Rédemption, ferme les yeux, et le lève.

— À présent, dit-il, il est temps de Purger.

Il ordonne à Dixième de retirer la poubelle remplie de sang qui se trouve sous le corps de Mudd, en faisant bien attention à ne pas en renverser une goutte.

— Les Anciens, raconte Onclissime, étaient persuadés que, si le corps était Consommé dans les règles, le sang se changeait en vin, indiquant ainsi que la Consommation était réussie, et il était courant de partager le sang entre les membres de la famille afin qu'ils festoient une fois les Victuailles terminées.

— Qu'ils festoient ? s'étonnent Zéro. Qui sommes-nous ?

Onclissime pose la pointe du Couteau de la Rédemption au centre du pubis de Mudd, ferme les yeux puis, d'une voix forte qui résonne dans le grand hall, il déclare :

— Puissent les organes qui jadis te maintenaient en vie être libérés !

Trois incisions et deux minutes plus tard, tout est terminé. Septième est troublé de constater avec quelle rapidité le corps humain peut être vidé de ses organes vitaux, avec quelle rapidité nous nous disloquons, nous nous défaisons. Il regarde la masse de viscères gluants répandus sur le sol sous la carcasse évidée de Mudd. Il a l'impression que Dieu a trébuché en sortant de la pièce où étaient rangées les différentes parties du corps pour aller dans son atelier et que les parties de Mudd qu'il transportait sont tombées par terre.

— Merde ! marmonna Dieu.

— La règle des cinq secondes, lui dit son assistant en se baissant pour les ramasser. Vous êtes sauvé.

Septième se propose pour accomplir la tâche rebutante qui consiste à mettre les entrailles de Mudd dans des sacs. Personne n'a envie de le faire et il préfère participer plutôt que regarder. Il veut prendre part. Quatrième, Cinquième et Neuvième, hommes de sciences plus habitués aux viscères que les autres, proposent de l'aider.

— Pour être honnête, dit Neuvième tout en s'activant, j'ai été assez surpris qu'elle ait un cœur.

— Personnellement, c'est l'utérus qui m'a surpris, répond Quatrième.

— Ça suffit, dit sèchement Septième.

Carol ne répond toujours pas à ses textos et il hésite à l'appeler pour lui révéler qui il est et lui expliquer de quoi il s'occupe en ce moment. Dans le même temps, Rosenbloom ne peut même pas concevoir l'histoire de son peuple autrement que comme une blague. Les flics qui les arrêtent, les pick-up qui les coursent dans toute la ville. Est-ce trop demander à ses propres frères de considérer avec un tant soit peu de respect le rituel le plus important de leur peuple ?

— Il est remarquable, note Neuvième en considérant les entrailles à ses pieds, que le mécanisme de l'homme et celui de l'animal soient à ce point similaire. Étant donné la haute estime dans laquelle nous nous tenons, en disséquant un chien ou un rat, on pourrait s'attendre à un schéma totalement différent, totalement étranger au nôtre. Mais pas du tout. À quelques différences près, nous sommes semblables.

Quatrième acquiesce.

— Entre humains, les variations sont encore plus minimes. On est pratiquement identiques et pourtant on se déteste cordialement. Au premier cours de l'année, je dis à mes étudiants : imaginez un champ de bataille, une guerre, les attentats du 11 Septembre. Puis, retirez tout ce qui est externe - les vêtements, les insignes, les armes -, déshabillez tout le monde jusqu'aux os et alors, le tragique devient affreusement comique : une bande de squelettes dégingandés et brinquebalants rigoureusement identiques, impossibles à distinguer les uns des autres, qui se tapent mutuellement sur la tête à l'aide d'un bâton en affirmant leur supériorité. Connards. La nature nous dit qu'on est tous semblables, merde !

Mais Septième n'est pas d'accord.

— Et si elle nous disait le contraire ?

— Le contraire ? s'étonne Quatrième.

— Le contraire, confirme Septième. Et si la nature avait conçu nos corps identiques pour nous prouver que le corps n'a pas d'importance - que seul compte l'esprit ? Que dans la forme - en os et en structure -, nous sommes similaires et que, par conséquent, la forme est insignifiante. Ce qui nous définit n'est pas la forme mais le fond - l'esprit, le moi -, et c'est en cela que nous sommes différents. Ni pire, ni meilleurs, juste... différents.

— Mais on n'est pas différents, réplique Cinquième. Toutes nos connaissances sur le cerveau pointent des similitudes et non des différences. Gay, hétéro, noir, blanc, occidental, oriental, ancien, moderne - notre circuit émotionnel est le même.

On désire les mêmes choses, on a besoin des mêmes choses, on a peur des mêmes choses.

Ce que Mudd appelait la vanité bien-pensante de ses fils commence à agacer Septième.

« Ils ne pensent pas un truc parce qu'ils le pensent, affirmait-elle, mais parce qu'ils veulent que les autres pensent qu'ils le pensent. »

— Mais penchez-vous sur l'Histoire, dit Septième. On ne peut pas remettre l'Histoire en question. On a commencé en Afrique et on est partis dans des directions différentes, on s'est éloignés les uns des autres. Pour être seuls, pour être avec les nôtres.

— Mais tu te trompes sur l'Histoire, rétorque Quatrième avec une arrogance qui donne à Septième envie de le gifler. Tu t'arrêtes aux premiers chapitres. On en est au milieu, plus éloignés de notre point de départ mais, à mesure que les jours passent, de plus en plus proches de la résolution, de la fin - et cette fin est l'unicité. On ne s'éloigne pas les uns des autres. En réalité, on se rapproche les uns des autres, on se mélange, on devient un. Voilà la direction vers laquelle tend la vie, Septième. Voilà ce vers quoi les choses évoluent. Mes gosses ne voient pas la couleur...

— C'est des conneries ! le coupe Septième avec une rage qui les fait tous sursauter. Bien sûr que si, ils la voient. On la voit tous. Les zèbres voient les lions quelle que soit la prétendue ouverture d'esprit des zèbres et les lions tuent les zèbres. La vie d'un zèbre ne compte pas, pas pour un lion, et si les zèbres avaient la capacité de rire, ils le feraient chaque fois qu'un lion se fait tirer dans le cul par un braconnier. Les Noirs se soucient de la vie des Noirs, les Blancs de la vie des Blancs. C'est ainsi que va le monde. Et personne n'en a strictement rien à foutre de nos vies.

Sur ce, il ferme le sac en le nouant et s'en va.

— On croirait entendre Mudd, crie Quatrième dans son dos.

Il faut bien que quelqu'un s'y colle, songe Septième.

*

« Est-il déjà arrivé que le sang provenant de Victuailles se change en vin ? demandèrent les Anciens.

— Non, répondirent les Anciens des Anciens.

— Alors, pourquoi continuons-nous à Répartir le sang entre nous ? demandèrent les Anciens.

— Afin que la tradition perdure et que notre peuple reste vrai, répondirent les Anciens des Anciens.

— Afin que ce qui est faux nous rende vrais ? demandèrent les Anciens.

— Dans le mille, Émile ! » répondirent les Anciens des Anciens.

*

Ils décident d'installer le barbecue dans la cour carrelée à l'arrière du bâtiment. Les joints sont envahis par les herbes et le dallage s'effrite, mais il reste un petit coin à peu près plat et, plus important encore, à l'abri des regards.

Septième termine de brancher la bouteille de gaz quand Deuxième vient le trouver.

— Je peux te parler une seconde ?

— Il faut que je prépare le barbecue, répond Septième.

— Je sais que... J'aurais dû t'en parler plus tôt, commence Deuxième. Mais pour être franc, je ne pensais pas que tout ça irait aussi loin, tu vois ? Je pensais qu'on viendrait ici, qu'on parlerait un peu de Mudd, qu'on rirait, qu'on pleurerait, qu'on se rendrait compte que cette idée était folle et qu'on rentrerait. Et que ça s'arrêterait là.

— Et ?

— Et voilà où on en est.

— Et alors ?

Deuxième pousse un profond soupir et fourre ses mains dans ses poches.

— Je mange casher, répond-il.

— Hein ?

— Je mange casher.

— Tu manges casher ?

— Je ne peux pas faire ça. Je ne peux pas la manger. Je suis juif.

— Non, tu n'es pas juif, Deuxième.

— Si.

— Tu es marié à une juive, ça ne fait pas de toi un juif.

— Je me suis converti, dit Deuxième. Circoncis et tout le toutim. Je suis juif.

— Je m'en fous, dit Septième.

— Quoi ?

— Je m'en fous. Je me fous que tu sois Abraham, Moïse ou Jésus-Christ. Tu la manges.

— Je ne peux pas.

— Tu as mangé Tata Hazel.

— Je n'étais pas juif à l'époque, Septième. Je n'étais qu'un gosse. J'ai donné ma part à Troisième.

— Ce n'est qu'une bouchée, dit Septième en essayant de garder son sang-froid. Tu n'auras qu'à la vomir après. C'est ce que Neuvième va faire. Personne n'en saura rien.

— Cette viande ne peut pas passer mes lèvres, répond Deuxième. Je n'ai même pas le droit de me trouver dans la même pièce. C'est enfreindre mon contrat avec Dieu. Désolé, je ne peux pas le faire.

— Où est ton bonnet ?

— Tu veux dire, ma kippa ? Tous les juifs ne portent pas de kippa.

— Ça ne fait pas partie de ton contrat avec Dieu ?

— On vit dans une société intolérante, Septième, et je pense que m'identifier ouvertement à un juif en portant la kippa peut nuire à ma carrière. Notre peuple souffre de cette haine depuis des siècles.

— Quel peuple ?

— Les deux.

— Tu vas bouffer cette viande, Deuxième !

— Non.

— Oh, que si. Tel que je vois les choses, deux choix s'offrent à toi. Ou tu manges cette bouchée de viande, cette malheureuse bouchée de viande, et crois-moi, ton Dieu fermera les yeux sur cette infraction, ou tu retournes dans le grand hall annoncer à Premier et aux autres que tu fous en l'air leurs chances de toucher un demi-million de dollars chacun parce que tu as un contrat avec Dieu - qui, soit dit en passant, n'est pas franchement un contrat puisque tu peux t'asseoir dessus quand il s'agit de l'avancement de ta carrière.

Deuxième lui décoche un regard noir mais ne trouve rien à rétorquer.

— Alors, c'est ça, hein ? finit-il par dire. Pour toi, ce n'est qu'une question d'argent ?

— Il ne s'agit pas d'argent mais de notre peuple.

— Je t'emmerde, Septième, lâche Deuxième en tournant les talons. Depuis quand en as-tu quelque chose à cirer de notre peuple ?

Bonne question, songe Septième.

*

— Dans leur grande et inestimable sagesse, explique Onclissime, les Anciens ont conçu les Victuailles non dans un but unique. À première vue, les quatre étapes du rite étaient destinées à préparer le corps à la Consommation, à être Consommé. Mais, à un autre niveau, sans doute plus important, le rite devait préparer la famille à Consommer.

Il se place à côté des restes du corps suspendu de Mudd et les Seltzer viennent se poster autour de lui.

— Au décès de nos proches, dit-il, il est naturel de les imaginer dans la mort tels qu'ils étaient dans la vie : comme des corps, des individus, des êtres humains. L'idée de devoir les Consommer est révoltante. C'est pourquoi la première chose que les Anciens nous apprennent, c'est à suspendre le corps, comme s'il s'agissait d'un cerf ou d'une vache, et à le Drainer de son sang. Sur le plan physique, c'est l'étape la plus simple. En revanche, sur le plan émotionnel, c'est la plus difficile, car non seulement le défunt ressemble encore à la personne dont nous faisons le deuil, mais c'est aussi le moment où nous nous rendons compte pour la première fois que, comme lui, nous ne sommes que des corps, des réceptacles. Que nous pouvons être pleins, puis vides. Que nous ne sommes guère plus qu'une machine semblable à n'importe quelle autre machine. Puis nous passons à l'étape de la Purge, au cours de laquelle nous franchissons avec le défunt un nouveau stade de notre transition, c'est-à-dire que nous lui retirons ses organes vitaux. Le moteur, le carburateur, le filtre. Nous nous débarrassons de ce qui nous donnait la vie et, lorsque nous avons fini, nous comprenons que nous ne sommes que des coquilles vides - un châssis, une ossature. Puis, nous passons à la troisième étape, la Répartition, celle que nous nous apprêtons à aborder, la dernière phase avant la Consommation. Il s'agit de la boucherie à proprement parler. Au cours de cette étape, nous détaillons le corps en différents morceaux comme du bœuf. Nous retirons la peau. Nous séparons - le gîte des côtes, la bavette de la rouelle. Mais d'une certaine façon, nous nous séparons - des morts, des proches. Ce ne sont plus les êtres humains d'avant, et notre lien physique et spirituel avec eux est rompu. Notre deuil a alors un but - il ne se limite plus uniquement à la tristesse. Ce deuil nous permet d'avancer. Le vide dans nos âmes demeurera mais il sera vite comblé au cours de la Consommation.

Sur ces belles paroles, Onclissime commence à écorcher leur mère.

Les Seltzer se détournent aussitôt. Certains ferment les yeux. D'autres se bouchent les oreilles, se refusant à entendre ce qui se déroule dans leur dos, évitant ainsi de le visualiser.

Il ne faut pas plus de dix minutes aux mains expertes d'Onclissime pour écorcher et Répartir leur mère. Lorsque les frères se retournent, la chaîne au bout de laquelle Mudd était suspendue pendouille du plafond, vide. Sur le sol, à son aplomb, Onclissime a disposé les différents morceaux de viande qui jadis constituaient leur mère.

Effectivement, selon la prédiction des Anciens, Septième ressent avec acuité la perte de sa mère, pour la première fois depuis le moment où son cœur s'est arrêté et son esprit a quitté son enveloppe.

Le docteur Isaacson n'avait jamais manqué une séance : qu'il pleuve, qu'il vente, que le World Trade Center s'effondre après un attentat, il était toujours là. Il n'avait annulé un rendez-vous qu'une seule fois - le jour du décès de sa mère.

Septième se rappelle l'avoir vu quelques jours à peine après les obsèques.

« Que Dieu vous bénisse », avait plaisanté le docteur Isaacson.

Il ne souhaitait la mort de personne, bien sûr, mais il était convaincu que le monde de Septième s'ouvrirait et que la plupart de ses pensées négatives disparaîtraient à la mort de Mudd.

Mais ce n'est pas ce qui se produit. Pour Septième, lever les yeux sur cette chaîne équivaut à lever les yeux sur la chaîne de leur peuple que Mudd n'avait cessé d'évoquer – vide, vaincue et couverte de sang.

Combien pèse le bonheur d'un individu au regard de traditions vieilles d'un millénaire ?

Il voit soudain les parois noircies du Melting-Pot d'Henry Ford l'enserrer. Son peuple se presse autour de lui, personne ne peut bouger, s'échapper. On allume le feu sous le pot et tous hurlent de douleur. Septième s'avance vers eux pour les réconforter avec ces mots : « Ne craignez rien car notre chaîne ne sera jamais brisée. »

— Pas bon, dit Onclissime.

— Pas bon ? demande Septième.

Debout à côté de lui, les mains sur les hanches, Onclissime considère les morceaux de viande.

— Pas bon, répète Onclissime.

— Qu'est-ce qui n'est pas bon ? interroge Premier.

— La couleur de la viande. Ce qui aurait dû être rouge foncé a viré par endroits à un gris sinistre. Et à d'autres, c'est encore pire, la viande a pris une teinte verte répugnante.

— Ça pose un problème de la manger ? s'enquiert Septième.

Onclissime tortille sa barbe.

— Aucun, finit-il par répondre. Elle est bonne.

— On va être malades ? s'inquiète Septième. Je veux dire, si elle est mauvaise… ?

— J'en ai mangé de pire, répond Onclissime dont le visage se voile d'une immense tristesse.

Septième regrette aussitôt sa question. Il sait qu'Onclissime songe à son propre père, John le Fort, dont il avait Consommé seul les vingt kilos de viande avariée, comme le leur avait raconté Mudd.

« Et vous vous plaignez de manger une petite Tata Hazel », avait-elle dit.

*

Selon la version de Père, au moment de sa mort, John le Fort était recherché dans dix-sept États pour des crimes allant de l'extorsion de fonds au racket en passant par l'agression à main armée.

« Savez-vous qui d'autre était recherché au moment de sa mort ? avait demandé Mudd à ses fils. Jésus-Christ !

— Jésus n'a jamais agressé personne avec une arme, avait corrigé Quatrième. Il prêchait la paix et la fraternité. »

Mudd lui avait donné une taloche sur la tête du revers de la main.

« Ne vous avisez pas de croire ces bien-pensants qui veulent nous faire gober que le Christ est John Lennon. Jésus était un combattant. C'était un guerrier. Et vous savez comment je le sais ? Parce qu'ils l'ont tué, voilà pourquoi. Ils tuent tous ceux qui rendent coup pour coup. »

Sa voix tremblait lorsqu'elle abordait la partie la plus douloureuse de l'histoire de John le Fort : sa terrible profanation commise par la police.

« Ils ont emmené à la morgue son pauvre corps criblé de balles. Pour l'examiner, prétendaient-ils. Pour découvrir les causes de la mort. Ils lui avaient tiré cinq balles à bout portant dans la figure et ils voulaient connaître les causes de sa mort !

— Tu as dit qu'ils lui avaient tiré neuf fois dans la poitrine », avait fait remarquer Quatrième.

Mudd lui avait donné une taloche sur la tête du revers de la main.

« Qu'est-ce que tu ne piges pas dans "une pluie de balles" ? avait-elle demandé. Ils l'avaient transporté à la morgue parce qu'ils voulaient qu'il se gâte ! Qu'il pourrisse ! Qu'il devienne impossible à Consommer par votre oncle. Mais ils ne connaissaient pas Onclissime, oh, ça non ! Il avait la force de John, le courage de Julius et la grandeur d'âme de Julia, il avait tout réuni ! Et donc, votre oncle s'est rendu à la morgue où il est resté deux jours et deux nuits jusqu'à ce que la police lui rende le corps de son père. Il l'a transporté ici même, dans cette maison, et bien qu'il se soit déjà passé plusieurs jours depuis son décès et même si son corps dénaturé avait déjà entamé sa décomposition et dégageait une odeur pestilentielle, Onclissime l'a Drainé, Purgé et Réparti. Et, ensuite, écoutez bien, mes enfants, il l'a Consommé. Un morceau avarié après l'autre, il a Consommé son père jusqu'à ce que, le lendemain, il soit tellement malade qu'il a dû être transporté d'urgence à l'hôpital. Il n'avait, paraît-il, aucune chance de survie, mais c'était Onclissime, quand même ! Le médecin qui était au courant de ce que votre oncle avait accompli, c'est-à-dire manger cette quantité de viande, sachant qu'elle était immangeable, sachant qu'elle pouvait le tuer, lui a demandé :

— Vous avez perdu un pari ?

— Non, a répondu votre oncle, un doux sourire sur son visage. J'ai gagné une guerre. »

*

« Est-il permis de manger de la viande avariée ? demandèrent les Anciens.

— Ce n'est pas seulement permis, répondirent les Anciens des Anciens, c'est souvent obligatoire.

— Mais n'est-il pas interdit d'ôter sciemment sa propre vie ? demandèrent les Anciens. Comment se fait-il alors que quelqu'un Consomme sciemment de la viande toxique ?

— Celui qui ne meurt pas pour son peuple ne mérite pas de vivre, répondirent les Anciens des Anciens.

— La vache ! »

*

Au fil du temps, les Cannibales ont élaboré différentes théories afin d'élucider les raisons pour lesquelles la pestilence dégagée par une mère en train de cuire était aussi ignoble, mais n'en ont jamais arrêté de définitive. Ce serait trop simple d'incriminer l'âge - à savoir, l'odeur infecte des mères serait à mettre sur le compte de leur vieillesse –, puisque la pestilence de mères jeunes est aussi intolérable que celle de mères plus âgées (même si les premières sont savoureuses).

À une époque moins ouverte que la nôtre, certains ont posé comme postulat que leur remugle serait lié à leur apparence. Autrement dit, les mères laides sentiraient plus mauvais que les jolies. Mais une simple constatation met cette théorie à bas : pour toute mère ravissante mise à cuire, la puanteur est assez ignoble pour obliger ses propres enfants à s'enfuir.

Au tournant du siècle, Onclissime, qui avait procédé à plus de Victuailles au cours de sa vie que n'importe qui d'autre auparavant, a avancé une hypothèse plus spirituelle. Les jeunes enfants ne dégagent pratiquement aucune odeur, faisait-il remarquer. On peut se trouver juste à côté du barbecue et ignorer que quelqu'un rôtit à l'intérieur. La terrible infection qu'exhalent les mères est peut-être celle de la culpabilité, de l'égoïsme, du narcissisme - du péché, à vrai dire - qui s'échappent du corps en brûlant. Ce qui expliquerait aussi que les jeunes ne dégagent pratiquement aucune odeur puisqu'ils sont sans défaut.

Sur Twitter, le monde can-am s'était déchaîné. L'idée d'Onclissime avait provoqué l'indignation des femmes qui avaient exigé qu'il soit censuré.

Parce qu'on sait toutes que les hommes sont si purs, avait écrit l'une d'elles, se faisant la porte-parole d'un grand nombre. *#Conneries.*

Onclissime avait eu beau nier et prétendre que ses paroles avaient été sorties de leur contexte, personne ne l'avait écouté. Finalement, il avait été contraint de présenter des excuses sur les réseaux sociaux pour avoir tenu ces propos. Dans un post envoyé au peu de Cannibales qui restaient dans le monde, il avait affirmé que, de tous les hommes et femmes, jeunes comme vieux, il était le pire des pécheurs, que lui seul avait autant d'ignominie à brûler.

Sur un brasier, aucune mère ne sentira aussi mauvais que moi, avait-il conclu.

*

Lorsque le barbecue atteint enfin la température de deux cent soixante degrés, Onclissime sort dans la cour pour lancer la cuisson.

La pestilence est instantanée, elle n'est pas sans rappeler aux connaisseurs des zones de guerre ce mélange de pneus qui brûlent et d'égouts à ciel ouvert. Tout le monde se réfugie à l'intérieur mais Septième reste pour regarder Onclissime travailler. De temps à autre, ce dernier retire un morceau de viande, en coupe un petit bout, le met dans sa bouche, secoue la tête et le repose sur la grille. Septième frémit à l'idée que la viande qu'Onclissime goûte est celle de sa mère, mais le vieillard minuscule en haut-de-forme argenté retourne la viande, la goûte, puis la repose avec tant de grâce et de détermination que la répulsion de Septième cède le pas à l'admiration. Il imagine Onclissime faire ces mêmes gestes pour John le Fort, John le Fort pour Julius le Brave, Julius le Brave pour Julia l'Angoissée.

— Onclissime ? demande-t-il. Les fenêtres de la bibliothèque ont-elles toujours été murées ? Y avait-il des vitres à l'origine qui ont été scellées ou bien les briques sont-elles là depuis le début et il n'y a jamais eu de verre ?

— Elles ont toujours été murées, répond Onclissime.

— Pour que les étrangers ne voient pas à l'intérieur ?

— Pour que les étudiants ne voient pas à l'extérieur.

— Mais une éducation complète implique de connaître le monde qui nous entoure, objecte Septième.

— Et tu as eu une de ces éducations complètes ?

— Oui.

— Et tu connais le monde qui t'entoure ?

— Oui, répond Septième.

— Alors, dis-moi, Cinquième. En quoi cela a-t-il aidé ton peuple ?

Onclissime se tourne à nouveau vers le barbecue.

— Je suis Septième, corrige Septième.

— C'est ce que je dis, affirme Onclissime.

Il retire le dernier morceau de viande de la grille, rabat le couvercle et éteint le gaz. Il a l'air épuisé, ses yeux sont rougis par la fumée et son teint, affreusement pâle.

— Nous sommes prêts, dit-il.

*

Dans le même état de délabrement que le reste du bâtiment, la gigantesque salle à manger de l'Université a cependant gardé de sa superbe et convient donc parfaitement à une culture comme la leur où manger occupe une place centrale. La moquette rouge foncé, aujourd'hui toute mitée et moisie, est assortie aux rideaux de même couleur qui encadrent les hautes fenêtres. Des dizaines de chaises, rouge foncé également, sont empilées dans un coin. Il ne reste que deux tables sur le nombre impressionnant qui devait jadis remplir la pièce, mais elles suffisent. Les frères tirent les tables au centre de la pièce et les disposent bout à bout. Septième place des chaises de chaque côté, plus une à chaque extrémité pour Onclissime et Zéro.

— Elle n'a pas le droit de s'attabler avec nous, dit Premier à Septième, inquiet qu'Onclissime saute sur n'importe quelle infraction aux règles pour retenir leur héritage. Elle ne fait pas partie de la Consommation.

— Elle fait partie de la famille, répond Septième.

— Ce n'est pas suffisant comme punition ? demande Premier.

Septième souhaite que Zéro assiste à la cérémonie. La dernière femme cannibalo-américaine devrait au moins être témoin de la dernière Consommation.

De son côté, Zéro n'a pas envie d'assister à quoi que ce soit et se serait bien passée de toute cette horreur mais elle ne veut pas s'éloigner de Troisième.

Quatrième et Cinquième étendent une vieille nappe sale sur les tables, Neuvième dresse le couvert avec les assiettes en carton et les fourchettes en plastique et Onzième et Douzième calent les lampes de poche de façon à ce qu'ils soient éclairés.

— Comment ça marche exactement ? demande Onzième à Septième tandis qu'ils procèdent aux préparatifs.

— Oui, renchérit Douzième. Comment ça marche exactement ?

— Je ne sais pas, répond Septième.

— Qui commence ? demande Deuxième. Parce que je ne veux pas être le premier.

— Moi non plus, dit Premier.

— On devrait le faire tous en même temps, propose Huitième.

— Ça me paraît juste, dit Cinquième. Victuailles Impérativement Absorbées Nulle Dérogation Ensemble - il suffit qu'on se mette d'accord pour la manger ensemble.

— Une bouchée, précise Premier. On peut le faire.

— Et demie, corrige Neuvième.

Troisième est déjà à table, fourchette et couteau en mains, serviette rentrée dans le col de son T-shirt, comme un enfant attendant son goûter.

— Je vais devenir Mudd ! s'exclame-t-il.

Zéro se force à sourire.

— Mais, oui, dit-elle.

— Et Sixième !

— Bientôt, dit-elle.

Onclissime pénètre dans la pièce, un plat de frites réchauffées couvertes de ketchup dans une main et, dans l'autre, un plateau en métal croulant sous la viande de Mudd cuite à point.

— Jésus, murmure Deuxième. Jésus, Jésus, Jésus.

Onclissime dépose les plats sur la table avec une grande révérence.

— C'est parti, dit Premier qui frise la crise d'hyperventilation. C'est parti, mon kiki.

Onzième prend la main de Douzième.

— On peut y arriver, dit Onzième.

— On peut y arriver, répète Douzième.

Dixième inspire et expire énergiquement comme s'il se préparait à soulever un poids énorme.

Septième trouve à Onclissime l'air plus fatigué encore qu'un peu plus tôt dans la cour. Il le regarde se laisser tomber sur sa chaise de cette façon délibérément lente propre aux personnes âgées, comme s'il était en verre, comme si s'asseoir trop rapidement pouvait amener ses os à se briser, son corps à se casser en mille morceaux. Septième s'inquiète en voyant qu'il a désormais des gestes précautionneux, mais la journée a été interminable, entre la cuisson et la préparation, et puis Onclissime n'est plus un jeune homme. Même pour un Victuailliste chevronné, le travail est long et éprouvant.

Onclissime tortille sa barbe quelques instants.

— Oui, oui, dit-il. Hum, hum. Nous arrivons enfin à la Consommation. La dernière étape des Victuailles. Nous avons Drainé, nous avons Purgé et nous avons Réparti. Nous avons pleuré l'être humain que nous connaissions jadis et, grâce aux trois premières étapes, nous sommes parvenus à accepter qu'il ait disparu. Mais en nous demeure un manque. Une absence intérieure.

Il grimace de douleur.

— Onclissime ? s'inquiète Septième.

— Guérir de cette absence, poursuit Onclissime, est le véritable objectif de la Consommation. Car, en Consommant nos proches, non seulement nous leur donnons la vie éternelle en leur fournissant une enveloppe physique qui leur permet de vivre pour toujours, mais nous comblons aussi le trou qu'ils ont laissé dans nos âmes en les faisant entrer en nous. Et maintenant, vos assiettes.

Les frères prennent leur assiette et se placent en file indienne derrière sa chaise. Chacun à son tour se présente et Onclissime lui donne une petite portion de frites ainsi que le morceau de viande qui lui a été Réparti.

Les frères regagnent leur place en silence.

Quatrième baisse les yeux sur l'épaisse tranche de langue dans son assiette.

— Je n'y arriverai pas.

— Ce n'est que de la viande, dit Premier.

— Ce n'est pas de la viande, c'est Maman, rétorque Quatrième.

Le teint blême, Neuvième lève les yeux de son morceau de jambe et se tourne vers Onzième. Elle est verdâtre.

— C'est quoi ? lui demande-t-il.

— L'utérus, répond-elle.

— La vache ! dit Cinquième en regardant le morceau de cœur marronnasse dans son assiette. La vache !

— On peut y arriver, dit Douzième.

— Je ne sais pas, dit Onzième.

— Docteur Zion, lui dit Douzième. N'oublie pas Zion.

Onzième prend la main de sa sœur.

— Zion, répète-t-elle.

Dans des cas comme celui-ci, il est courant que, en l'absence de Répartition de la part du défunt, le Victuailliste choisisse n'importe quel morceau à son goût dans ce qui reste de viande non Répartie. Onclissime a choisi le foie de Mudd parce que, dit-il, à l'instar du foie, Mudd a passé sa vie à libérer son peuple des toxines de l'Amérique.

Il coupe un petit bout de viande rosâtre dans son assiette, le pique avec sa fourchette, puis le lève.

— Que les Cannibales vivent pour l'éternité, lance-t-il, mais sur un ton si lugubre, si plein de remords que Septième lève les yeux de son assiette.

Onclissime poursuit d'une voix où perce le fiel :

— Mais à cause de vous, bande de connards, Mudd ne continuera pas à vivre.

Les Seltzer sont perplexes.

— Ça va bien, Onclissime ? demande Septième.

— Aucun d'entre nous ne continuera à vivre ! crie Onclissime. Ni Mudd, ni moi, ni vous !

— Je le savais, dit Premier. Je savais qu'il allait nous sortir une connerie de dernière minute.

— On a fait quelque chose de mal, Onclissime ? demande Dixième.

— On a suivi toutes les étapes, dit Deuxième.

Mais Onclissime les ignore.

— Il y a quelques années à peine, nous commémorions le centième anniversaire du jour où notre ancêtre Julius avait été plongé dans le Melting-Pot de cet enfoiré d'Henry Ford. Ce jour-là, j'étais venu voir votre mère, le saviez-vous ? On s'est installés dans la cour à l'arrière de la maison. « Il y a cent ans, notre histoire commençait », lui ai-je dit. Votre mère s'est mise à pleurer. Elle a pleuré, puis elle m'a répondu : « C'est exact, mais combien de temps va-t-elle durer ? »

Il abat son poing sur la table.

— Vous à cette table étiez notre dernier espoir ! Grâce à vous, une nouvelle nation de Cannibales aurait dû émerger ! Vous auriez continué, vous auriez épousé des femmes cannibales, vous auriez eu des enfants cannibales et fait entrer une nouvelle génération de notre peuple dans le monde !

Il s'appuie sur la table pour se relever, ses bras maigres tremblent sous l'effort.

— Onclissime, tente d'intervenir Septième. Faites attention...

— MAIS VOUS NE L'AVEZ PAS FAIT ! hurle Onclissime, les yeux rouges et agrandis par la fureur. Vous n'en avez fait qu'à votre tête ! À la poursuite de vos rêves, de votre bonheur, de votre « liberté » ! Et maintenant qu'aucune nouvelle génération ne viendra de vous, il ne restera plus personne pour vous Consommer. Vous n'avez rien accompli sinon la mortalité. Vous avez veillé à votre propre destruction et à celle de votre peuple. VOUS NE CONTINUEREZ PAS À VIVRE ! NI MUDD NI VOTRE PEUPLE !

— Onclissime, dit Septième, doucement...

Désorienté, Troisième se tourne vers Zéro.

— Mudd ne va pas continuer à vivre ? demande-t-il.

Zéro ne sait pas quoi lui répondre. Elle est tiraillée entre deux inquiétudes, l'une pour Troisième et l'autre pour Onclissime qui s'est mis à transpirer.

— Mudd vivra en moi ! crie Troisième à Onclissime. Je suis Mudd ! Mudd est moi !

Épuisé et incapable de rester debout, Onclissime se laisse retomber sur sa chaise.

— Pour l'instant, répond-il à Troisième d'un filet de voix. Pour quelques années, oui. Elle continuera de vivre. Mais s'il ne se trouve personne pour te Consommer, elle mourra en même temps que toi.

— Mudd vivra, insiste Troisième. Sixième vivra !

Onclissime n'a pas la force de discuter avec lui et se contente de dire à tous :

— Commencez.

Septième prend sa fourchette et son couteau. Il inspire profondément et coupe dans son assiette un petit morceau de peau de la taille d'une bouchée et demie.

Les autres font de même.

— Onclissime, y a-t-il un ordre ? demande Septième. Doit-on suivre un ordre ?

Mais Onclissime, qui a désormais la tête entre les mains, ne répond pas.

Septième considère le lambeau de peau au bout de sa fourchette. Celui-ci est souple mais les bords sont craquants comme la peau d'un poulet cuit au barbecue, même si la couleur tend vers une teinte grisâtre. Il essaie de se convaincre que c'est du poulet mais cela ne marche pas.

C'est Mudd.

À quelle partie du corps appartient ce bout de peau ? Au sein qui l'a nourri ? À la main qui l'a frappé ? Au bras dont il avait espéré l'étreinte pendant tant d'années ?

Il s'est détourné trop vite.

D'elle, de leur peuple.

Mudd avait raison. Il a sauté dans ce pot où Julius avait été traîné de force. Peut-être a-t-il été trop impatient de partir. Peut-être l'ont-ils tous été ? Et pour quoi ? Pour devenir de la viande, comme le lui a dit Premier ?

J'aurais peut-être dû rester avec les Cannibales que je connaissais. Au moins, ils ont une raison de manger...

Septième approche sa fourchette de sa bouche.

La viande tremblote, elle pue.

Quel imbécile j'ai été ! Cent ans après Julius, voilà où il en est – toujours en train d'essayer de se fondre. Toujours persuadé qu'il reste quelque chose dans lequel se fondre.

« Se fondre, aime à dire Rosenbloom, est très daté XIXᵉ siècle. »

« *Ex uno multi,* cite-t-il aussi. À partir d'un, plusieurs. Beaucoup de peuples, de murs, d'identités, de nations d'un mètre de côté qui s'opposent, vivent côte à côte mais à des kilomètres de distance, se préparent à la guerre, la Guerre des mille nations, la Bataille de tout le monde, le Grand Holocauste du lien. »

Et alors que tous se ruent pour réclamer leur carré, Septième se dresse, seul, comme un crétin, en se demandant où sont passés tous ceux qui se sont fondus.

Henry Ford, Mister Melting-Pot, était un nazi – pas un nazi au sens où il était mauvais, non, un nazi nazi. Il avait été décoré par le parti nazi. Les nazis lisaient ses livres. Hitler était son héros et il était celui d'Hitler.

Melting-Pots, fours.

La différence est minime.

Pense-bête : lorsqu'un nazi dresse un pot géant et allume un feu dessous, ne pas grimper dedans.

Il ferme les yeux et dépose Mudd dans sa bouche, ses lèvres se referment sur elle, et il est empli – de Mudd, de tous ceux qu'elle a Consommés, de tous ceux qu'eux ont Consommés et de tous ceux qu'ils ont Consommés avant eux, de Julius et de Julia, de tous ceux qui ont été battus et violés, de ceux qui ont été emprisonnés et réduits en esclavage, et le goût est abominable, c'est le goût le plus abominable qu'il ait jamais connu car il transporte leur sang et leurs larmes, leurs espoirs et leurs rêves, leur douleur et leur tristesse.

Septième avale.

Et ils deviennent lui.

Et il devient eux.

Et Septième pleure.

*

Septième déteste le jour des grands-parents, ce jour où l'école ouvre ses portes et ses classes aux grands-mères et grands-pères débordant de fierté pour leur permettre de découvrir l'enseignement inculqué à leurs frétillants petits-enfants. Septième déteste la plupart des réjouissances scolaires mais le jour des grands-parents lui est particulièrement pénible.

« Papa ? lui a demandé Reese lors du dernier jour des grands-parents. Pourquoi je ne connais pas ta maman ?

— Parce qu'elle est décédée, a-t-il répondu.

— Mais quand elle était vivante, a insisté Reese.

— Elle est morte avant ta naissance, a répondu Septième.

— Oh. Mais pourquoi Maman ne l'a pas connue ?

— Ma mère vivait très loin. Dans son pays natal.

— Lequel ?

— Le Brésil, a répondu Septième en choisissant à dessein un pays au nom exotique dans l'espoir de dissuader Reese de vouloir y aller.

— Maman m'a dit que tu venais du Guatemala.

— Mon père était originaire du Guatemala, mais ma mère était brésilienne.

— Tu m'as dit qu'elle était dominicaine.

— Elle était dominicaine, a répondu Septième. Dominico-brésilienne.

— Alors, je suis quoi ? » a demandé Reese.

Septième a souri, il l'a soulevée pour l'asseoir sur ses genoux et l'a serrée contre lui.

« Tu es toi, mon cœur. C'est tout ce qui compte. »

*

Neuvième est en train de s'étouffer. Son visage prend une teinte cramoisie, il porte sa main à sa bouche.

— Ne fais pas ça, l'avertit Premier.

Mais Neuvième secoue la tête, il est de plus en plus rouge.

— Oh, mon Dieu, grogne-t-il avec une expression de dégoût infini.

Il se lève, recule pour s'écarter de la table et trébuche, renversant sa chaise au passage.

— Oh, mon Dieu, répète-t-il. Oh, mon Dieu…

Mais il est trop tard. Est-ce parce qu'il est végane ou est-ce l'émotion, à moins que ce ne soit un mélange des deux, toujours est-il que le corps de Neuvième rejette catégoriquement sa bouchée et demie. Son visage se tord dans une grimace, il se plie en deux, pousse un rugissement et régurgite le morceau de viande qu'il s'est forcé à avaler avec une telle violence que tous regardent avec effroi le bout de barbaque fuser vers le plafond, décrire un arc au-dessus de leurs têtes avant d'atteindre son point culminant et de retomber au centre de la table avec un *ploc* écœurant.

L'espace d'une seconde, personne ne parle. Personne ne bouge.

— Ça compte, éructe Neuvième en tentant de reprendre sa respiration.

C'est alors que tout part en sucette.

— Ça ne compte pas, dit Deuxième, qui vient juste de piétiner son contrat avec Dieu en avalant une bouchée et demie d'un pied de Mudd.

— Ça compte !

— Comment ça peut compter ?

— Ça compte, insiste Neuvième. Je l'ai mangée, ça compte, merde !

— Ça ne compte pas, dit Deuxième. Septième, ça compte, oui ou non ?

— Bien sûr que ça compte ! s'écrie Premier, dont la seule préoccupation est que, en théorie, ils aient mangé ce que, en théorie, ils étaient censés manger et qu'ils touchent enfin leur argent.

— Onclissime, ça compte ? demande Neuvième, sollicitant son autorité. Ça compte, n'est-ce pas ? Onclissime ?

Mais Onclissime passe un sale quart d'heure. Il parvient à se lever en se tenant la gorge des deux mains. Il a manifestement des difficultés à respirer.

— Onclissime ? s'inquiète Septième. Onclissime, ça va ?

Avec une grimace, Onclissime se plie de douleur. Son chapeau tombe par terre et lui avec. Il atterrit sur le couvre-chef avec un craquement sinistre.

— Onclissime ! crie Septième.

Les Seltzer se précipitent à ses côtés – tous sauf Neuvième dont le corps continue de rejeter violemment sa mère et Troisième qui, toujours assis à la table désertée, regarde dans le vide en enfournant un morceau après l'autre du corps de sa mère.

— Mudd vivra, dit-il à la cantonade en mastiquant. Sixième vivra. Julius vivra. Tout le monde vivra...

*

Les frères transportent Onclissime dans le hall principal et l'allongent délicatement sur son matelas. Il est conscient mais souffre terriblement, son front est inondé de sueur et il se tient le ventre. Tous se rassemblent autour de lui comme la veille autour de Mudd.

Cinquième penche pour une intoxication alimentaire.

— Sauf qu'Onclissime n'a pas mangé de viande de Mudd, dit-il. Et même s'il l'a fait, les symptômes n'apparaîtraient pas aussi vite.

— Il en a mangé plus tôt, précise Septième.

— De la viande ? demande Huitième.

Septième acquiesce.

— Quand il la cuisait, dit-il.

— Alors, c'est probablement la viande, conclut Cinquième.

— Donc, on va tous être malades ? s'inquiète Onzième.

— C'est possible, répond Cinquième. Mais Onclissime est vieux et les personnes âgées sont plus sensibles à ce genre de choses, leur corps a plus de mal à réagir. On devrait l'emmener à l'hôpital, ajoute-t-il. Il a besoin d'être soigné.

Onclissime est couché en position fœtale. Il a les yeux fermés. Neuvième s'accroupit à côté de lui.

— J'ai mangé cette viande, Onclissime, vous m'avez vu le faire. J'ai mangé cette merde. Je l'ai mise dans ma bouche et je l'ai avalée. Ce qui veut dire que je l'ai mangée, Onclissime, ça compte.

— C'est des conneries, s'insurge Deuxième.

En moins de deux, tous les Seltzer sont en train de crier, de se disputer, de se pousser, de se bousculer. Huitième et Dixième sont du même avis que Deuxième ; Quatrième et Cinquième se rangent au côté de Neuvième ; aidés de Zéro, Onzième et Douzième tentent de calmer Troisième qui s'énerve contre Septième, lui-même en train d'empêcher Dixième d'attaquer Neuvième. Une bagarre générale distraite par un bruit métallique puissant qui les fait s'arrêter et se retourner pour découvrir Premier en train de taper sur le couvercle de la poubelle avec le Couteau de la Rédemption.

— Mes frères, dit-il calmement après avoir obtenu leur attention. Ça compte. Tu l'as mise dans ta bouche, Neuvième. Tu l'as avalée. Tu as donc mangé. On l'a tous fait. C'est fini. C'en est fini. Avec ça, avec Mudd, avec tout le tremblement.

Il jette au sol le couteau qui tombe en carillonnant telle la cloche indiquant la fin d'un combat de boxe.

— On en a fini, dit-il.

Ils mettent un instant à digérer sa déclaration. À mesure que cela se produit, l'expression qui se dessine sur le visage de ses frères n'est pas sans rappeler à Septième celle d'otages sur le point d'être libérés après des mois de captivité : ce scepticisme teinté de méfiance lorsqu'ils sortent de leur cellule, cette perplexité qui se mue rapidement en certitude, les étreintes, les larmes. C'est aussi ce que les Seltzer ressentent à présent – certains ont été prisonniers de Mudd, d'autres de leur passé. Que ce soit parce qu'ils voulaient Consommer Mudd et l'ont fait ou bien parce qu'ils ne le voulaient pas et sont fous de joie que ce soit terminé, en tout cas, tous se réjouissent. Certains rient, d'autres pleurent et d'autres rient et pleurent en même temps.

Septième les regarde et prend une décision.

Il leur dira.

Il le dira à Reese.

À Carol.

Il leur dira qui il est.

Qui ils sont.

Il leur racontera leur histoire et, ainsi, leur histoire se perpétuera.

— Maintenant, dit Premier, cassons-nous d'ici.

Quatrième se porte volontaire pour déposer Onclissime aux urgences en chemin. Il aurait préféré le conduire dans un hôpital new-yorkais mais Cinquième soutient qu'Onclissime a un besoin urgent de soins et l'hôpital du coin fera l'affaire.

Deuxième et Huitième acceptent de répandre le sang de leur mère dans les bois, une tâche répugnante, et Neuvième d'emporter le sac d'organes pour s'en débarrasser à son cabinet vétérinaire où personne ne remarquera leur présence au milieu des déchets biomédicaux qu'ils jettent tous les jours. Tous s'apprêtent à se mettre en route quand ils entendent la voix d'Onclissime, certes faible, mais inflexible, dans le grand hall gagné par l'obscurité.

— Nous devons... finir, dit-il.

La fratrie se retourne, surprise de le trouver conscient. Septième s'accroupit à côté de lui et lui prend la main.

— Tout va bien, Onclissime. Essayez de vous reposer. On va vous emmener à l'hôpital. C'est Quatrième qui s'en charge.

— Nous devons finir, répète-t-il.

— On a fini, dit Septième.

— C'est terminé, renchérit Premier.

Onclissime secoue la tête.

— Non.

— Onclissime, intervient Neuvième, ne commencez pas. J'ai avalé ma bouchée, on est tous d'accord pour dire que ça équivaut à manger.

— On a tous pris notre bouchée, Onclissime, insiste Septième.

— Finir... dit Onclissime.

— On a tous mangé notre bouchée, Onclissime, répète Septième. Après quoi, vous vous êtes évanoui. Vous vous rappelez ? On a mangé et ensuite, vous êtes tombé dans les pommes. Vous êtes malade, Onclissime, on va vous emmener à l'hôpital.

— Bouchée ? demande Onclissime en se redressant en position assise. Quelle bouchée ?

— Des bouchées de Mudd, répond Huitième. Comme vous nous l'avez enseigné : *Une bouchée et demie et cela suffit, que ce soit ta sœur, ton père ou même ta mère.*

Tordu de douleur, Onclissime secoue la tête.

— Je ne vous ai jamais enseigné un truc pareil !

— Quand on était petits, explique Huitième. Au sous-sol. *Une bouchée et demie et cela suffit...*

— C'est *Une demie et une bouchée*, bande d'abrutis ! aboie Onclissime. *Une demie et une bouchée et cela suffit, que ce soit ta sœur, ton père ou même ta mère*. Et non une bouchée et demie.

— Une demie et une bouchée ? s'insurge Premier. De quoi vous parlez au juste ?

— Une demie, confirme Onclissime.

— Une demie de quoi ?

— Une demie d'elle, répond Onclissime. Et une bouchée.

— Une demie de Mudd ? s'inquiète Deuxième.

— Vous voulez qu'on mange la moitié d'elle ? s'offusque Premier. Vous êtes dingue ou quoi ?

— Ce n'est pas ce que vous nous avez enseigné ! Ce n'est pas ce que vous nous avez enseigné ! martèle Huitième.

— La moitié de Mudd ? s'inquiète Onzième. Onclissime, elle pesait deux cent vingt-cinq kilos. Et vous voulez qu'on en mange cent dix kilos ?

— Divisé par douze, précise Onclissime.

Premier sort son téléphone de sa poche d'un geste brusque.

— Dis, Siri, combien font cent dix kilos divisés par douze ? demande-t-il ?

— J'ai trouvé ce que vous cherchez, répond Siri. Cent dix kilos divisés par douze font un peu plus de neuf kilos.

— Neuf kilos de viande chacun, répète Premier. Pas question. Allez vous faire foutre.

Onclissime a le visage ravagé par la douleur. Il transpire abondamment et pourtant il grelotte.

— Les Anciens demandèrent combien nous devions en Consommer, dit-il d'une voix faible. Une majorité, répondirent les Anciens des Anciens... Qu'est-ce qu'une majorité ? demandèrent les Anciens... La moitié du défunt plus une bouchée, répondirent les Anciens des Anciens... La moitié plus une bouchée... *Une demie et une bouchée et cela suffit, que ce soit ta sœur, ton père ou même ta mère.*

— Onclissime, la viande est... la viande est avariée, intervient Septième. On ne peut pas en manger. Tout le monde est malade, Onclissime - vous, moi, nous tous. La viande est avariée.

Onclissime attrape Septième par le revers de son manteau.

— Si nous mangions de la viande uniquement quand elle est bonne, grogne-t-il, nous ne mangerions jamais.

Septième lève les yeux sur Premier, qui bout de colère. Il pointe le doigt vers Onclissime, prêt à fulminer.

— Écoutez-moi bien ! commence Premier, quand quelqu'un frappe vigoureusement à la porte d'entrée.

BAM ! BAM ! BAM !

Tout le monde se fige.

— Qui ça peut être ? chuchote Dixième.

Les coups redoublent, insistants, sonores.

BAM ! BAM ! BAM !

— C'est ce connard de flic, chuchote Premier. Je parie que c'est ce connard de flic.

— Le pick-up, dit Septième. Ce sont les mecs du pick-up.

— Je t'avais dit que je n'aimais pas ce coin, s'emporte Dixième contre Septième. Je te l'avais dit !

— Chut ! siffle Septième. Silence !

Un nouveau coup est frappé.

— Ouvrez ! crie la personne derrière la porte. Je sais que vous êtes là ! OUVREZ !

*

« Aime ton prochain comme toi-même, disait souvent Père, qui s'ingéniait à faire de ses enfants des individus gentils et confiants quand Mudd s'ingéniait à les rendre fiers et craintifs. Malgré ce que la Bible a causé d'ennuis au monde, et Dieu sait si elle en a causé, on ne peut la rejeter entièrement, en raison de ce verset. Ce verset peut tous nous sauver.

— Parce qu'on s'aimera tous les uns les autres ? » avait demandé Septième.

Père avait secoué la tête. Il n'interprétait pas ce précepte de la même façon que les autres, à savoir comme le simple rappel qu'on se devait d'aimer son prochain autant que soi-même. Les guides religieux étaient trop bêtes et trop arrogants pour comprendre la véritable exhortation : aimer son prochain comme soi-même.

« Comme » était synonyme de « quand ».

Quand tu t'aimes, n'oublie pas d'aimer ton prochain.

« Parce qu'à partir du moment où on commence à s'aimer soi-même, disait Père à Septième, c'est alors qu'on commence à haïr les autres. »

*

La tradition que les enfants Seltzer détestaient le plus était : Coups sonores et insistants frappés à la porte en pleine nuit. Cette tradition, respectée le jour du Souvenir, était censée commémorer ces Coups sonores et insistants frappés à la porte en pleine nuit dont l'histoire cannibale était hantée.

« Toute l'histoire du peuple cannibale, disait Onclissime, peut se résumer à une série de Coups sonores et insistants frappés à la porte en pleine nuit. Au Vieux Pays, on frappait des Coups sonores et insistants à nos portes en pleine nuit et au Nouveau Monde, *idem*. On a frappé à nos portes en pleine nuit à Detroit et à Brooklyn. Quel que soit l'événement qui s'est produit le jour du Souvenir, quel que soit l'endroit où il s'est produit, je peux vous garantir que tout a commencé par des Coups sonores et insistants frappés à des portes en pleine nuit. Quand Ford venait trouver Julia, il frappait des Coups sonores et insistants à sa porte en pleine nuit. Quand les policiers sont venus m'annoncer la mort de mon père, ils ont frappé des Coups sonores et insistants à ma porte en pleine nuit. Qu'ils viennent avec des fourches, des torches, des armes ou des insignes, les enfants, ils frappent des Coups sonores et insistants à nos portes en pleine nuit. »

Pour commémorer cette abomination, la tradition voulait que, le jour du Souvenir, les Cannibales se rendent furtivement chez les uns et les autres, frappent des Coups sonores et insistants aux portes d'entrée avant de s'enfuir et, ce, toute la nuit. Fidèle à son intention de départ, la tradition avait pour conséquence de faire très peur aux enfants qui, tirés de leur sommeil, couraient se réfugier dans la chambre de leurs parents en hurlant. Pour couronner le tout, aucun Cannibale n'était d'accord sur la date du jour du Souvenir. Certains prétendaient qu'il avait lieu en été et d'autres en hiver, en mars ou en février, si bien que toute l'année, sans préavis ni raison particulière, à n'importe quelle heure de n'importe quelle nuit, quelqu'un se faufilait jusqu'à une porte et commençait à frapper des Coups sonores et insistants. Les enfants étaient sur les nerfs.

« Fort bien, disait Onclissime. Vous devriez en prendre de la graine. »

Et donc, ce soir-là, en allant voir qui frappe à la porte de l'Université, Septième est fou de rage. Car il ne s'agit pas simplement de Coups sonores et insistants frappés à la porte. Mais d'énièmes Coups sonores et insistants frappés à une énième porte cannibale.

Et il en a assez.

« Et ils nous traitent de sauvages », entend-il Mudd lui dire aussi distinctement que si elle se trouvait à son côté.

Septième prend une profonde inspiration et ouvre la porte, les mâchoires serrées, le visage de marbre. Il s'attend à trouver la police, les pick-up, les fourches et les torches.

Ce qu'il découvre est une petite femme pincée entre deux âges, les bras croisés sur la poitrine avec colère, un air mauvais sur son visage fermé.

— Qu'est-ce que vous faites là ? demande-t-elle en essayant de glisser un œil dans le grand hall derrière Septième. Qui êtes-vous ?

Il faut parfois combattre la dégueulasserie par la dégueulasserie.

— Qu'est-ce que *vous* faites là ? demande Septième qui fulmine. Vous êtes qui au juste ?

— Vous devez partir, dit-elle.

— Non, c'est vous qui devez partir.

— Qu'est-ce que vous fabriquez, vous brûlez des pneus ? demande-t-elle. Ça pue. Je sens l'odeur jusque chez moi. Vous n'avez pas le droit d'être ici.

— *Vous* n'avez pas le droit d'être ici ! hurle Septième.

Il la regarde tressaillir avec plaisir, il se réjouit de sa peur. La femme se mue en tous ces individus qui ont un jour martyrisé son peuple, tous les Sherwood à la con, tous les Kowalski de merde.

— Nous sommes chez nous, dit-il. Chez nous, vous entendez !

Premier le rejoint et pose sa main sur son épaule, dans l'espoir de calmer la situation. Mais Septième le repousse.

Même ça, songe-t-il. *Même ça, ils ne veulent pas qu'on l'ait ! Même ça, il faut qu'ils nous le retirent ! Un bâtiment en ruine perdu dans les bois, et même ça, ils veulent le posséder !*

« Tu te trompes, entend-il Mudd lui murmurer à l'oreille. Ils n'en veulent pas. Ils se refusent simplement à ce qu'on l'ait, tu comprends ? Ils ne veulent pas qu'on l'ait. On entre dans le pot ou on en sort – tu comprends maintenant ? Tu comprends ? »

— Ce bâtiment est abandonné, dit la femme en essayant à nouveau de glisser un œil derrière lui. Qu'est-ce que vous faites là-dedans ?

Septième a envie de lui fracasser le visage. Il a envie de lui couper sa petite tête sèche à l'aide du Couteau de la Rédemption, de laisser pourrir son corps à même le sol, à l'endroit où elle se trouve, sans sépulture, sans être mangée, damnée.

— On est des Cannibales. On est venus manger notre défunte mère.

Le visage de la femme se décompose et, pour le plus grand plaisir de Septième, elle recule.

— Nom de Dieu, marmonne Premier derrière Septième. Qu'est-ce que tu fabriques ?

— On a eu une dure journée, dit Septième à la femme, entre l'éviscération et la découpe. Mais elle est entièrement cuite à présent, aussi vous voudrez bien m'excuser, c'est l'heure du dîner.

— Vous êtes malade, lâche la femme en resserrant son manteau autour d'elle avant de reculer davantage. Malade !

— Non, non, la détrompe Septième, c'est mon oncle qui est malade. Un problème de digestion. Elle est restée dehors un peu trop longtemps. Je trouve que la viande bio a une durée de vie plus longue, pas vous ? Il va s'en sortir, ne vous en faites pas, mais on va devoir manger davantage de notre vieille maman que prévu.

— J'appelle la police.

— Ne partez pas, la supplie Septième. On adorerait vous avoir au dessert.

Mudd rit.

— Vous êtes complètement dérangé, dit-elle en dévalant l'escalier. Aimez votre prochain – vous connaissez ? Aimez votre prochain !

Je l'aimerai, songe Septième en claquant la porte.

Dès qu'il m'aimera.

*

Et puis, il ne faut pas oublier les « Naissances miraculeuses », le cliché le plus agaçant des pas-si-grands romans machin-américains. Il s'agit d'une technique narrative ancienne, employée par nombre d'auteurs depuis la rédaction de l'Ancien Testament. Vieilles femmes enceintes, enfants nés d'une vierge – d'Isaac à Jésus, tant de fondateurs de tant de courants sont nés par miracle qu'on pourrait croire que personne ne naissait de façon naturelle à l'époque. Cependant, au cours des siècles derniers, mettre le miracle au service d'une intrigue est tombé en désuétude. Aujourd'hui, les auteurs spécialisés dans le mythe et l'identité ont recours désormais aux « Valeureuses Naissances » – naissance en temps de guerre, naissance sous occupation étrangère, naissance dans un canot de sauvetage. À croire que le miracle d'une naissance ordinaire n'est pas assez miraculeux pour eux. Ils supposent qu'une naissance ordinaire est l'affaire de gens ordinaires. Premier était né le poing tendu, avait dit Mudd à Septième.

« Son poing est sorti en premier. Déjà en colère, toujours en colère. »

L'accouchement avait été épouvantable. Comme il naissait le bras tendu, son épaule était restée coincée au niveau du pelvis de Mudd. Les médecins avaient tenté de lui faire plier le bras mais il était trop en colère, il avait trop de force. Ils avaient essayé toutes les méthodes possibles pour le faire pivoter, mais il avait fait obstruction. Au bout du compte, ils avaient découpé le périnée de Mudd pour parvenir à l'extraire, un acte douloureux dont elle ne s'était jamais vraiment remise.

« Et il n'a jamais cessé de m'emmerder depuis », avait-elle ajouté.

La naissance de Deuxième avait été plus ordinaire, à un bémol près. De façon tragique, l'infirmière qui l'avait langé était une femme juive obèse du nom de Lipschitz que Deuxième avait prise pour sa mère. Il avait enfoui son visage entre ses seins et s'était mis à hurler quand on avait voulu l'en déloger.

« Et depuis, il n'a eu de cesse de courir après ces Sherwood à la con », avait dit Mudd.

Quant à Troisième, sa mise au monde avait été la plus gore de toutes dans la mesure où il avait émergé du ventre de Mudd avec la taille d'un adolescent au sortir du collège. Mudd était entrée en salle de travail au début du mois de septembre et Troisième n'était apparu en totalité qu'à la fin octobre. Au terme de l'accouchement, Mudd était labourée, son jardin intime piétiné et Humphrey ne lui avait plus jamais trouvé d'attrait sexuel. Troisième ne comprenait rien à « l'attrait sexuel » (ni, plus généralement, aux querelles domestiques dont elle lui imputait la responsabilité), mais il avait pleuré en entendant le récit de sa naissance et promis à Mudd qu'il ne lui ferait plus jamais de mal.

En entrant dans ce bas monde, Quatrième faisait déjà des phrases complètes et, avant même que son visage soit débarrassé du liquide amniotique, il savait lire et écrire à un niveau universitaire. La sage-femme avait coupé son cordon ombilical, l'avait langé, puis l'avait pris dans ses bras. Après avoir jeté un coup d'œil à son badge, Quatrième lui avait dit distinctement : « Chère Mme Wilson, que vous ai-je fait pour mériter que vous me fassiez entrer de force dans le cloaque nauséabond de l'existence ? Si vous étiez assez aimable pour me réintroduire dans le ventre dont je suis sorti, je vous en serais éternellement reconnaissant. »

La sage-femme, une Anglaise adorable, avait tendu le nourrisson à l'obstétricien et s'était évanouie sur-le-champ, se cassant le bras dans sa chute. Elle avait pris un mois de congé, décidé que le métier de sage-femme était trop stressant et s'était lancée dans la poterie.

« Elle m'a collé un procès au cul pour son bras cassé, avait dit Mudd. Sale rosbif. »

La naissance de Cinquième n'avait rien eu d'exceptionnel, sauf que le premier mot prononcé par le futur psychiatre avait été « Pardon ». Il avait un an à l'époque, Mudd le tenait sur ses genoux pour lui donner son biberon quand la tétine lui avait échappé et du lait chaud et blanc avait éclaboussé le corsage de sa mère. Bien qu'il n'ait encore jamais parlé, il avait levé les yeux sur elle, s'était excusé, puis s'était demandé à voix haute si le lait blanc qui dégouttait dans son décolleté indiquait qu'inconsciemment il désirait faire l'amour avec elle. Mudd lui avait donné une taloche sur la tête.

« Arrête de faire l'idiot », avait-elle dit.

Comme de juste, Sixième était né parfait. Il s'était présenté le jour prévu par les médecins, à l'heure exacte à laquelle Mudd espérait son arrivée, sans qu'elle ressente la moindre douleur ou soit confrontée à une quelconque difficulté. L'accouchement s'était déroulé sans effusion de sang ni cri ni poing dressé. Une seconde après sa naissance, il avait pris des mains de la sage-femme le linge avec lequel elle comptait le débarbouiller pour essuyer délicatement l'entrejambe de Mudd et l'avait remerciée de l'avoir porté les neuf mois précédents avec un tel altruisme. Au spectacle de cet enfant aimant, les infirmières avaient pleuré et déclaré qu'il surpassait tous les frères qui l'avaient précédé.

Huitième s'était présenté porteur d'un exemplaire écorné du *Guide* et, bien que Mudd ait été victime d'insomnies durant quelques mois, le temps que cicatrisent les coupures occasionnées par le papier dans les zones les plus fragiles de son anatomie, elle n'avait jamais été aussi fière de sa vie.

« Comment un livre a-t-il pu pénétrer dans ton utérus ? avait demandé Premier.

— Ne fais pas l'idiot, avait-elle dit. Ce n'était pas une édition cartonnée. »

Neuvième était né craintif, un trait de caractère que Mudd avait attribué à son homosexualité latente. La sage-femme avait eu beau tirer tant et plus, Neuvième refusait de sortir.

« C'est maintenant qu'il fait son coming out, avait-elle soupiré quand il lui avait révélé sa préférence pour les hommes. J'aurais dû laisser ce fils de pute à l'intérieur. »

À sa naissance, Dixième était un homme, des muscles partout et du poil au pubis, un tatouage can-am sur l'épaule et une barbe de trois jours. Il était sorti en roulant des mécaniques et avait failli lui déchirer le périnée une deuxième fois. Onzième et Douzième étaient nés en se disputant, chacun tirant l'autre par la cheville pour être le premier à entrer dans le monde. D'après Mudd, cela s'expliquait par le bonheur que l'on ressentait à naître cannibale, le meilleur peuple du monde. De leur côté, Onzième et Douzième prétendaient qu'ils n'essayaient pas de sortir mais, au contraire, de rester à l'intérieur : ils avaient le sentiment de ne pas habiter le bon corps et pressentaient un défaut de fabrication.

Mudd n'avait aucun souvenir de la naissance de Zéro.

Mais celle de Septième, disait-elle, avait été la plus miraculeuse de toutes. Car en le mettant au monde, Mudd était morte.

« Tu es morte ? avait demandé le jeune Septième.

— Morte pendant que j'accouchais », avait-elle répondu.

Son cœur s'était arrêté et elle avait cessé de respirer. Les médecins et les infirmières avaient poussé leurs cris professionnels, pressé les boutons d'alerte et posé un masque à oxygène sur son visage, mais en vain.

« Mais toi, avait-elle dit à Septième, tu ne voulais pas que je meure. »

Après s'être accouché lui-même sans l'aide du ventre de Mudd et avoir coupé son propre cordon ombilical, Septième avait rampé sur sa mère, lui avait retiré son masque à oxygène, avait posé sa bouche sur la sienne et lui avait fait du bouche-à-bouche. Mudd avait toussé, crachoté et s'était remise à respirer.

« À l'époque, tu m'as sauvée, lui avait-elle dit lorsqu'elle lui avait fait le récit de sa venue au monde. Et je sais qu'un jour, tu nous sauveras tous. »

Elle racontait une version différente de sa naissance à chaque enfant et, dans chaque version, l'enfant était le héros de l'histoire, celui qui était le plus prometteur, le plus doué alors que les autres ne lui apportaient que douleur et tristesse. Voilà pourquoi Septième détestait le cliché des Naissances miraculeuses. Parce que c'était de la fiction, mais pas uniquement de la fiction. C'était un prologue, c'était le destin, le premier chapitre de la narration à laquelle elle l'avait condamné. C'étaient les fondations de la prison dans laquelle il était né. C'était le mensonge qui le liait à son autel.

« C'est ton histoire », disait-elle.

C'est ce que tu vas devenir.

Voilà qui te hait et voilà qui tu haïras.

Fin de l'histoire.

Du choix, de la liberté, de la volonté, des possibles.

Fin.

Merde !

*

À moins que ce soit ça, se demande Septième :

Dans leur grande et inestimable sagesse, les Anciens ont conçu les Victuailles dans plusieurs buts. Pas seulement pour préparer le corps à être Consommé et pas seulement pour préparer la famille à être des Consommateurs, mais pour inciter les proches du défunt, petit à petit et par la ruse, à commettre des actes qu'ils n'auraient jamais commis avant cela.

Pour les amener vers l'impensable, l'inimaginable, le grotesque.

C'est ainsi que leur première requête a été d'exiger qu'ils réalisent quelque chose qui n'était pas une action – une non-action. N'appelez pas la police. Simple. Pas de couteaux, pas de sang, pas de courage. Contentez-vous de ne pas faire ce que vous pensez devoir faire. C'est ici que tout commence. C'est de cette façon qu'ils vous lancent. Non par l'action mais par l'inaction. Par un simple assentiment. À partir de là, mon enfant, est-ce vraiment franchir un si grand cap que de Drainer ? Si tu n'appelles pas la police, tu devrais la maintenir en bon état, non ? L'empêcher de gonfler, d'éclater ? Aucune décision importante n'est encore prise – choisir l'accompagnement, se décider pour le propane ou le charbon. De la simple maintenance, rien de plus. Tu n'as qu'à la pendre et la Drainer – c'est le moins que tu puisses faire. Tu y réfléchis, tu pèses le pour et le contre, tu en débats. Et soudain, sans faire grand-chose, franchement, tu te mets à Purger. Et, alors que tu n'aurais jamais envisagé de t'y soumettre deux étapes plus tôt, tu trouves ça presque… raisonnable. Après tout, la différence est mince avec le Drainage ; les organes pourraient la corrompre, propager des bactéries. Tu ne veux pas la Purger – tu n'es pas un de ces ignobles Cannibales – mais il convient de terminer ce qu'on a entrepris. Alors, tu le fais. Une incision, *zip*, et c'est terminé. Elle est Purgée. Voilà, elle n'est plus du tout une femme, plus un être humain – juste un gros morceau de barbaque que tu pourrais voir chez le boucher. Et soudain, c'est le moment de procéder à la Répartition. Bon, si, trois étapes plus tôt, quelqu'un avait laissé entendre que tu Répartirais ta mère, tu l'aurais pris pour un fou. Mais est-ce vraiment ta mère ? Ça ne ressemble plus à ta mère, ça ne sent pas comme ta mère, ça ne fait pas de cookies comme ta mère, ça ne te dit pas que tout ira bien comme ta mère. Découper cette chose, cette viande, est-ce si grave ? C'est de la viande – tu en ferais quoi autrement ? Le boucher réfléchit-il à deux fois ? Et puis, tu as acheté de la viande à la supérette qui avait exactement le même aspect. Alors tu le fais. Tu la découpes. La bavette, le filet, les côtes. C'est la fête. Et, bien sûr, arrive le moment de manger. Non ! Pas question ! réponds-tu quand on te pose la question. L'horreur. Mais te voilà devant le barbecue avec la viande et tu ne trouves pas ça aussi insensé. Tu as déjà mangé de la chair – sans doute ce matin. Tu as mangé du bacon arraché au dos d'un cochon, tu as brouillé un poussin à naître. Prends-en une bouchée, te poussent les Anciens. Il ne s'agit que d'une bouchée. Tu es capable de manger une bouchée de bœuf, de poulet, de dinde, mais tu ne peux pas manger ça ? Alors tu le manges. Tu prends une bouchée de ta mère. Tu t'es livré à l'impensable, à l'inimaginable.

— Quelle est la différence entre manger une bouchée et en manger cent, entre en manger cent et un millier ? propose Septième à ses frères. Une bouchée et demie ou une demie et une bouchée – et alors ? On en a déjà mangé une bouchée, non ? On a déjà enfreint la loi, on a déjà du sang sur les mains. Alors pourquoi ne pas Consommer autant qu'Onclissime nous le demande ?

— Non, répond Premier. Pas question.

Les frères se regroupent à la porte d'entrée, hors de portée d'oreille de leur oncle, pour discuter du bien-fondé de manger la moitié de Mudd plus une bouchée comme requis.

— C'est la règle, insiste Septième. Vous avez entendu Onclissime. On a déjà mangé une bouchée de Mudd, qu'est-ce que quelques-unes de plus ?

— Quelques-unes ? répète Neuvième. Il s'agit de près de dix kilos chacun, Septième. Ça fait un millier de bouchées. Dix mille bouchées.

— Je n'ai pas signé pour manger une moitié, dit Quatrième. Il se trouve que j'ai un taux de cholestérol élevé. Je ne mangerai pas dix kilos de viande.

— De viande avariée, ajoute Cinquième. Très avariée.

— Tout n'est pas avarié, précise Septième. On peut en trouver une quantité suffisante de bonne qualité, qui ne soit pas corrompue.

— Il faut se tirer d'ici, dit Premier. Si cette voisine appelle les flics et qu'ils se pointent, on est bons pour la taule. Et pas pour une nuit. On tape dans le crime, là. *Une fratrie de Brooklyn tue sa mère et la fait cuire, tous les détails dans une prochaine édition*.

— On ne l'a pas tuée, objecte Septième.

— Je suis sûr qu'ils le mentionneront.

— Il est malade, dit Huitième à Septième en parlant d'Onclissime. J'ai été le premier à soutenir ce projet, plus qu'aucun d'entre vous, mais voyons, Septième : il se rappelle à peine nos noms, sans parler des règles. Or la règle est une bouchée et demie, j'en suis certain. On va rester ici et manger la moitié de cette femme pour qu'il se réveille une heure plus tard et nous dise qu'on doit la manger tout entière.

— D'accord, dit Septième. Faisons ça. On le réveille, on l'hydrate et on lui pose à nouveau la question. Clairement et succinctement. Une fois pour toutes. Quoi qu'il dise, on le fait.

— S'il dit qu'on a terminé, on en a terminé, dit Premier.

— Oui, approuve Septième.

— Marché conclu, dit Deuxième.

— Marché conclu, dit Neuvième.

— Non, crie Zéro.

Accroupie au côté d'Onclissime, elle lui tient la main.

— Pourquoi non ? demande Premier.

— Parce qu'il est mort, répond Zéro.

*

« Si le défunt n'a pas de descendance, déclarèrent les Anciens des Anciens, il est du devoir de ses neveux et nièces de le Consommer comme ils Consommeraient leurs propres parents. Celui qui s'y soustrait est considéré par notre peuple comme mauvais.

— Permettez que nous vous posions une question, demandèrent les Anciens.

— Quoi ?

— Comment se fait-il qu'on parle de nous au pluriel quand un seul d'entre nous s'exprime ? demandèrent les Anciens.

— Parce qu'il est plus important d'être respecté que de dire la vérité, répondirent les Anciens des Anciens.

— Dans ce cas, permettez que je vous pose une autre question, demandèrent les Anciens.

— Nous écoutons.

— Pourquoi suis-je appelé les Anciens et vous les Anciens des Anciens ?

— Parce que je suis plus âgé que vous, répondirent les Anciens des Anciens.

— Exactement, dirent les Anciens. Ce qui signifie que vous êtes plus près du début de l'histoire, chronologiquement parlant - de notre histoire, pour être précis, de l'histoire cannibale. L'histoire commence par le commencement, n'est-ce pas ? Jour un. Début. Il était une fois un homme qui avait mangé son frère. C'est là le point de départ, je me trompe ?

— Votre sagesse est immense.

— Par conséquent, si tel était le point de départ à l'époque, je suis finalement "plus âgé" que vous - à l'échelle du point de départ. Je suis plus loin, vous comprenez, plus près de la fin. Je suis le produit de davantage de sagesse cannibale.

— Je ne vous suis pas, dirent les Anciens des Anciens.

— Prenez les Antiques, proposèrent les Anciens. Les Antiques ont forcément été précédés par d'autres, non ?

— Les Antiques des Antiques, répondirent les Anciens des Anciens.

— Vrai, dirent les Anciens. Mais faux. Ceux qui ont précédé les Antiques étaient plus proches du début de l'histoire que les Antiques eux-mêmes. Donc, au regard du début de l'histoire, ils sont moins antiques que les Antiques. Ils sont simplement plus antiques que nous qui sommes là aujourd'hui. Mais pourquoi raconter l'histoire à partir de nous, à partir de notre emplacement dans le temps ? Pourquoi qualifier toute chose en fonction de l'endroit où nous nous trouvons actuellement ? Nous ne sommes que le chapitre le plus récent. Le sujet de l'histoire n'est pas nous, alors comment se fait-il que nous l'écrivions en nous plaçant au centre de tout ?

— Que voulez-vous dire au juste ? demandèrent les Anciens des Anciens. Que nous comptons pour du beurre ?

— Je dis simplement que nous ne comptons peut-être pas plus que les autres.

Les Anciens des Anciens donnèrent une taloche sur la tête des Anciens.

— Arrête de faire l'idiot », dit-il.

*

Ils vont se pointer, Septième le sait. Les voisins, la police, les foules. D'un instant à l'autre. Les foules font fureur ces temps-ci. Septième entend les hommes d'affaires, les investisseurs, les Rosenbloom, les PDG discuter dans sa tête.

« Oubliez le numérique, disent-ils, investissez dans les émeutes. »

Achetez maintenant, conseille le *Wall Street Journal. Matraque américaine. Taser SA. Pansement international.*

Hernandezville ne veut plus se faire traiter comme de la merde par Bourg Abdullah. Bourg Abdullah en a ras-le-bol du village Rosenbloom, et si Hernandezville s'imagine que le village Rosenbloom va rester les bras ballants pendant qu'elle se forge une majorité politique à grand renfort de naissances, elle se fourre le doigt dans l'œil.

Septième est d'avis de le faire.

— De faire quoi ? demande Premier.

— Les Victuailles d'Onclissime.

— Mais putain ! s'énerve Premier.

— Il ne reste plus que nous, dit Septième. Tu as l'intention de l'abandonner ici ?

— Oui, répond Premier. Parfaitement.

— C'est ainsi que notre peuple va s'éteindre ? demande Septième. C'est ce qu'il advient de nous ?

— C'est quoi cette connerie de « nous » ? Soudain, il y a un « nous » ? Il n'y a pas de « nous », d'accord ? Il n'y a qu'une douzaine de frères et sœur rongés par la culpabilité, en légère intoxication alimentaire, dans un bâtiment en ruine saisi par le fisc, en compagnie du corps de leur oncle défunt. Inutile de chercher un sens plus large, on ne vit pas un moment historique. Zéro a raison - si, dans cent ans, quelqu'un raconte cette histoire et en a quelque chose à battre de ce qu'on a fait ou pas, ce sera lui l'enfoiré, de la même façon qu'on est des enfoirés de s'intéresser à ce que des gens ont fait il y a cent ans. Ça n'a aucune importance, Septième, pourquoi tu n'arrives pas à piger ? Le soleil se lèvera demain comme il s'est levé aujourd'hui, c'est peut-être ce qui peut arriver de mieux après la disparition d'un fou de plus, la fin d'une tribu, d'une histoire. C'est comme ça que les choses se terminent, Septième, or tout a une fin. Et si on traîne ici plus longtemps, c'est en prison qu'on finira.

— Ce n'est pas une obligation que tout se termine, dit Septième. La chaîne, les maillons...

— Je ne sais pas vous, répond Premier, mais, perso, j'en ai assez d'être enchaîné.

Il enfile son manteau et commence à le boutonner.

— Emmenez-le à l'hôpital, dit-il en parlant d'Onclissime. Il a mangé de la viande avariée. Oh, merde ! Il est mort ? Merde. Bouh. Fin. Enfin, enfin, fin.

— Et l'argent ? demande Deuxième à Premier. On va quand même avoir l'argent ?

— Onclissime est mort, dit Premier. Maintenant, les exécuteurs testamentaires, c'est nous. L'argent nous appartient, qu'on l'ait mangée, enterrée, transformée en viande séchée ou laissée pourrir sur place.

— Il ne s'agit pas de l'argent, insiste Septième, mais de la chaîne. De ce qui est bien.

— L'argent, c'est bien, merde ! hurle Premier. Ce qui est bien, c'est la compensation, frangin. Les dommages et intérêts. Tu bousilles ma caisse, tu me rembourses. Tu me casses le bras, tu me rembourses. TU FOUS MA VIE EN L'AIR, TU ME REMBOURSES. On a fait le calcul, Siri et moi - mon calcul. Une séance chez le psy, à trois cents dollars pièce, toutes les semaines depuis vingt-sept ans. Quatre cent vingt et un mille deux cents dollars. Voilà ce que ça m'a coûté pour repartir du bon pied, recommencer. Pour l'effacer, pour revenir à la page blanche de mon début. Voilà ce qu'elle me doit, quatre cent vingt et un mille deux cents dollars, à peu près la somme qu'on touchera de la vente de cette malheureuse maison vouée à la démolition à laquelle, en ce qui me concerne, j'assisterai du trottoir d'en face, installé confortablement dans un fauteuil inclinable en sirotant une bière bien fraîche. Quant à cette chaîne, petit frère ? Deux types d'individus s'y accrochent. Le premier, un con minable qui hurle : « Reste ! » Et l'autre, encore plus minable, qui regrette de ne pas s'être enfui.

Sur ces belles paroles, Premier tourne les talons, ouvre la porte et s'en va.

Encore une fois.

Des flocons de neige s'engouffrent à l'intérieur, poussés par le vent glacé. Il neige enfin pour de bon. *Si seulement la neige pouvait recouvrir le monde,* songe Septième. *Si seulement elle pouvait recouvrir le passé, le présent et l'avenir. Si seulement il neigeait assez longtemps et assez dru pour recouvrir toute l'humanité.*

Deuxième emboîte le pas à Premier.

— Où vont-ils ? demande Troisième, assis au côté d'Onclissime - ce sont les premiers mots qu'il prononce depuis la Consommation.

— Chez eux, répond Quatrième en se dirigeant vers la porte. On rentre tous.

— Pas fini, dit Troisième.
— On a fini, dit Quatrième en sortant. On a fini.
— Pas fini ! crie Troisième dans son dos.
Zéro lui tapote l'épaule.
— Tout va bien, dit-elle. Tout va bien.
Septième jette un regard circulaire aux frères restants.
— Quelqu'un d'autre ? demande-t-il.
Cinquième s'avance.
— Pardon, Septième, dit-il avant de secouer la tête en s'entendant s'excuser une énième fois. Pardon, pardon, pardon. C'est tout ce que je n'ai jamais cessé de dire à cette femme. Je pensais que la Consommation me libérerait enfin et une fois pour toutes de ma culpabilité, et c'est peut-être le cas. Mais en cet instant, j'ai l'impression d'être un lâche.
— Être un bon fils n'est pas signe de lâcheté. Être un bon Cannibale non plus. C'est signe de courage, rétorque Septième.
— J'ai eu un patient, commence Cinquième, un jeune homme en proie aux troubles générés par toutes les familles dysfonctionnelles - dépression, angoisses, estime de soi déplorable - mais qui tirait malgré tout fierté d'être un bon fils. Il était aux petits soins pour son vieux père, il le nourrissait, le changeait, l'accompagnait même à l'église et priait avec lui. Les paroissiens étaient émus aux larmes en constatant son dévouement et il arrivait fréquemment que le prêtre l'évoque dans ses sermons, il comparait même sa dévotion à celle que montrait Jésus envers son propre Père dans les Cieux. Le père du jeune homme a fini par mourir et le fils a sombré dans une profonde dépression. C'est à cette époque qu'il est venu me trouver. Son état était bien plus inquiétant que celui qu'on associe d'ordinaire à un simple chagrin. Il était brisé. Des mois plus tard, nous avons fini par remonter le fil de son mal-être jusqu'à ce moment vécu à l'hôpital, un jour ou deux avant le décès de son père. Il était en train de ranger ses affaires sur la table de nuit dans la chambre quand son père, en plein délire à cause de la fièvre, a levé le bras - et le jeune homme a bondi en arrière de peur. Son père était, en fait, un salopard. Violent, colérique. Traits de caractère que le fils excusait, tolérait, mettait de côté. Il était le bon fils d'un mauvais homme. Et son père,

même dépérissant, même intubé, même incapable de respirer par lui-même, continuait de lui faire peur alors qu'il aurait pu le tuer en lui assenant un malheureux coup. Il continuait de se recroqueviller lorsque son père levait la main. Telle était l'origine de sa dépression. Quand les gens louaient sa dévotion, lui savait qu'il agissait par peur. Il n'avait pas eu le courage d'être un mauvais fils. De partir. De quitter sa famille brisée et d'en trouver une autre, de tourner le dos à cet homme et de rejoindre la grande famille de l'Homme. Je lui ai conseillé de passer à autre chose avant qu'il ne soit trop tard. Et je te conseille d'en faire autant.

Sur ce, il part aussi.

Ils ne sont plus que sept, songe Septième.

Sans compter Zéro-Héros.

Qui ne compte pas.

*

C'est soir de première, les Cannibales affluent de tout le pays pour assister à la représentation de *Point de fusion,* la pièce cannibale en deux actes multi-récompensée, inspirée du best-seller *Sortir de l'ombre,* dans le tout premier théâtre cannibale de la toute première Université cannibale. Au lever de rideau de ce spectacle très attendu, le public pousse un cri d'horreur en voyant se dresser devant lui l'ignoble Melting-Pot d'Henry Ford, dix mètres de haut, noir, redoutable et vorace. Une jeune femme arrive sur scène en courant – en haillons, hirsute et pieds nus –, se tourne vers l'auditoire et appelle :

— Julius ! Julius, viens vite !

Julius accourt sur scène en tenant une vieille mallette en cuir, une dizaine d'immigrants épuisés et affamés à sa suite.

— Regarde ! crie Julia en indiquant un point au-dessus de la tête des spectateurs.

— C'est… ? demande un des immigrants.

— La statue de la Liberté, répond Julia. Le Nouveau Monde !

Les immigrants sont fous de joie, ils dansent et chantent mais Julius, qu'on sent troublé, serre la mallette sur sa poitrine et s'éloigne.

— Que Dieu nous vienne en aide, murmure-t-il.

Pourtant, le Nouveau Monde est extrêmement séduisant et, au fil du premier acte, Julius cède progressivement à ses charmes. Après une scène émouvante dans laquelle Julia et Julius roulent en Ford T pour la première fois – « Si seulement Père pouvait voir ce véhicule magique ! » s'exclame Julia –, ils partent pour Detroit. Julius et Julia sont ravis mais le public est de plus en plus inquiet, sachant ce qui les attend. Henry Ford apparaît, sous les huées des spectateurs, et fait un baisemain à Julia à l'arrivée du couple à Detroit. Mais le public n'est pas au bout de son indignation car, tandis que le premier acte touche à sa fin, le Melting-Pot glisse mystérieusement jusqu'à l'avant-scène en crachant de la fumée. Un panneau descend des cintres pour annoncer que nous sommes le jour de l'Américanisation. Julius revient sur scène et grimpe jusqu'au bord du pot par l'échelle.

Le public retient son souffle.

Julius se tourne vers Julia et sourit.

— L'Amérique, ça valait le coup, non ?

Il ouvre grand les bras, ferme les yeux et se laisse tomber dans le pot.

À l'entracte, le public ne cache pas sa colère. On a payé pour voir ça ? s'interroge-t-il. Cette révision assimilationniste de l'histoire ? Cette propagande de pacotille pour le Nouveau Monde ? Certains demandent à être remboursés, d'autres quittent le théâtre en furie en se jurant de ne jamais revenir.

Le rideau se lève sur l'acte 2, le public est prêt à siffler et à huer pour manifester son opinion à la compagnie. Mais sur scène, Julia se fait violer par Henry Ford à l'arrière d'une Ford T. Elle hurle, demande grâce, mais Ford continue de la malmener, de la gifler. À la fin de l'acte 2, Julia est défigurée par les coups, Julius est l'ombre de lui-même et tous deux sont chassés de Detroit par les mêmes immigrants qui, dans la scène d'ouverture, se réjouissaient avec eux.

Julius s'effondre. Julia le tient dans ses bras tandis que la foule se masse autour d'eux.

— L'Amérique ne vaut pas le coup, dit Julius.

Et il meurt.

Rideau.

Le public laisse éclater sa joie. Bis ! lance-t-il. Bis !

La porte du théâtre vide s'ouvre.

— Septième ? crie Huitième. Tu es là ?

— Tu as raté un sacré spectacle, dit Septième.

Huitième longe l'allée pour aller s'asseoir à côté de Septième qui sait déjà ce que son frère s'apprête à lui dire.

— Tu pars, dit Septième.

Huitième acquiesce.

— Effectivement.

Septième aurait cru que Huitième partirait en dernier. *Même Dixième serait parti avant Huitième.*

— Imagine un candélabre, dit Septième.

— C'est fait.

— Trois bougies sont placées sur ce candélabre. Une rouge, une blanche, une bleue. Toutes les trois brûlent. Elles sont en feu. La rouge aide-t-elle la bleue ? Est-ce que la bleue en a quelque chose à foutre de la blanche ? Non. Est-ce que la blanche a un jour levé le petit doigt pour la bleue ? Je t'emmerde, la blanche, dit la rouge. Je t'emmerde, la bleue, dit la blanche. Je t'emmerde, la rouge, dit la bleue.

— Les bougies sont des salopes, approuve Huitième.

Septième acquiesce.

— Effectivement.

— Depuis toujours, dit Huitième. Et qui pourrait leur en vouloir ? Elles naissent, elles brûlent, elles meurent. Ce n'est pas non plus une bonne idée de s'enflammer la tête. Les bougies ne se marrent pas tous les jours. Rouges, blanches, bleues - elles sont toutes plombées.

— On pourrait penser qu'elles se serreraient les coudes en cas de pépin, dit Septième.

— On parle toujours de bougies ?

— Aide-moi avec Onclissime, demande Septième. Je n'y arriverai pas seul.

Mais Huitième secoue la tête.

— Auparavant, tout cela avait un sens pour moi, répond-il. Cet endroit, ces règles, ces histoires. J'avais l'impression de faire partie de quelque chose, de préserver quelque chose. Mais aujourd'hui, je me dis : les règles de qui ? Les histoires de qui ?

D'Onclissime ? De Julius ? De Mudd ? De Père ? Je me suis accroché à cette identité comme à un bateau dans la tempête pour ne pas me noyer. Mais ce n'était qu'un bout de bois flotté, Septième, qui n'a fait que m'entraîner vers le large. C'est fini.

— Est-ce que tu me mangerais ? demande Septième.

— Toi ?

— Si je mourais, tu me mangerais ?

— Une demie et une bouchée ? demande Huitième.

— Une bouchée et demie, répond Septième.

Huitième secoue la tête.

— Pour te condamner à la vie éternelle ? Je ne t'aime pas, Septième, mais je ne te hais pas.

— Bien, dit Septième. Je voulais juste vérifier.

Ils s'étreignent et Septième ne parvient pas à se rappeler quel frère il a embrassé en dernier ou si même il en a jamais embrassé un.

*

Troisième s'allonge en position fœtale à l'arrière de la voiture de Zéro et s'endort. C'est la fin de l'après-midi et la circulation est fluide pour revenir en ville. Zéro conduit en silence, un coup d'œil à Troisième dans le rétroviseur de temps à autre.

— Il m'a demandé d'avoir un bébé avec lui, dit-elle finalement.

— Troisième ? demande Septième.

Elle acquiesce.

— Quand ?

— Après qu'Onclissime est mort, répond-elle. Il voulait être certain que Mudd vivrait.

— Est-ce qu'il sait comment on fait les bébés ?

— C'était une sorte d'appel à l'aide, en fait, dit-elle. Comme s'il y avait une recette quelque part. Deux mesures d'eau, trois de farine, ce genre de chose.

— Qu'est-ce que tu lui as dit ?

— Que j'aurais des courses à faire.

Ils sourient. La mallette en cuir est posée aux pieds de Septième. Il envoie un texto à Rosenbloom.

Je viens de terminer un manuscrit, écrit-il.

Bon ? demande Rosenbloom.

Excellent.

Quel est le sujet ?

C'est l'histoire d'une famille qui, à la mort de la matriarche, revient sur ses rêves d'intégration dans un pays qui refuse de l'accepter.

Tous parlent de ça, écrit Rosenbloom.

Sauf qu'il s'agit d'une famille cannibalo-américaine.

S'ensuit un long silence.

Les Rognons de la colère ? écrit Rosenbloom.

Puis : *À la recherche du sang perdu.*

Puis, après un silence plus long encore : *Septième, je te verse un salaire confortable. Ce n'est pas pour te payer ma tête.*

— Je vais devoir le placer, dit Zéro. Je parle de Troisième. Dans un institut. Un établissement spécialisé.

Septième est de cet avis.

— Mudd aurait dû le faire depuis longtemps, dit-il.

— Il sera peut-être enfin heureux. C'est fini, on est tous partis. Il n'y a plus personne à défendre. N'est-ce pas merveilleux ? Plus besoin d'être un guerrier. Il peut se contenter d'être Troisième, moi d'être moi et toi d'être toi.

— Qui au juste ? dit Septième.

À présent, la neige tombe abondamment sur l'autoroute. À l'approche de Manhattan, le flot des voitures commence à ralentir puis s'arrête au beau milieu du pont George-Washington. Zéro montre à Septième un petit panneau apposé sur un des câbles de suspension sur lequel est écrit : NEW YORK. Dans le sens inverse de la circulation, un autre panneau indique : NEW JERSEY. Quelque part sous leurs pieds ou très haut dans le ciel, une frontière invisible sépare les deux États dont les habitants s'aiment à peu près autant que les « gaz » et les « charbon ».

— Quelle bande de trous du cul, dit Zéro.

— Qui ?

— Les gens. Je suis d'ici, tu es de là. Hourra ! Hourra ! *Bang, bang,* t'es mort. Ce n'est pas seulement mon opinion que les gens sont des trous du cul. C'est un fait, tu savais ? Un fait biologique.

— Que les gens sont des trous du cul ?

— Oui, répond-elle. C'est Quatrième qui me l'a appris. Quand on est rentrés après avoir acheté le barbecue, tu te rappelles ? Après que j'ai dit que le flic était sympa et que tu m'as demandé de la fermer ?

— Pardon.

— J'étais fumasse, explique Zéro, et il a voulu me remonter le moral. Je lui ai dit : « Est-ce que tous les gens sont des trous du cul ? » Et il m'a répondu : « Oui, ils le sont dès la naissance. » Il m'a raconté que, dans le ventre maternel, on commence par être un petit amas de cellules – qu'il appelle une blastula. En éclatant, les cellules forment une ouverture. Chez certains vertébrés, l'ouverture devient la bouche, chez d'autres, elle devient l'anus.

— L'anus ?

— Le trou du cul, dit Zéro. C'est le premier organe qui se forme. Les autres viennent après. Par conséquent, tous les vertébrés sont soit Bouche en premier, soit Trou du cul en premier. Devine à quelle catégorie appartiennent les humains ? On est des trous du cul dès le début, Septième. Chacun d'entre nous. Gandhi était un trou du cul, Staline et Jésus aussi. Une fois retirés les oripeaux – la classe sociale, la race, la religion, l'aspect physique, le grade –, on se résume à une bande de trous du cul. Ce qui explique littéralement tout : Mudd, Onclissime, toi, moi, la religion, la guerre, la politique. Tout.

Septième a étudié Montaigne. Il a étudié Cicéron et Épictète. Il a étudié tous les grands philosophes et tous les grands penseurs de tous les temps. Mais ce que Zéro vient de dire est la vérité la plus éblouissante qu'il ait jamais entendue.

*

Zéro dépose Septième devant son immeuble dans l'Upper East Side. Il lui demande de le tenir au courant du sort de Troisième – il lui rendra visite dès que possible. Zéro promet de le faire. Ils jurent de rester en contact et se serrent fort dans les bras.

— Zéro-Héros, dit Septième. Zéro, mon héros.

Le conducteur derrière eux appuie sur son klaxon.

Zéro se retourne.

— Trou du cul ! crie-t-elle, puis, à Septième, elle dit : Tu vois ?

Sortir de l'ombre est publié près d'un an plus tard, l'histoire d'un jeune homme qui tente d'échapper à son identité.

Mudd l'aurait détesté.

Septième en a fait un récit non fictionnel, de l'histoire culturelle. Rosenbloom accepte de le publier comme un texte d'anticipation. Rosenbloom qui passe une sale année : plutôt que d'être félicité parce qu'il publie des auteurs aux identités si diverses, on l'accuse de se faire de l'argent sur leur dos et on lui reproche les rares identités qu'il a négligées. Il se dit que, politiquement parlant, il ne risque pas grand-chose avec les Cannibales.

Néanmoins, *Sortir de l'ombre* est franchement boudé. Son héros est un homme qui laisse son peuple disparaître au fin fond de l'Histoire et choisit de se définir par ce qu'il a de commun avec ses homologues hommes plutôt que par leurs différences. Ou femmes.

Pures conneries de gauchiasses, écrit le premier commentateur sur Amazon. *Une étoile parce que je ne peux pas en mettre aucune.*

Deuxième commentateur : *La racaille républicaine, championne de la haine.*

Premier commentateur : *Faut t'y faire, les juifs et les homos ne dirigent plus ce pays.*

Deuxième commentateur : *Va laver ta capuche du Klan, espèce de cul-bénit de bouseux.*

Les trous du cul poursuivent ce « dialogue » aussi longtemps qu'ils en ont l'habitude et, hormis deux clients qui se félicitent d'avoir reçu leur exemplaire si vite, l'histoire s'arrête là.

Septième ne s'en formalise pas. Écrire sur son passé a été une forme d'exorcisme et le résultat est là. Quelques mois plus tard, le jour anniversaire de la mort de Mudd, Septième sort se promener sous la neige. Il aurait bien aimé emmener Reese avec lui mais, finalement, il ne lui a rien dit de son héritage. Son histoire commence avec elle, ainsi en a-t-il décidé, histoire qu'elle choisira elle-même.

Elle est son premier chapitre. Pas un prologue. Pourquoi Adam serait-il le seul à naître sans passé, le seul à naître sans être affecté par l'Histoire ? Il suffit à Reese d'être Reese, aussi Reesette que possible.

Il marche jusqu'au grand parc à la lisière de la ville. Le parc a été aménagé au-dessus de la Franklin D. Roosevelt Drive, la quatre-voies très fréquentée qui longe l'East River depuis la pointe Sud de Manhattan jusqu'à la 125e Rue. Cet emplacement a un inconvénient : à certains endroits du parc, on entend le grondement des voitures lancées à pleine vitesse au-dessous. D'un autre côté, il permet aux visiteurs de rejoindre l'East River sans avoir à traverser la quatre-voies.

Même si, à part Septième, peu de gens ont envie d'aller au bord de l'East River.

L'East River est une fosse septique. Pendant des décennies, des trous du cul ont balancé leurs déchets et leurs eaux usées dans le fleuve. Pas uniquement des trous du cul américains, mais des trous du cul anglais avant eux, et des trous du cul amérindiens avant les précédents. Les trous du cul d'humains ont déversé dans l'East River une telle quantité de ce qui s'échappe de leur trou du cul que seul un trou du cul patenté mettrait le pied dedans aujourd'hui.

Septième regarde le fleuve outragé.

Trous du cul dès le premier instant de notre formation, songe-t-il.

Et puis, me trouvant entièrement dépourvu et vide de toute autre matière, je me suis présenté moi-même à moi pour argument et pour sujet.

C'est ainsi que Montaigne aborde le huitième chapitre de ses *Essais*. Mille pages plus loin, il arrive à peu près à la même conclusion que Zéro :

Et au plus élevé trône du monde, si ne sommes-nous assis, que sur notre cul.

Humaniste libre penseur ou conservateur dévot, catholique ou juif, philosophe courageux ou lâche politique, tel est le grand génie de Montaigne :

Il savait qu'il était un trou du cul.

Que nous l'étions tous.

Nous avons à l'aventure raison, de nous blâmer, de faire une si sotte production que l'homme : d'appeler l'action honteuse, et honteuses les parties qui y servent.

Nous devrions peut-être nous assimiler de la façon suivante et, ce faisant, sauver le monde : accepter d'être des trous du cul. On perdrait peut-être notre respect pour nos trous du cul d'ancêtres, on abandonnerait nos trous du cul de traditions, on remettrait en question nos trous du cul de croyances, de nationalités, d'identités, on effacerait nos trous du cul de frontières et on vivrait tous ensemble aussi bien qu'une bande de trous du cul peut espérer le faire.

Septième pose la vieille mallette sur la rambarde, relève les antiques fermoirs rouillés et ouvre la relique une dernière fois. Il prend les dés, les billets de Monopoly et les chewing-gums et les glisse dans sa poche. Il les enverra à Zéro pour qu'elle les donne à Troisième.

Puis il plonge la main dans la mallette et la referme sur le Couteau de la Rédemption. Il le tient quelques instants, lourd, redoutable, couvert du sang de gens morts depuis longtemps. Septième prend son élan et, comme l'avait jadis exigé Samuel le Sage, il le jette aussi loin que possible dans le fleuve en contrebas, où il le regarde couler. Puis il referme la vieille mallette, rabat ses antiques fermoirs et la jette aussi loin que possible dans le fleuve, comme Père aurait souhaité que Julius le fasse autrefois.

Avec le reste de ces conneries hors d'âge.

Composition et mise en pages
Facompo à Rouen

MIXTE
Papier issu de sources responsables
FSC® C003309

L'éditeur de cet ouvrage s'engage dans une démarche de certification FSC® qui contribue à la préservation des forêts pour les générations futures.

Pour en savoir plus :
www.editis.com/engagement-rse/

Cet ouvrage a été achevé d'imprimer en janvier 2022
dans les ateliers de Normandie Roto Impression s.a.s.
61250 Lonrai (Orne)
N° d'impression : 2106868

Imprimé en France